毕业了，我们一无所有

一草　作品

When

Dreams

Were

Shattered

湖南文艺出版社
HUNAN LITERATURE AND ART PUBLISHING HOUSE

博集天卷
CS-BOOKY

那些过去，从未过去。

目 录

CONTENTS

......

第一章

兄
弟

当这些来自五湖四海的少年在历经陌生混乱、
尔虞我诈、你争我斗，到逐渐回归平静后，
他们共同关心的话题也所剩无几，
其中最热闹的那个自然就是爱情。

WHEN DREAMS WERE SHATTERED.

1

1999 年，苏扬以全县第二名的好成绩考进了上海 F 大，这是他人生前十九年最为光荣的时刻。

这也是苏扬同学的第一次离家远行，此前他走过的最远的路是十七岁的那次离家出走，结果还没到郊区长途汽车站就被抓了回去。因此来到上海后苏扬无比兴奋，成天心想，我终于来到大上海啦，憧憬了 N 年的城市居然就在自己脚下啦，感觉好神奇！这就是南京路吗？哇，好时尚！这就是东方明珠吗？哇！好雄伟！站在南浦大桥上看着奔腾东去的黄浦江，苏扬突然想流泪。

苏扬如此感慨着，觉得很幸福。苏扬想，从小就歌唱幸福在哪里，现在才明白，原来幸福就在上海，幸福就在 F 大，幸福的理由居然如此简单。

可刚幸福了没几天苏扬又开始失落起来，原因是在看到金碧辉煌的同时更是看到满目疮痍。F大位于上海东北角，靠近五角场，那里鱼龙混杂，交通混乱，是很多上海人嗤之以鼻的"上只角"。二十世纪的最后几年，五角场正积极响应市府规划，为成为上海第二个商业中心而大搞建设。于是你可以看到一些高楼大厦在一夜之间轰然倒地，然后废墟上很快又竖立起更为高大的建筑。五角场的天空总是弥漫着巨大噪声，推土机和吊车在苏扬身边穿梭来去，各种来路不明的灰尘和污物总徜徉在他的视线里。街道上到处是一些嬉皮笑脸的民工在竭力兜售各种假冒伪劣商品，一些航空公司的派发员不知廉耻地将各种打折卡硬塞到你手上，然后这些废纸很快就被丢弃满地——是的，那时候根本没什么成气候的TO C旅行网站，就连拨号上网，对很多人来说，也还只是一种听说过没见过的新鲜玩意儿。

如果说这个鬼地方几年后会成为上海又一个"徐家汇"，你肯定觉得这是一个泡沫，可惜那正是一个泡沫盛行的年代，越是光彩夺目的泡沫越有人顶礼膜拜，正如当年有个刚从美国回来的年轻人对全国人民牛哄哄地说他要融资数亿人民币把他的网站建成世界最大的中文门户，也有人说从此以后在网上就可以尽情购物，几乎所有人都对这些泡沫深信不疑，并高声呼喊他是时代的英雄。这就是泡沫的力量，总有一种泡沫让你泪流满面，没想到几年一过，那些英雄就个个灰飞烟灭，连尸骨都找不到半点痕迹。

2

总体来说，苏扬对 F 大周围环境并无好感，所有景象和他曾经对上海的幻想相去甚远。偶尔，苏扬一个人孤零零地站在五角场那五条大马路交界处的花坛边，看着身边的荒芜时，他真的很怀疑自己是否身在上海，苏扬觉得这一切和他生命中遭遇的很多事物一样，只是玩笑一场，而最让人气愤的是，对于这一切你除了愤怒，顶多诅咒，还能怎样？

苏扬想想自己确实也不能怎样，就算诅咒也于事无补，还浪费能量，显然不划算。后来苏扬想，我惹不起还躲不起吗？于是尽量待在学校不出来，还用鲁迅先生的"躲进小楼成一统，管他冬夏与春秋"聊以自勉。幸好 F 大校园还算美丽，不但绿树成荫、花红柳绿，而且美女也不少，虽然不像北大有个什么湖，但小水塘还是有几个的，反正都是水嘛，有那个意思就行，所以每当苏扬在水沟旁边的草地上像模像样捧着书眼睛却直溜溜瞅着水沟边戏水的美女时，还是觉得这一切挺美，接近他理想的本质。

3

正所谓林子大了什么鸟都有，F 大学生在高中阶段大多是精英，只可惜精英们进了大学就成了变态。F 大是除精神病院外全上海精神不正常的人最为集中的地方，堪称什么样的怪人都有，比如说夏天热到三十九摄氏度还有同学坐在阳光暴晒的石凳上津津有味地看书，一边看书一边微笑，仿佛他没有发疯而是在乘凉；还有同学把牛仔裤剪下来套在头上然后自我感觉特好地到处游荡，好像他的扮相很酷很时尚。

这些都还算是正常的，不正常的有夜里大叫的，上课哭泣的，围绕操场跑一百圈不歇气的，还有个大胖子，苏扬不知道这个胖子是哪届哪个专业的，反正经常看到这个哥们提着个红色帆布包，专瞅哪个教室下课了就跑到讲台上向同学宣传自己是个文化名人，会说五国语言。胖子还说他有一个梦想，那就是让十三亿多中国人都学会说英语，哪位同学有兴趣可以到他家和他用英语对话，他管吃管喝还负责介绍女朋友。胖子一边说一边对男生们抛媚眼，那时候的人们单纯，对搞基和卖腐还很陌生。

对于这些怪人，苏扬一开始还视为民主和自由的象征，认为他们有思想有勇气有魄力，是大学里真正的精英，值得崇敬，看到时有种强烈的冲动想上前去攀亲，后来看多了，自然见怪不怪，每次都在嘴里暗暗骂句傻×，不做多想。

4

苏扬大学期间结交了两个好哥们。一个是睡在他上铺的家伙，此人叫马平志，四川乐山人。另外一个叫李庄明，安徽桐城人。这两个浑蛋都是很有意思的主儿。

先说说马平志，首先此人长相很值得推敲，因为他长得很像古人，而且是古代书生。马平志皮肤白皙，身材修长，气质文雅，眼神迷惘，单从外表来看很有点道骨仙风。然而生活到处充满了戏谑和欺骗，往往在你感受圣洁时溅你一身污秽。文化人马平志其实是个不折不扣的渣男，一直以玩弄女人为其终生奋斗目标。从大一开学没多久在校舞厅骗到的那个黑龙江少女张小燕开始，大学前三年牺牲在此渣男手上的女孩前后一共有七个。这些女孩中有五个差点让马平志做了爹，有三个为马平志自杀过好几次，有四个要在马平志脚下长跪不起说要吻他的脚指头表达对他永不磨灭的爱，而七个女孩最后个个发誓要杀了马平志全家。只是女人的恫吓显然没消磨他的雄心壮志，你能给他讲一千个好好珍惜感情的理由他就立即能给你一千零一个玩弄女人的借口。

总之，对于一个视玩弄感情为人生价值的禽兽而言，所有的循循善诱都显得绵软无力。可无论如何，做渣男能做到马平志这份儿上绝对值得别人"景仰"，只可惜，大渣男马平志的人生信仰在毕业前遭受重创，他一路高歌的进程最终毁在一个名叫陈菲儿的女人手中，并且将他前面作下的孽尽数相还，也算是遵守了能量守恒。

5

如果按经济基础划分阶级属性，马平志属于先富起来的那一小部分人。富人马平志享受到的不是改革开放的春风，而是一个有钱的好老子，有传闻说他老子的职业是贩卖妇女和儿童，也有谣言说他老子其实走私军火和毒品，反正绝对属于资本家加黑手党那种性质。

刚到 F 大时，大多数外地来的学生都比较朴素，穿衣服的水平大体停留在运动服加皮鞋的地步。像苏扬这样的老实孩子平时更是难得买一回衣服，就算买也都是去五角场一个专卖廉价冒牌服饰的服装市场，钻在里面游荡大半天花百八十块钱就能买到从头到脚的一身皮囊，看上去还挺美。马平志对这种小市民行径很不屑，他经常用两个指头捏着苏扬兴高采烈地买回来的衣服，然后发出一声重鼻音，很是鄙夷地说："×，这种垃圾也是人穿的吗？大男人穿这种傻拉巴唧的假货不怕别人笑话？"马平志鄙视完毕后，通常会把自己刚从淮海路太平洋商场买回的真正名牌放到苏扬眼前晃晃，然后很是得意地笑两声转身离开，可没少伤苏扬的自尊。

一开始苏扬被马平志打击后很难受，和绝大多数同学一样很想用拳头教训这个狂妄的家伙，不过后来挨打击的次数多了，心态反而变得平和，每次不接受完马平志同志的批判反而会不安心。

6

大二时当一般同学还在为拥有一部数字 BP 机而沾沾自喜之际，富人马平志已经买了部爱立信 GH398，黑不溜秋的那种，体积足有一小块板砖那么大，就这块板砖当时价格是一万三，照那年的标准能支撑三个大学生读一年大学。而到了大四，马平志又做了件让所有人瞠目结舌的事——买了辆小轿车，桑塔纳2000，前后花了二十万。那时马平志已搬出宿舍，和陈菲儿住在北外滩的一幢酒店公寓里，每天早上都能看到马平志把小车停在教学楼前，然后和陈菲儿戴着墨镜从车里钻出来，神情冷峻、步履矫健，跟《黑客帝国》似的。马平志没走几步就一个扬手，手中遥控锁轻轻一按，"嘟，嘟"两声清脆的电子声应势而响，实在潇洒得可以，让旁边刚停好自行车的老教授看得直摇头。

即使时隔多年，回望那段时光，也会感觉意味深长。无论社会的各个层面还是人们的思想都正在经历摧枯拉朽般的裂变，阶级远未固化，一切皆有可能，思路决定认知，认知决定格局。蓄势待发的互联网即将以无法阻挡的力量，彻头彻尾颠覆我们赖以习惯的一切。而无论怎样的理所当然，在新旧世纪之交，互联网都是襁褓中嗷嗷待哺的新生儿。

7

至于对自己的另一个好兄弟李庄明，苏扬则一直抱着又爱又恨的态度。苏扬一直坚持认为李庄明活错了年代，这厮压根儿不应该出现在坚硬现实的上海，更不应该出现在物欲横流的大学校园，这分明是对我们李庄明同学的亵渎嘛！你只要粗略判断他那复古的气质就知道他应该活在20世纪80年代的象牙塔，想想那时的大学多圣洁啊！动不动就是诗歌，就是摇滚，就是海子和顾城，就是失落的青春，沧桑得让你想大哭一场，哪儿像现在的大学生动不动就和你讨论一夜情、上网骗女人、下海赚钞票之类超世俗的话题。

对苏扬这个观点李庄明举双手双脚表示赞同，桐城人李庄明从骨子里无比痛恨时下充溢大学校园的物质和精神，他坚持认为电子产品的出现是反文明，物质的进步其实是精神的沦陷，而所有的欲望都源于人心的变态。他无比神往那个早已消失的20世纪80年代，在他心中那才是青春少年自由灵魂真正的沃土，或者说，是他李庄明的沃土。无数次，苏扬清晨从憋尿中醒来后看到的第一个场景，就是李庄明抓着《海子诗集》站在窗前看着外面的杜鹃花悄无声息地流眼泪，那种执着和投入让同样自诩为文人的苏扬看了后很害怕，他怕自己有一天也会像李庄明这样走火入魔，所以他只能继续睡觉假装什么都没看见，甚至连厕所都不敢去。

8

整个F大李庄明看得起的学生只有苏扬一人，在李庄明眼中苏扬要比其他人好得多，他虽然不是很清醒，但因为失眠睡不着所以还处于亚清醒状态，所以李庄明很愿意和苏扬交流——很多次李庄明会半夜三更把苏扬从惊心动魄的春梦中残忍地摇醒。李庄明特亲热地拉着苏扬的手使劲往外拽，说要和他到走廊上讨论文学和人生。起先两人还不太熟，苏扬不好意思拒绝，于是强打着精神痛苦地从温暖的被窝里爬起来跟着李庄明来到走廊，两个人就穿着裤衩站在那里你一句我一句，聊到兴起还拥抱击掌，不知道的人还以为两人在搞什么见不得人的勾当，简直要多愚蠢就有多愚蠢。

李庄明博览群书，学富五车，上知天文下知地理，每次交流一开始总是强烈要求和苏扬讨论20世纪80年代的朦胧诗，苏扬虽然精通古诗词，但对所谓的朦胧诗只知道一句"你没有如期归来，而这正是离别的意义"，却忘记是哪个家伙写的，于是当场遭到了李庄明的无情嘲笑。苏扬很自卑，第二天到图书馆借了一大批朦胧诗集躲到教室里猛读，等明白谁是顾城谁是席慕蓉后，李庄明又说要和他探讨外国文学并要他说说对米兰·昆德拉和杜拉斯作品的心得。而等苏扬好不容易弄明白杜拉斯和杜蕾斯的区别时，李庄明又要和他讨论老庄思想了，差点把苏扬活活气死。

再后来，苏扬无比厌恶半夜和李庄明采用这种方式进行学术交流，一旦李庄明再像具僵尸站在他床边，一边摇晃着床一边幽灵一样叫"起床了，起床了"时，他要么死猪不怕开水烫地装死不动，要么佯怒，怒斥一声："傻×，睡觉啦！"其模样酷似《西游记》里神仙降服妖精时喊的那句："孽障，不得造次！"说来也怪，每次这招都很管用，遭苏扬怒喝后李庄明保准服帖，一言不发乖乖上床睡觉。

9

睡在苏扬对床的家伙名叫张胜利，一听这名你就知道此君出生在一个精神热火朝天的革命年代。那个时候张胜利老爹正在南方边境参战，写信询问老家挺着大肚子的老婆生了没有，如果生个儿子就取名叫张胜利，要是生个女儿就扔了。

张胜利他爹写这封家书时正值敌我相持阶段，希望战争早点结束。或许老天有灵，信到东北老家时恰逢张胜利来到人间，全家人正为取名字吵得不可开交，差点打起来。张胜利他娘说养个儿子要发财，所以想取名叫张发财，结果这个创意遭到她婆婆的强烈反对。老人受到过旧社会地主老财的毒害，知道人要做官才能发财才能光宗耀祖，所以建议取名张为官。而张胜利爷爷压根儿没什么想法，认为名字随便取个就成，根本犯不着大动干戈，比如叫张狗娃就很不错，好记还很顺口。后来等看到张胜利他爹那封恰到时机的家书后，他们一致认为张胜利这个名字很有张力，基本上可以浓缩刚才所有参选姓名的精华，于是毫不犹豫给此人取名为张胜利，从此埋下了祸根。

N年后，胜利同学长大成人并来到上海读大学，这个名字给他带来了无穷的烦恼，不管谁对他热情招呼"胜利，胜利"时他都觉得对方在嘲笑他。张胜利觉得这个名字不但肤浅而且白痴，应该用在农民而不是他一个高级知识分子身上，痛到最后胜利同学心一狠，牙一咬，背叛伦理道德私自把名字改成了张德明，以显其德高望重外加贤明之意，非常不要脸。张胜利很是欣赏自己的创意并为此沾沾自喜了好一阵，从此以后无论谁再叫他胜利，他都保准认真地对对方说："请叫我的新名，张德明。"只可惜好景不长，没过几天，这个智慧的名字就夭折了，因为每次和别人打麻将他都输，渐渐在整个男生楼输出了人气，所有人都叫他"送财童子"，简称"童子"。四年下来，童子输掉的钞票差不多能再上一次大学了，所幸童子家道殷实，当年他老爹回到老家后借着改革开放的春风开了家五金厂，做到今天颇有规模，养活几个"童子"之类的败家子没什么问题。

10

当这些来自五湖四海的少年在历经陌生混乱、尔虞我诈、你争我斗，到逐渐回归平静后，他们共同关心的话题也所剩无几，其中最热闹的那个自然就是爱情。

在经过为期三年的青春压抑后，一般人光剩下恋爱的冲动，早就丧失了恋爱的能力。虽然上了大学，警报解除，可以自由恋爱甚至自由做爱，却因做惯了奴隶，所以很是不能适应自由生活，总觉得它不真实，充满陷阱和洪水猛兽。

这道理就好比把你在黑暗的房子里关上三年后再放出来，你就无法习惯光明一样。从这个意义上讲，第一个谈恋爱的人和第一个吃螃蟹的人极为类似，不仅是向导，更是灯塔，是别人争先效仿的劳动模范，值得尊敬。

关于爱情，在一次睡前卧谈会上，六个小伙子纷纷抒发过自己的懵懂情怀。

大渣男马平志第一个发言。马平志说他在大学里要谈一百个女朋友，把自己的全部精力都奉献给泡妞事业。

苏扬第二个发言。苏扬说他就想找个情投意合的姑娘，可以不漂亮，但一定要解风情，能谈多久也不重要，只要在一起大家开心，末了还文绉绉地来了句："我知道这样的女孩很难找，但得之，我幸；不得，我命。"

接着发言的是张胜利。张胜利坦然自若地说他压根儿就没打算在大学里谈恋爱，因为谈恋爱又花钱又浪费精力，还不如打麻将有意思呢。

第四个发言的是福建人刘义军。刘义军咂咂嘴，喷出一口浓郁的臭气，乐呵呵地说他做梦都想找个胖姑娘做老婆，因为胖女人摸上去有肉，会很爽，而且不容易生病，谈了不操心。

第五个发言的是重庆人石滔。石滔个子只有一米六，平时很自卑，只见他嗫动了半天嘴唇都没有发出声响，继而长叹一口气，无比悲哀地说："我矮，又没钱，估计这辈子都找不到老婆了，大学里谈恋爱？太奢侈了吧！"

李庄明最后一个发言，在听了前面几个哥们的畅想后，他突然一脸严肃地训斥众人："肤浅，父母花血汗钱把你们送过来就为了谈恋爱吗？不是，是读书，是上进，是功成名就、荣归故里，你们明白？"

李庄明的言论震惊四座，立即引起了公愤，马平志更是从床上蹦起来准备和李庄明格斗，幸好苏扬眼明手快，及时拉住行凶分子，避免了一场流血事件。马平志在苏扬怀里像猴子一样挣扎，兰花指伸到李庄明脸上大骂："孙子，我抽死你，让你丫放屁！"李庄明虽惊吓过度，但嘴上依然倔强："你打，有种对这里打。"李庄明抬起肥嘟嘟的左脸："打能打出真理吗？你少吹了，还谈一百个呢？无耻、下流，你倒是谈一个给我看看！"

苏扬实在看不过李庄明这副无赖德行，冲他骂了句："少说两句死不了你，人家爱谈多少关你屁事，有本事你就永远别谈。"没想到李庄明一听这话，立即右手指天，恶狠狠地发誓："不谈就不谈，打死我都不谈，我要在大学里谈恋爱就是你们孙子。"

一场格斗风波很快因这个誓言宣告流产，两个猛男又互相问候了一会儿对方母亲，然后很快进入梦乡。说梦话的开始说梦话，磨牙的开始磨牙，有夜游嗜好的朋友也开始精神抖擞地下床活动筋骨，宿舍里一片欣欣向荣的景象，那时大家都那么年轻，所有的恩怨情仇都微不足道。

11

正所谓天有不测风云，第三天晚上，打死都不谈恋爱的李庄明就遇到了赵楚红，并很快与之坠入爱河，彻底忘记了那晚自己冒生命危险立下的誓言，光荣地成为别人的大孙子。

那还是1999年的秋天，上海的秋总是显得那么与众不同，空气中都充满了爱的味道。入校没几天的李庄明就向世人表明了他的特立独行，几乎所有新生都成天疯玩，寻欢作乐，李庄明却表现出疯狂的求知欲，每天雷打不动地到自修室，从七点自习到凌晨，等学校保安熄灯关门后才唱着歌拎着水壶回去睡觉。第二天早上六点准时起床，在操场上狂奔五千米，然后去食堂买两个包子、一碗稀饭，痛痛快快吃完，精神抖擞又是一天，充实得要命。

第一学期统共没开几门专业课，基本上就没什么作业，老师更是神龙见首不见尾，想讨教个问题都不行。很快李庄明就发现这些课程远远不能满足自己的求知欲，没课可上简直要了他的老命，于是他决定再报几门选修课，再三研究后，选了中文系的古代汉语、哲学系的资本论、历史系的隋唐史，还有一门世界经济系的国际营销学，这样基本确保每天都有八节课的学习量。李庄明对自己的安排非常满意，因为他终于有事做了，然后每天像赶场一样从这幢教学楼奔到另一幢教学楼，胳膊里最起码夹十本书，还一脸幸福状，别人看得目瞪口呆，没几天整个男生楼都知道新闻系出了个学习狂，脑子不太正常。

国际营销学被安排在每星期四晚八点，有四五十个同学，教室小得要命，每次上这门课都像打仗，提前三个小时就有人占位，坐不到前五排基本看不到黑板上写什么东西。偏偏星期四是李庄明最忙的一天，从早到晚要上十节课，因此没空提前过去，每次只能坐最后一排，使劲瞅着黑板，可恨的是授课老头是个娘娘腔，声音只在一米范围内有效传播，用扩音器都没用，每次都听得李庄明七窍生烟，恨不得上去把这个娘娘腔的头拧下来。

12

李庄明清楚地记得自己命运发生改变的那个星期四下了一场很大的雨，一场秋雨一场寒，面对着满目潮湿李庄明有点小忧伤，因此他没吃晚饭直接去了教室，结果一进门发现第三排靠过道处居然还有两个空位，顿时心花怒放，情不自禁地说了句："发财了，发财了！"赶紧冲过去把书齐刷刷地摊到上面，然后从怀里掏出一根火腿肠，就着带来的白开水，津津有味地大快朵颐。

没多久教室里同学多了起来，个个都在疯狂地找座位，一片乱哄哄的景象，男男女女异口同声用脏话问候学校领导给他们安排这种烂教室，这种不作为的负责人应该就地免职。李庄明吃完火腿肠心情好得很，趴在桌上边看书边打饱嗝，有人过来问他旁边的位置有没有人，他头也不抬只顾拼命点头，跟得了打摆子病一样，然后心想：老子辛辛苦苦占到的位置，凭什么给你？

第一节下课后，李庄明到厕所小便，因害怕位置被别人抢去，尿了一半就赶了回去，继续趴在桌上打盹儿，结果刚闭上眼就感到面前一阵强烈的风吹过，而且是香风，风势强劲，打在脸上生疼。李庄明赶紧抬头，见一背着双肩包的女孩正飞奔过来，跑到自己面前一个急刹车，然后喘着粗气，瞪着大眼睛四处打量，瞅了半天后对李庄明说："哎，同学，你旁边有人吗？"

"有，有！"李庄明一边打摆子一样拼命点头一边下意识地看了女孩一眼。女孩长得小巧玲珑，还挺漂亮，只可惜不懂怜香惜玉向来是他的强项，别说是一般女孩，就算林青霞、赵雅芝过来，他还是会说有人。

女孩一听李庄明这话顿时火冒三丈："什么有人？不明明是空的吗？人在哪里？"

"去厕所了，马上回来。"李庄明第一次对异性撒这么长的谎，脸有点发烫。

女孩立即用一种洞悉一切的目光看着李庄明，像审视敌特一样充满警惕。在女孩的逼视下李庄明越来越心虚，只得又把脸搁到桌上，让木头带走一点温度。

女孩站在原地瞅了三秒钟，突然气鼓鼓地对李庄明说："让开！"然后也不管李庄明有什么反应，强行挤了进去，接着又把桌上的书一把扔到抽屉里，从自己包里掏出书放了上去："好了，现在这个位置是我的了。"

"哇，这也可以？"李庄明看得眼睛都直了，脑袋一下抬到半空中，张着嘴说，"同学，你也太生猛了吧？"李庄明满脸认真，表情活像周星驰。

"这有什么？大不了那人过来我和他吵一架就是了，他要不服气打架也可以啊，群殴单挑我都无所谓，谁让他去厕所那么久的，我怎么知道他是不是掉里面了？再说了，他要不乐意，就去找学校啊，这可不能怨我，我们都是受害人！说到这个我就来气，你说这学校缺德不缺德？我们缴了那么多钱，连个大教室都没有，什么破玩意儿，还重点大学呢，真他妈操蛋……喂！我说你别老看着我好不好，信不信我揍你啊？别以为你是男的我就不敢动手，我一拳头打过去你就得躺在地上信不信？"

13

这个女孩就是赵楚红，一个不折不扣的北京太妹，一个热衷于骂人、打架、喝酒、抽烟、旷课、醉生梦死的女人，鬼晓得当年她是怎么以全班第一名的身份考进 F 大的，反正自打她考上 F 大后，全校百分之九十九的人都认定我国的高考制度非常不合理。到了 F 大后，赵楚红的行为收敛了很多，两个月来，除了抽了一个爱用别人洗面奶的山东女生两耳光，踢了班上一个和女孩说话时手脚不干净的辽宁男生三脚外，基本上没犯过什么恶行。

而自打认识李庄明后，这个女人的身份就变得更加复杂起来，她是李庄明的第一位女朋友，也是李庄明这辈子最爱的女人，还是李庄明的第一个性爱对象，更是伤害李庄明最深的仇人……

14

现在还是把注意力重新放到 10 月的那个晚上，赵楚红在李庄明身边坐定后就开始抱怨，先是骂学校然后骂老师，最后实在没东西骂了就骂上海人。李庄明很耐心地听赵楚红抱怨，虔诚的态度让赵楚红都无法接受，最后情不自禁问了句："喂，你听得那么投入干吗？我讲得很有趣吗？”

　　“是啊，实在太吸引人了。”李庄明忙点头。

　　“牛×！”赵楚红拍了拍李庄明的肩膀，“我怎么觉得你有点不一样！哪个系的？”

　　“新闻。”

　　“新闻系的人都变态，对不对？”

　　“差不多吧，在某个时刻我也这样认为。”

　　“真费劲，说话跟古人似的！”赵楚红白了李庄明一眼。

　　“想不想知道我的真实身份呢？”李庄明捅了捅赵楚红，笑嘻嘻地问。

　　“你不是新闻系的吗？还有什么真实身份？”

　　“实不相瞒，其实我是一个作家，一个先锋作家，一个心忧天下的作家，一个以后现代意识流为主要创作手法的作家。”李庄明很认真地对赵楚红说，“你，明白吗？”

　　“哈哈，我明白啦。”赵楚红哈哈大笑。

　　“呵呵，明白就好。”李庄明跟着乐起来。

　　“我明白了——原来你不仅变态，还是个白痴！”赵楚红脸色突然一变，然后把头转了过去，再也不理会李庄明了。

15

　　N天以后，李庄明和赵楚红成了F大一对最不可思议的恋人。回忆起第一次相见时的情景，两人都会感到很快乐。赵楚红一再强调自己其实很温柔，那天让李庄明看到她的跋扈只是因为她没有座位，她是那么热爱学习，所以情不自禁动了怒。李庄明说其实你根本不用解释，因为你发火的样子一点都不可怕，相反还很可爱呢。

"可爱你明白吗？"李庄明用手指把自己的嘴拉得老大，然后伸出血红的舌头，眼珠子一翻，扮了个鬼脸，"看，这就叫可爱，你就是这么可爱！"

赵楚红在李庄明脸上"吧嗒"亲了一下，然后把头埋在李庄明胸膛前，手紧紧搂着他充满脂肪的肚子，暗自感慨："你这个呆子，我怎么就喜欢你呢！"

我怎么就喜欢你呢？偶尔夜深人静时，赵楚红会问自己这个问题，然后很快给出 N 个答案，诸如此人好学上进，放荡不羁，大智若愚，有正义感，生活态度积极，看似白痴，其实连白痴都不如……放眼整个 F 大，还有比他更怪的吗？

既然找不到最好的，就要找个最怪的，反正我的男朋友必须与众不同——这也的的确确是赵楚红的心声和审美。

确实，在她的身边没有比李庄明更怪的人了，这个人可以一个星期就把英语四级单词全背完，然后考了三次才勉强通过；这个人说他精通老庄思想，洞悉康德的二律背反和尼采的超人哲学，可说出话来总一惊一乍，跟白痴一样；这个人还说他尊重女性，重视贞操，绝不会在婚前发生性行为，可和赵楚红谈了没一个星期，就匆匆结束了自己的处男生涯；还是这个人，口口声声说女人如衣裳，想穿就穿，想脱就脱，男人就应该拿得起放得下，却在赵楚红离开他时痛哭流涕，说自己再也活不下去了，然后不顾一切地要去跳黄浦江。

第二章

舞
伴

苏扬犹如一个中了邪的傻瓜……
在心里做了千万次斗争后终于鼓足勇气……
红着脸，哆嗦着手，结结巴巴地说：
"同学……你好……我叫苏扬，
我……我可以和你一起跳舞吗？"

WHEN DREAMS WERE SHATTERED.

1

　　作为一所全国著名的重点学府，F大有各式各样的学生社团。光有名有姓有领导班子并在团委注册过的正规社团就不下一百个，其中大社团的成员能有几百人，研究人生，研究政治，研究天文地理，看上去很牛×，小的社团才两三个人，研究花花草草、蚂蚁飞蛾什么的，也自得其乐。

　　苏扬刚到F大时就对这些社团产生了浓厚的兴趣，因为高中三年压抑得太久，所以渴望能在大学社团里好好展现自己冲天的才华。开学伊始，各大社团拼命扩充成员，各式各样的联谊会和座谈会接二连三地召开，一个个社团负责人笑容可掬、敲锣打鼓地号召新生加入他们的组织，欺骗这些跃跃欲试的新生说他们的社团不但可以展示才华锻炼才能，而且对以后找工作有莫大好处，更有机会拥有美丽的爱情……说得比传销都动听。

刚入学时，苏扬成天奔波在这些社团的座谈会上，忙得不亦乐乎，最后觉得自己实在才华横溢，能够施展才能的地方太多了，就算同时参加十个八个也没什么问题，只可惜基本上所有社团都以收会费的名义向这些新加盟者狠狠宰一笔。如果每个社团都缴会费的话，那么苏扬很可能会饿死，所以思考再三，他决定只加入话剧社，并自告奋勇担当导演助理。

2

对这个职务，苏扬兴奋了很长时间，一度认为接近了自己的导演梦想，苏扬暗下决心，要在大学期间好好写几个牛 × 剧本，导演几场牛 × 话剧，成为校园张艺谋，不，校园斯皮尔伯格。苏扬把这个想法对话剧社社长说了，得到了社长大人的高度赞扬。社长是个瘦高的天津人，戴着一副高度近视眼镜，看人喜欢把眼睛贴在对方脸上。此人脸颊消瘦，终日苍白，看上去鬼气腾腾，说话也阴阳怪气，整体给人的感觉形如西方吸血鬼，按理说，这种严重破坏校园形象的人应该被校方藏起来的，却不知何故，居然做了话剧社社长。"吸血鬼"听了苏扬斗志昂扬的描述后对苏扬大为欣赏，认为是可造之材，当场拍着胸脯说要好好培养苏扬，只要他肯听话好好为话剧社出力，过两年这个社长职位就传给他。这个许诺强烈刺激着苏扬，让他更加认定话剧社是实现梦想的所在，于是成天跟着吸血鬼，人前人后端茶倒水也心甘情愿。

　　就这样混了整整一学期，苏扬发现话剧社完全是群乌合之众凑合起来的草台班子，一大帮男男女女个个号称爱好话剧，可一天到晚什么都没做，一学期下来不但连一场像样的话剧都没搞出来，就连小品相声也没有，成天聚在一起完全就是吹牛，吹牛后就是寻欢作乐，好好的话剧社弄得像《相约星期六》。

　　那个吸血鬼也不检点，身为领导不注意形象，成天乱搞男女关系，利用社长的职务之便，勾搭话剧社里一些不谙世事的小姑娘，女朋友接二连三地换，行为极度恶劣。大一时苏扬还比较正直，也很固执，对这些不良现象很是看不惯，于是几次冲动地找了吸血鬼谈心，希望他能收起花心把精力放在事业上，好好领导众人大干一场，以振兴话剧社。没想到苏扬的一片良苦用心却遭到吸血鬼的尖锐批评，吸血鬼告诉苏扬，话剧社是校团委管辖的社团，其实就是用来充充门面的，如果没有团委布置任务就不需要表演节目，就算自己排练了团委也不让演，所以无须白费心机，还是享乐为妙。吸血鬼回答完工作问题后话题一转说到个人作风，吸血鬼强烈表示男人如果不玩弄女人那就不是男人，风流不是他的错，怪只怪他过分美丽，现在有便宜不占那简直就是王八蛋，要是你看不惯只能说明你心胸狭隘在嫉妒他的强悍。

　　苏扬对这种解释很不满，觉得这样做是在玷污他的理想，是猥琐和逃避，多次交涉之后深感无望，终于有次忍无可忍，当面把吸血鬼臭骂了一顿，奉劝吸血鬼小心点，别让女人把撒尿的玩意儿割掉，然后拂袖而去，退出了话剧社。

3

从话剧社出走之后，苏扬开始考虑参加其他社团，思来想去决定参加文学社。高中时苏扬就是校文学社社长，对文学社大小事务管理颇有心得，可让人沮丧的是名扬四海的 F 大居然没有文学社，这在苏扬看来简直是奇迹，对这个奇迹苏扬的第一反应是悲哀。苏扬捶打着胸膛对天高喊："我好恨！"并认为这是文学在当今大学校园没落的标志之一，而他的才华终将被无情地埋没，从而成为一个永远无法弥补的遗憾。

如此悲哀了好一阵后，情绪又演变为愤怒，苏扬认为所有的错完全是因为校领导不重视文学，真不晓得那帮人一天到晚到底在想什么，放着这么大的事置之不理，那个主管校园文化工作的老师应该被暴打一顿，然后拉出去枪毙，方能泄他心头之恨。等愤怒达到高潮时，苏扬突然灵机一动，很快意识到这个缺陷其实是一个绝好的成名良机——既然学校没文学社，那么干脆自己创办个文学社好了，自己拉旗搭灶做老板，感觉不要太好啊！这简直就是上帝看到自己郁闷了这么久，才给自己这个扬名立万的好机会，真是天助我也，天助我也啊！想到这里不禁哈哈大笑起来。当时苏扬正在教室自习，他的举动把身边的人吓了一跳，还以为这位同学突发了羊角风。

4

主意拿定后，苏扬再没心思学习，卷起书就往宿舍奔。李庄明正在宿舍里背《海子诗集》，背得满头大汗泪流满面，苏扬连叫他几次，说有重要事情商量他都不予理睬，最后气得苏扬一巴掌拍在李庄明的脑袋上，然后把自己的想法说了出来，很快就得到李庄明举双手双脚的赞成。两人一拍即合决定共同创业，建立真正自由、民主、激情的文学社。两人说到最后颇为开心，于是转战到学校附近的小饭馆边喝酒边规划宏伟计划，小酒一喝就是一夜，最后还真整出一套颇为像样的创业计划。

随后的几个月，两人按制订好的计划有条不紊地实施着。大一下学期结束前，在新闻系创办了"听风"文学社，并打出宣传语"大风会把钱刮来的"，酸掉人的大牙，而为扩大"听风"文学社的知名度，苏扬千方百计托关系找人请了一位颇有名气的伤痕文学作家题了词，又在上海找了几位风头正劲的青年作家来系里开了两场文学讲座，号召新世纪大学生应该爱好文学，文学能够拯救人类尚未堕落的灵魂。效果很是不错，没过两星期报名参加的人就超过个位数。又过了一段日子，苏扬看时机成熟，决定把"听风"文学社的规模扩大到全校范围，只要团委批准就算取得合法地位，以后活动就可以轰轰烈烈地在全校范围内开展，让全校文学爱好者都找到最为温馨的心灵家园，到时自己接受所有文青的顶礼膜拜将不再是梦想。想到这点，苏扬睡觉都在微笑，于是准备好资料屁颠屁颠地到校团委给"听风"文学社报备，可等到了团委，才发现其他系的学生居然早一步创办了校文学社，一看简介发现那家文学社规模比"听风"还大不少，不但人数众多，而且资金雄厚，还有自己的编辑室和平面设计人员，而最为关键的是这家文学社和团委关系非常暧昧，从团委老师介绍时脸上的笑容就能看出来。

苏扬顿时傻了眼，开始怨恨自己平时只顾开展工作却忽视了信息的重要性，现在是起了个大早，赶了个晚集，导致满盘皆输，算是活该，痛定思痛了好半天，苏扬哭丧着脸问老师，学校可不可以有两个文学社，大家各干各的，相安无事。结果那个主管学生社团的老师白眼一翻，反问苏扬一个脑袋上能不能长两张嘴，也各干各的互不相干，苏扬听了这话心一沉知道不妙，从嘴里生生挤出三个字："不能吧！"老师又翻了下白眼："既然知道还废什么话？你刚才说得不是太自以为是了吗？"苏扬一听老师口气不对，赶紧点头哈腰检讨认识错误，谦虚的表情让那老师也觉得有点不好意思，于是换了种循循善诱的口气对苏扬说："你们这些学生搞个文学社不容易，但连上厕所都讲究先来后到，人家在你之前成立，活动接二连三地举办了好几次，在校内外都取得了良好的口碑，我们应该对这样的社团加以扶持，而不应该打击人家的积极性，你说对不对？"

苏扬立即赔着笑脸说："对对对，您说得太对了，可我们'听风'文学社怎么说也成立了有一段日子了，也有很多同学支持和喜爱，总不能就这样解散吧！"苏扬说这话时表情悲哀，看上去恋恋不舍，主管老师状似思考，眯了会儿眼，然后指点迷津："这样好了，你和对方负责人好好沟通，看人家愿不愿意和你们合并，这样对他们有益，对你们也没什么坏处嘛！"老师说完抄了个号码递给苏扬。苏扬听了心里恨得要死，嘴上却不停地感谢。最后告别时，那老师又恢复了凶恶嘴脸，再次警告说学校只能有一个文学社，让苏扬不管用什么办法都要把事情处理得当，否则学校就会铲除"听风"，到时可别怨学校太心狠手辣。

苏扬揣着那张纸颓废地走出团委办公室，经过垃圾桶旁边时，直接把纸扔了进去。苏扬心想：吓唬谁呢？让老子去找他谈，门都没有，管你学校承不承认，反正以后我们就在本系搞活动，还真不信你能把我吃了。回到宿舍，苏扬跟李庄明说了这事，结果又得到李庄明的热烈支持，李庄明先是慷慨激昂地批判了那位白眼老师的思想素质，然后又批判了F大校园的文化，最后结论是，无论如何都不能向敌人投降。两人随即又到那小饭馆喝酒，喝到高潮时拍着胸脯表示就算拼了老命也要保住"听风"文学社。小饭馆老板娘不知详情，就看到两个长相凶残的人不停说要拼命，还宁死不屈，就像土匪行凶前的宣言，差点就打了110。

5

苏扬没找对方，没几天人家反倒找上门来了。一天中午，苏扬正趴在床上思考如何壮大"听风"文学社的宏伟计划，突然进来一人自称校文学社社长，说要找苏扬谈谈，苏扬看那人一头金黄的长发，穿着件稀奇古怪的黑色袍子，瘦骨嶙峋，走路像在空中飘，显然道行不浅。苏扬心想：得，来了个摇滚兄，看来今天要武斗才能解决生存问题了！当即暗暗做了准备，以防摇滚兄暗中偷袭。摇滚兄上下打量着苏扬，面部表情复杂，观察了一会儿后，突然把手伸到怀里。苏扬吓了一跳，以为摇滚兄要掏武器，没想到摇滚兄只是掏出一包"红双喜"，然后客客气气地递了根烟给苏扬说："兄弟，我想请你到我们文学社做副社长，以后日常事务都归你管，有没有兴趣？"

生活有意思之处就在于你永远无法想象它即将上演怎样的剧情。苏扬曾发誓过 N 遍，无论如何都不妥协，不逃避，要坚持自己的梦，无论付出多大代价都要把"听风"文学社发展壮大，可现在这样一句轻描淡写的话就收买了苏扬同志。苏扬假装痛苦地挣扎了许久才勉为其难接受，心中却乐得不行，性质类似宋江先生被招安时的心态，认为以后自己就是朝廷的人了，说什么话做什么事都名正言顺理所当然，正所谓识时务者为俊杰，搞文学社又不是打仗，没必要搞得你死我亡。

苏扬并不担心李庄明会怒骂他是叛徒，苏扬知道以他的智商还不能完全明白其中的是非利害，在被招安的那个晚上，依然在那个小饭馆，两人边喝酒边感慨人生无常，可无论如何他们都成功了，毕竟能当上一校文学社的老二那也是很体面的事，想到这里他不禁心花怒放，小酒又下去一瓶。

光荣晋升为校文学社苏副社长后，苏扬的策划才能很快得到充分发挥，先是成功举办了好几次诗歌朗读会，将 F 大所有爱好写诗的同学召集到了一起，接着又以文学社的名义将上海调频立体声的几位女DJ请到学校做讲座，这些女DJ大小也算是上海本地娱乐圈的腕儿，一直以来都是苏扬这类光棍学生的YY对象，虽然个个长得实在不敢让人恭维。这些女DJ做的演讲主题也比较搞笑，诸如什么"女生在爱情中如何保护自己""大学生恋爱之一百个不可以"，反正和文学八竿子都打不到一块儿，却造了不小的声势，文学社开始受到F大师生前所未有的关注。

大二上学期，苏扬发动另外几所高校的文学社，联合举办了上海第一届大学生文学大赛，结果大获成功，上海多家媒体都介绍了这次文学比赛，也介绍了策划人苏扬。至此苏扬在F大变得小有名气，加上平时创作的一些特煽情的心情故事，在网站上有着不俗的点击率，渐渐地，苏扬开始受到学校里一些天真稚嫩女孩的青睐。这些女孩会给他送上一些小玩意儿表示对他的好感，每当苏扬夹着胳膊在篮球场上追篮球时，也有女孩会对他尖叫呐喊，就这样，苏扬发现自己的生活开始多姿多彩起来，虽然还没有哪个女孩明确表示愿意投怀送抱，但苏扬相信那一天只是不久的将来，自己辛苦奋斗的成绩总有一天会给自己的爱情添砖加瓦。

事实也是如此，正是凭借大学前两年辛勤耕耘起来的这一亩三分地，大三时苏扬追求女神白晶晶才显得很有底气，并且大获全胜，让人瞠目结舌，觉得上帝的安排实在过分。

6

苏扬第一次见到白晶晶是在学校舞厅里。大三刚开学没几天，他们系的领导不知是神经错乱还是在响应谁的号召，突然莫名其妙地在全系发动了一场规模浩大的扫舞盲运动，提出"新世纪大学生都要跳国标"这一口号。苏扬不幸名列其中，且因全无一点舞蹈技能被列为重点改造对象，被迫于每星期四下午到学校舞厅接受再教育，其情形颇类似他老爸当年进牛棚接受劳改。

苏扬对这种官方活动一向深恶痛绝，私下里把能想到的污言秽语都用出来问候系领导，并做出一副坚决不服从的顽固姿态。后来随着官方宣传攻势加强，苏扬的信心也微微动摇，他想：×，人家哈姆雷特说活着还是死去是个问题，我的问题却是跳舞还是不跳舞，简直太庸俗。不过气愤归气愤，到最后拿不定主意只能参考同样榜上有名的张胜利的意见。

一向没骨气的张胜利在这件事上表现出坚定的无产阶级风范，很是嚣张地对苏扬说只有白痴才会去学呢，打死我都不去。张胜利豪言壮语后看到苏扬一脸迷惘状，于是反问一句："难道你想去？"张胜利问这话时眼神很怪，仿佛只要苏扬说去就立即骂他是一白痴，苏扬虽然心里顾忌多多，但看到张胜利如此勇敢颇为欣慰，于是恶向胆边生，决定积极响应无产阶级战士的号召，坚决不去学跳舞。

7

最初的几次舞训班活动苏扬和张胜利都以生病为由拒绝参加，然后两人躲在宿舍里看碟。后来系领导及时洞察了他们的阴谋诡计，当苏扬和张胜利又可怜兮兮地说生病了要请假时领导怒了，领导说你们再不去的话就回家吧，把病养好了再过来上学，一句话把两人吓了个半死，大眼瞪小眼看了半天立即决定向官方屈服，然后又非常阿Q精神地讨论去的话有很多好处，比如说舞厅女人比较多，而且大多开放，说不定会有艳遇。想到这一层逻辑后两人都内心欢愉，屁颠屁颠去学跳舞了。

时值深秋，天气渐冷，落叶甚多，天地间一片萧瑟景象。舞盲苏扬和张胜利两人耸着肩膀缩着脖子哆嗦着跑到舞厅参加舞蹈培训，看门的老头看到两人的模样以为是校外民工，差点让校警赶他们出去，等进到里面后发现舞训班已经开始培训了，舞池里一帮男女正两两抱成一团，然后在一个矮胖中年妇女的口号下用一种奇怪的步伐来回前进，状似螃蟹。矮胖女人看到苏扬和张胜利就像母亲看到失散多年的儿子一样兴奋地迎了上来，十米开外就能看到她凶残的笑容和黄色的牙齿，等走近后矮胖女人用洪亮的嗓门说："同学，你们是来学跳舞的吧？"话音刚落，全场螃蟹立即停止移动，几十双眼睛齐刷刷看着苏扬和张胜利，仿佛这两个人才是真正的螃蟹。

苏扬只得尴尬地说："是。"

矮胖女人上下打量苏扬和张胜利，然后说："现在没女同学和你们搭伴，你们先坐那边看会儿好了，等有了女同学过来再练，当然，如果你们愿意，也可以组成一对练的。"

　　苏扬当然不愿意了，两个男人抱在一起，还要晃胳膊扭屁股！成何体统？于是两人就蜷缩在舞厅角落里，一边看螃蟹们移动一边探讨哪个女人的胸部最为雄浑，倒也颇有几分乐趣。就在交流得热火朝天之际从外面进来了一个女孩，看上去小模小样，还挑染了头发。苏扬立即觉得鲜血上涌，心跳加速，心想，莫非这就是我的舞伴？再悄悄一看张胜利早已满脸红润，紧张得说话都打结。矮胖女人和那女孩说了几句话后，过来让他们两个人出一个去做女孩子的舞伴。苏扬心中一万个想要，嘴上却习惯性骄傲，于是眼观鼻，鼻观心，一言不发装白痴，矮胖女人看了会儿就指着张胜利示意他去跳。张胜利乐得不行蹦了起来，跟在女孩后面颠颠地走了，苏扬心里暗骂一句贱人，然后看看时间离结束没多久了，长叹一口气，心想总算又混过一次，可正在欣喜之际就看到门口又走进来一个女孩，女孩一进门就问："这里在教跳舞吗？我是来学跳舞的。"

8

　　如果上天可以给苏扬一次重新来过的机会，刚才他就算拼了老命也要和张胜利争抢做前面那女孩的舞伴；如果上天可以给苏扬一次重新来过的机会，苏扬不吃饭不喝水也要把国标学好，免得现在到这里接受改造。"人生无常"这句话苏扬听过很多次，但直到那个女孩进门的一瞬间才算有了本质的领会。当苏扬看着矮胖女人领着那个刚刚进来看上去足足有一百公斤重的女孩朝自己微笑着走来时，真的很想找面墙撞死算了——这当然只是他的心理活动而已，他向来是思想上的巨人，行动上的矮子——事实上苏扬什么都没说，甚至表情都一如既往地平静，任凭那个热情的矮胖老师将他和那个二百斤的女孩组成一对螃蟹。苏扬脑门直流冷汗，却没法擦，他的左手已被女孩肥厚的右手紧紧握住，而右手就别扭地放在女孩腰间那堆丰厚的脂肪上，直到那时苏扬才意识到其实自己的体形是多么苗条，他看着眼前那张足有自己两张脸大还羞涩无比的脸庞时不禁悲伤地止步，苏扬想如果这厮等会儿胆敢趁机揩油，就算拼死也要捍卫自己的贞节。那一刻，苏扬内心觉得自己好纯洁好无害。

在接受了一刻钟矮胖老师的示范教导后，一对对螃蟹开始自由练习，苏扬因为天资愚笨加上刚才惊吓过度，所以跳得全无章法，任凭胖女孩拖拉牵引。那女孩虽然肥胖，但热情高涨，加上手脚力气特大，拉着苏扬像拉着空气一样自由，因此两人动作倒也轻盈，看上去还挺美。苏扬有好几次想控制一下过快的节奏免得人家以为他在享受，但所有的挣扎都显得绵软无力，自己发出去的力好像中了胖女孩的吸星大法，居然荡然无存，所以跳到最后苏扬干脆闭上眼睛，任凭胖女孩摆布算了。

等停下来时胖女孩早就累得气喘吁吁、臭汗直流，那味道熏得苏扬恨不得栽一大跟头。胖女孩朝苏扬抛了个媚眼热情地说："等会儿还要和你做舞伴哦，和你跳舞简直太享受啦。"苏扬想：滚蛋，等

会儿要是再和你跳我自杀算了。等一坐到椅子上他就四下搜寻新的
舞伴，只可惜别人大都舞兴正浓，忽略了这边惊魂未定的苏扬，就
连张胜利都沉浸在愉悦中，和他的舞伴正热情似火地交流心得体会。
苏扬眼看休息时间一点点流逝，矮胖老师又开始召集大家起来继续
练习，那个胖女孩又开始面带微笑地朝自己走来，不禁眼前一黑。
苏杨想，或许这就是天意吧，想我一世英明英俊潇洒却始终命不犯桃
花，罢了，胖子就胖子吧，胖子也是女人，胖子也有灵魂，总比没有
强吧。苏扬如此阿Q了一下后，倒也觉得内心坦荡、神清气爽，可就
当他决定无耻地把自己交给胖女孩时，说时迟，那时快，苏扬突然
看到门口又走进来一个女孩，因为距离甚远，他看不清楚女孩模样，
但可以肯定的是她绝不是胖子，所以苏扬想也没有想就朝那女孩奔
了过去，走到跟前毫不犹豫地伸手拉住女孩，然后不由分说就往舞
池里走去，整个过程是那样迅捷、坚定，充满了力度，让人无法质
疑和反抗。

9

所有事实都再次证明"人生无常"这个永恒不变的道理，在没有
任何思想准备的前提下白晶晶就这样进入了苏扬的世界，并且在随后
的三年内和他如胶似漆地相爱。三年内两人一起看过月亮数过星星，
还对着太阳流过眼泪，憧憬过要养十个孩子，三年内两人许下过上千
次永远在一起的誓言，说过今生今世最浪漫的事是可以和彼此一起慢

慢变老，人世间最大的幸福是"死生契阔，与子成说"，还说山无棱，
天地合，但他们的爱情犹如长江之水连绵不绝，永不枯竭。

　　生命中的种种奇迹都将因其独一无二性而无法复制，现在请把目
光转回那个深秋的傍晚，转回那个充满欢歌笑语的 F 大舞厅，如果你
让苏扬再来一次如此勇敢执着地拉一个陌生女孩跳舞，你就算再借给
他一百个胆子他也不敢，同样，如果你让 F 大女魔头白晶晶遭别人强
行索舞时再无动于衷那更是不可能完成的任务。

　　说实话，苏扬当时的动作其实很粗野，粗野得有点像在实施性骚
扰，性骚扰白晶晶倒不怕，从小到大美女白晶晶不知道遭遇过多少男
人意图侵犯的阴谋，但所有的不怀好意都被她一一瓦解，并且在长期
斗争中早已培养出了丰富的战斗经验和大无畏的革命精神。对待这种
不怀好意的男人，白晶晶通常采取的手段就是迎面一巴掌，然后朝对
方下体一个蹬脚，用她那最起码八厘米高的鞋跟和对方生殖器官做亲
密接触，让对方瞬间丧失繁衍后代的天赋神权。

　　可那个深秋的下午，白晶晶在面对苏扬的粗野时居然表现得很麻
木，只是浑浑噩噩地被眼前那个瘦拉巴唧的男生牵引着，脚步不由自
主地随着他移动。白晶晶可以清晰地看到这个男生彼时正微闭着眼，
脸上肌肉很有规律地在抖动，其模样虽然不雅，倒也有几分可爱。这
个男生接下去的动作轻柔得全然不似刚才那么野蛮，托在自己腰间的
手若有若无，仿佛并不存心揩油，再加上他目光游离，从头到尾都没
正眼看过自己，身经百战的白晶晶实在想不出这个男生的意图到底为
何，她突然发现这个世界上居然还有自己无法理解的男人，顿时感到

很受伤。

随着矮胖老师最后一声令下，当天舞训终于结束，苏扬立即松开自己的手然后出乎意料地朝白晶晶毕恭毕敬鞠了个九十度的躬，接着无比真诚地说了句"谢谢你"，然后掉头拉着张胜利匆匆离开。白晶晶愣在原地，眼睁睁地看着这个瘦子的背影，不由得联想起看过N遍的《大话西游》，这个男人的背影和至尊宝何其相似啊！都是那么赢弱、摇摆不定，善良中还透露出寂寞和哀怨。白晶晶想，长这么大可从来没有男人敢对自己如此无礼却又如此置之不理呢，按照她的惯常思路，这个生猛的男人肯定会在跳完舞后请自己去旁边的咖啡馆喝点什么，那样的话白晶晶肯定会鄙视他，然后用鞋跟踢他的下体让他终生后悔。不过现在一切都和她的想象不同，面对这个匆匆出现又匆匆消失的男人，白晶晶感到很失落很委屈，她甚至发现自己眼角有点发酸，似乎就要哭出来了，而为了掩饰自己的慌张，白晶晶故意用力跺了跺脚，然后冲苏扬消失的背影大骂一句："有病啊！"

10

白晶晶虽然外表成熟，稍显魅惑，但从本质上说她内心单纯，甚至幼稚，只是仗着做区长的老爹对她溺爱纵容，从小就养成了蛮不讲理的恶习，世上万事万物对她而言只分想要的和不想要两种，相当任性。这种任性尤其体现在她对任何未知事物或人物都过分好奇上，而且好奇后就想尝试，尝试完就想放弃——这个坏毛病在对待异性时尤其明显，只要她觉得哪个男生有意思了就要研究一番，她的行为很容易让对方误以为投怀送抱，而面对她的主动几乎没有男生可以拒绝，可要命的是就在你以为情投意合之际，白晶晶突然就对你完全没了兴趣，然后扭头就走，无论你怎么哀求，哪怕一哭二闹三上吊，她都无动于衷，而且觉得你莫名其妙，给你一个"怪我咯"的表情包。于是你终于明白了，原来闹了半天，她对你只是好奇而已，根本没半点其他意思，要恨只能恨自己自作多情，想入非非，当然，最关键的是，实力不济。

所以这么多年来，虽然白晶晶同学身边的追求者犹如过江之鲫，可实实在在地这个姑娘从来没有经历过一次正儿八经的恋爱，白晶晶对此结果其实也感觉挺悲哀，可是她就是不想将就，无数次她从睡梦里醒来，拉开窗帘，看着外面枝繁叶茂的桂花树，心想，怎么这个世界上就没有一个男孩能够长久地有意思点，持久地吸引着自己？如果这个人存在的话，那么他现在在哪里？会是什么样子？他俩相处时会发生什么事呢？有的时候白晶晶想着想着还会笑出声来，然后对着桂花树轻启朱唇："来来来，别躲了，赶紧出来，我保证不打你。"

11

为了避免重蹈覆辙，又一个星期四的下午苏扬和张胜利早早赶往舞厅。上次张胜利打着跳舞的幌子成功摸到了女孩的小手，算是实现了人生零的突破，回去后天天磕头烧香期盼星期四早点到来，以便进一步实施邪恶手段。而在去舞厅的路上，苏扬心想等会儿一定要先下手为强，看到顺眼的女孩就上，以免再和那个胖姑娘狭路相逢，遭遇不测。

可等到舞厅时他俩发现还是来晚了，里面已经人满为患，男男女女混在一起正互相厚颜无耻地吹嘘自己舞技如何了得。苏扬站在门口摇头晃脑打量着，寻找合适的舞伴，很快就发现角落处有个女孩看上去很是与众不同，首先是她的身高，一般女孩身高一米六七，但这个女孩的海拔比她们足足高出一头，看上去至少有一米七六；其次是身材，很多女孩光看身材你很可能会误会她们是男人，但这个女孩前凸后翘，一波三折，该小的不大，该大的绝对不小，完全达到横看成岭侧成峰的境界；最后是穿着打扮，一般女孩穿得花枝招展，不但晃眼而且庸俗，更有几个女孩很白痴地穿了校服就来跳舞，但那女孩披了件褐色风衣，里面是玫红色的低胸吊带，风衣下则是她裸露的大长腿，脚上蹬着一双挺拔的紫色高跟皮靴，脚尖处的一些褶皱犹如展翅的蝴蝶等待飞翔。

女孩脸如鹅蛋，嘴唇饱满，眉似弯月，眼有卧蚕，既可做风情解读，亦可以妩媚观之，更有几分飒爽英气，令人过目不忘。只是女孩既不和身边人说话，也丝毫没有跳舞的欲望，就一动不动地站在原地，双眉紧蹙，嘴角上扬，很是冷漠地看着众人，那神态仿佛是神话里的观音姐姐，有几丝傲娇高贵，又有些许悲悯庄严，怎么解读都成立，怎么欣赏都不为过。

12

苏扬此前虽无恋爱经验，却也明白女人如水，水容万物，绝不能片面理解，可像这样层次丰富关键是他还能看明白的女孩实属头一次遇见，短短几秒，电光石火，苏扬却觉得已经对这个女孩完成了从外到内，再从内到外的赏鉴。苏扬很佩服自己的观察是那样犀利，不但全面而且透彻，有力度也有深度，理性和感性并存，显然不是一般俗人可以为之。如此傻傻地看了会儿后，苏扬突然觉得观音姐姐有点眼熟，可实在想不起在哪里见过。

就在苏扬托着下巴搜肠刮肚正疑惑是不是上辈子就曾相识或在梦里幽会过时，观音姐姐发现了正在研究她的苏扬，大眼睛立即对这个偷窥者狠狠瞪了两下以表明她的厌恶，可显然这个偷窥者并没有读懂她的内心，他还以为观音姐姐和他打招呼呢，为表示友好苏扬对准观音姐姐龇牙咧嘴就是一笑，心里还激动地喊了声："Hi，你好啊。吃了吗？"却没想到观音姐姐接收到这个温情的微笑后就像生吃苍蝇一样满脸厌恶地把头转了过去。这让苏扬很郁闷，苏扬再愚笨，也知道自己会错了意，表错了情，论自尊心，苏扬天下无敌，于是他长叹了口气决定到里面继续寻找目标，可他脚步还没来得及移动观音姐姐突然又转过头，并对他灿烂一笑，那一笑的风情犹如春风拂面，犹如梨花带雨，犹如改革开放，犹如世界和平。

总之，苏扬被这一笑彻底惊蒙了。

这一笑威力如此强大，以至在苏扬脑海中永远挥之不去。苏扬心中山崩地裂，却始终坚持自己，并没做出什么明显反应，只觉得天地一片肃静，刚才混乱嘈杂的人群忽然变得井然有序了，面目狰狞的胖子们也变得温柔美丽了，冬天不那么冷夏天也不热了，世界大同人类共产主义了，所有有意义没意义的事都不重要了。

苏扬木然地穿过人群走到舞厅一角，静静地坐在椅子上，犹如一个中了邪的傻瓜。这个傻瓜紧闭双眼，可还是觉得观音姐姐在对他微笑，无论如何躲避都无能为力，于是这个傻瓜在心里做了千万次斗争后终于鼓足勇气穿过人群走到观音姐姐面前，红着脸，哆嗦着手，结结巴巴地说："同学……你好……我叫苏扬，我……我可以和你一起跳舞吗？"

13

多日以后，在一个充满情趣的夜晚，白晶晶柔情似水地问苏扬当初在舞厅到底看上她哪一点了，怎么就会对她一见钟情呢，鏖战后苏扬非常憔悴，他什么都不想思考就想好好休息，于是"嗯嗯"应付，白晶晶一看苏扬答非所问，于是改拍为打，握着小拳头对苏扬胸膛一阵猛捶，但很可能力道不够，苏扬感觉那是在帮他按摩放松，非常舒服。于是白晶晶又改打为掐，两个指头狠狠捏着苏扬胳膊里侧最脆弱的肥肉，苏扬被捏得疼死了，只好采取缓兵之策。苏扬说："那你先说你看上我哪点了，怎么我请你跳舞你就不拒绝呢？"

白晶晶一听此问更是精神抖擞，当即来了个一百八十度翻滚趴在床上，双手托着下巴一副天真无邪状。她一口气说了十个成语赞美苏扬当时给她的感觉，差点把苏扬吓坏。说实话，在此之前，苏扬一直视白晶晶为文盲，平时说话从不见用形容词，现在居然能说出这么多成语中间还不打岔，简直不可思议，顿时双眼放光睡意全无。白晶晶说完后又来了个转体三百六十度，翻到苏扬身上，她用细长的胳膊紧紧缠绕住苏扬的脖子说："亲爱的，现在该你说了。"然后做了个美妙的造型准备接受苏扬的赞美，没想到等了半天就见苏扬白了她一眼，然后没好气地说："我就是觉得你笑得好看，人又高，胸也不小，所以就看上你啦！别的其实也没什么。"一句话差点把白晶晶给活活气死。

14

彼时苏扬和白晶晶已成功恋爱一年多，正勇敢地在学校附近小区的老公房内进行着同居行为。相比其他恋爱男女而言这样的举动无疑具有极大的震撼力，新闻系很快刮起一阵同居风，苏扬就这样头一回站在了潮流的前沿，感觉很是不错。

其实苏扬和白晶晶同居实在有些难言之隐，主要因为在学校谈恋爱什么都好，就是男女生活得不到保障，自从有了第一次后，他俩的欲望均犹如黄河决堤一发不可收拾，宿舍、草坪、教学楼天台、KTV包房，甚至附近公园的石头上都留下了他们缠绵的痕迹。这种野战最大的弊端就是不安全，因为他们能找到的地方也是其他人同样中意的场合，不免有撞车风险，因此每次做事时两人都神态诡异，一边运动一边还要东张西望，在这种状态下双方实力都会大打折扣，体验更是糟糕。

说起来，苏扬毕业前后 F 大附近的房价还不算高，一平方米四千块出头，谁都没想到两年后上海房价会飙升到面目全非，特别是 2003 年春节前后简直是天差地别，像 F 大那种离市中心还有段距离的地方房价都冲到每平方米七千块，至于市中心，每平方米过万的房子比比皆是。这让无数人目瞪口呆高呼无法理解，至于现在，平均值已经达到了十万，而且还有严苛的限购政策，你就算有钱也不一定买得到，就算有资格也基本上买不起，房价成为压垮一代年轻人的那根稻草，你绕不过，逃不开，却也无法撼动，只能拖，或者各种闪展腾挪，自我安慰或欺骗，然后逃离，却发现，故乡也早已回不去，哪里都无法安放我们孱弱的余生。

15

好了，现实再抱怨它还是坚硬，生活再逃避它也不会有任何改变。还是回到多年前的那个充满桂花香味的深秋吧，幸福男人苏扬魂不守舍地抱着大美女白晶晶跳了整整一下午国标，跳得心花怒放，跳得风情万种。最后当矮胖老师宣布散场时，苏扬深深感受到什么叫时光荏苒、光阴似箭。

回到宿舍后苏扬有一种强烈的欲望想写诗，他想赞美什么，这种强烈的创作欲望他已经久违了，当他提笔时却发现没有一个词可以表达他内心的悸动和美好，他特别着急，用牙齿拼命咬着笔套，双目圆睁，眼角慢慢渗出了泪水。马平志首先发现苏扬神情诡异，他是在哭吗？可是为什么他的嘴角又在微笑？难道这就是传说中的变态？马平志觉得好玩，赶紧过来关怀，其他室友也纷纷上前凑热闹，在众人的口水四射下，苏扬用幸福小女人的口吻说出了下午的艳遇，口水流下三尺长，却只见渣男马平志面色严峻，过了半晌才黯然说："和你跳舞的那个女孩该不会是白晶晶吧？"马平志说这话时语气特怪异，仿佛说："和你跳舞的不会是白骨精吧？"然后不等苏扬回答他又补充："肯定就是白晶晶，你招惹谁不好招惹那个女魔头，完了，哥们你死定略。"

　　那时苏扬还不知道下午和他跳舞的就是白晶晶，甚至不知道上个星期他强行索舞的女孩也是白晶晶，后知后觉从来都是他的强项。因此他更加不可能知道叱咤 F 大的风云人物白晶晶的光辉事迹，如果他知道白晶晶就是那个人见心寒鬼见发愁的女魔头，而这个女魔头拒绝过的男人数目超过一个加强排，一度排名全校最受欢迎的女神，苏扬肯定连哭都来不及，可他什么都不知道，他只知道自己春心萌动，知道自己幸福无比，现在通过马平志之口他又知道原来那个女孩名叫白晶晶，所以那晚，苏扬宿舍全体男生都听到一向沉默寡言的苏扬说出了一句石破天惊的话："我决定啦，我要追白晶晶。"

相

恋

当某天是个人都能看到苏扬搂着美女白晶晶
那一尺六的小蛮腰屁颠屁颠地在 F 大招摇过市时，
谣言停止了，猜忌消散了，
所有人都知道 F 大女魔头白晶晶终于名花有主了，
从此百姓安宁，天下太平。

WHEN DREAMS WERE SHATTERED.

暗恋

1

如果要给苏扬这个人贴标签的话，眼高手低应该排在第一位，其他还有诸如愤青、敏感、偏执、天真、蔫儿坏、迂腐……总之，百无一用是书生，说的就是他这种人。而此前他做过的最光荣的事也不过是高分考取了 F 大，很长一段时间连他自己都怀疑人生还会有什么精彩出奇。当然，这种平淡的生活也没有什么不好的，不是每个人都要轰轰烈烈，在苏扬的眼里，每个人其实都一样，最后都是失败者，既然这个结局早已注定，那么姿态还不如好看一点。

然而，那天之后，苏扬突然意识到了自己灵魂深处隐藏的另一面，那就是，死不要脸，不到黄河不死心，到了黄河更不死心——没错，这些都是在追白晶晶时的意外发现——如果将这次追求比喻成一场艰苦卓绝的战役，苏扬同学充分发挥了一不怕吃苦二不怕牺牲的革命精神，执着得让人崩溃。这里很多细节其实可以忽略，男人追女人的手段数来数去无非那么几套，再怎么折腾也脱离不了"威逼利诱"四字真言。苏扬在这件事上虽然缺少实战经验，但他并不缺少天赋，而且他很敬业专注，再加上不要脸以及死缠烂打，所以前期取得的成绩还算令人欣慰。

2

而身为校花级美女，白晶晶从还没发育时就频繁遭遇各种男人的谄媚骚扰，和各式各样的男人都打过交道，这些男人中有孔武有力的，也有妄想神经的，有长得像道明寺的，还有风情万种像娘们的……多年实战中白晶晶早练就一身上乘武功，自以为铜墙铁壁、刀枪不入。更何况她早就心存高远，认定自己的情感牵挂绝非身边这群笨蛋可以托付，与其自怨自艾朝思暮想还不如把自己雕塑得更好，未来以最佳的状态等待那个真正衬得上自己的男人。于是她开始心如止水心无旁骛，冷酷得像一个天真无邪的圣徒。就这样大一大二很快顺利度过，那些想入非非的男人也纷纷觉得她高冷不可亵渎。只可惜她千算万算，却怎么也没想到有一天会遇见苏扬这样的男生，仿佛一颗出轨的流星，不由分说、莫名其妙、毫无征兆、蛮不讲理地闯进她的世界，打乱了她所有美好的意图。

虽然阅男无数，可白晶晶真的从没遇到过像苏扬这种看上去没脾气摸上去没个性的男人，此人一天到晚强烈要为你奉献他的全部，却对你别无所求，看你的目光还特别纯洁，仿佛一天使。再有就是这个男人还很黏糊，鬼似的总在你面前晃来晃去，如一摊高密度的鼻涕黏附在你身上，不知羞耻，只要你不拿棍子赶他走，他保准可以累死累活地跟着你，让你无路可退。

在苏扬追求白晶晶的前期，白晶晶骂过他，打过他，也侮辱过他，就差跪拜求饶叫他爸爸了，可不管恐吓还是哀求，苏扬都不为所动，他始终用无比温情的目光看着你，对你微笑，让你彻底崩溃。就这样经历一次次挫折后白晶晶知道想甩掉此人纯属徒劳，你总不能杀了他吧？于是也只好听之任之。好在此人虽然可恶，但动作还算君子，最多是生理上的不适。白晶晶心想：就当我生了一场病，挺一挺总会过去的。

3

在取得初步成功后——苏扬的的确确是这样认为的——他开始执行第二步方案，向白晶晶展现自己横溢的才华。从此白晶晶差不多每天都能收到这个病毒的情诗，而且是用毛笔毕恭毕敬地抄在宣纸上，每天一封，风雨无阻，韵律工整，平仄讲究，其内容涉及天文地理人文历史，差不多就是"十万个为什么"的诗歌版。白晶晶从小看过很多书，最爱的就是诗歌，五岁就能倒背唐诗一百首，只是她从来没有在生活中遇见过活的诗人，更不要说这个诗人就在眼前了。加上苏扬的毛笔字写得真的很好，笔墨横姿，春蚓秋蛇，颇有风骨。白晶晶学过书法，最爱柳公权，至少临摹过一千遍《兰亭序》，因此苏扬笔力的精妙她能看懂且真心欣赏。就这样诗歌和书法水乳交融，犹如一把恰如其分的钥匙，不偏不倚地插进了白晶晶的心锁，加上她本身就是一个内心充满好奇的女孩，苏扬这样貌不惊人却内秀有才的男生，确实让她觉得前所未见，有点意思。

通过这些诗歌，白晶晶还能够体味到诗的作者是一个富有爱心的好人，不但生活充满情趣，而且喜爱小动物爱护花花草草，还不随地吐痰。白晶晶开始对苏扬越来越好奇，于是装作不经意打听，才知道此人竟然还是校文学社的一名领导，曾写过不少让女孩流泪的文学作品，在好多期刊报纸上都发表过，可谓是个不折不扣的文学青年。

文学青年苏扬除了每天一诗表达才华外，也会给白晶晶写点情书什么的。苏扬的情书也比较独特，除了竭尽所能讴歌白晶晶外，还不厌其烦地诉说自己的理想，仿佛读他情书的对象不是女人而是人生导师。苏扬写小说般交代自己的成长背景，然后告诉白晶晶自己渴望成为一名伟大的电影导演，他要让张艺谋、陈凯歌之辈觉得自己生不逢时，知道以前拍的那些电影其实不过是自作多情，现在他正朝这个目标大步踏进，相信不久就可以有所作为。苏扬倾诉的口吻还带点埋怨的色彩，他怨恨命运不公，自己空有冲天才华宏伟抱负，却只能在傻拉巴唧的 F 大文学社做个小头目，苏扬说如果按照达尔文进化论现在就应该是他来当文学社社长。苏扬还抱怨说如今社会太稳定世界太和平，如果回到半世纪前那个戎马年代，他一定会成为风云枭雄，甚至被载入史册，供后人顶礼膜拜。

4

所有这些虚实莫辨的话语都强烈地刺激着白晶晶的神经，这个一直认为自己早就看透天下男人的女孩的所有童心爱心好奇心都被酣畅淋漓地激发了出来，苏扬在她的概念中一会儿清晰一会儿模糊，一会儿片面一会儿立体，那种无法掌握的感觉给白晶晶带来了前所未有的快感和诱惑。对早恋本来不抱任何期望的白晶晶突然产生了强烈的欲望，想要和这个神秘的男人好好深谈一回，是的，就是这么突兀，就是这么简单，很多时候我们都觉得女神难追，只是因为我们没有 get（抓住）女神心动的那个点，我们总是自作多情却又自以为是，我们总是答非所问又妄自菲薄，所以我们总是南辕北辙，越用力越是错。而只要方向对了，缘分到了，点 get 到了，女神瞬间变成小女生。

5

就这样，白晶晶不再拒绝苏扬的诗歌和情书，甚至还主动把他约出来探讨人生，于是在 F 大花前和月下经常可看到苏扬和白晶晶坐在一起窃窃私语，仿佛一对交往已久的闺中密友。

苏扬擅长写诗歌，但他更擅长讲故事，尤其擅长讲悲情爱情故事，每次苏扬都讲得特煽情，特投入，讲到最后白晶晶还没有哭自己先泪流满面，好几次都快抽过去了。白晶晶开始还觉得有点假，觉得这哥们表演得有点过，只是看他挺可爱，不想拆穿，可是每次都这样，白晶晶心想，再好的演员也没有这么发达的泪腺，莫非我遇到的这个人真的如此善良容易感伤，如果是真的，那倒也真是难得了，看看身边那些男生，哪个不是现实物质，却又无趣至极？哪个不是自私臭屁，却又可笑万分？如果说我心心念念的那个完美男孩只存在于幻想当中，眼前这个男生至少对我是认真的，至少是有才的，至少是单纯的，至少我和他在一起时，我不厌烦，这种感觉，已经是人生头一回，我应当珍惜。

白晶晶像做数学证明题一样看待自己和苏扬的关系，并且对此自鸣得意，仿佛自己依然是理性的、稳定的、可控的，所以是安全的，然而她的行为举止其实已经出卖了她的灵魂，只是她没有意识到。

比如，哪天苏扬突然没有按时来信，她没有看到苏扬的诗歌和情书，她会若有所失，甚至茶饭不思。

比如，苏扬讲故事讲到动情处，哽咽无法自持时，她会心疼，然后给他递上纸巾。

比如，苏扬爽约后两人再见面，她会生气不理他，故意各种找碴儿。

再比如，苏扬要是不听她的话，她会变得特别暴力，动手又打又掐。

总之，她变了，变得爱笑也爱生气，变得越发蛮不讲理，变得会发嗲更任性，变得越来越像个小女生。

6

对于这些变化，苏扬当然都看在眼里，苏扬就算再没经验也知道那意味着什么，只是脸上继续装傻，心里却乐得不行。

一次讲故事时，苏扬瞅准时机加重剂量，把罗密欧、朱丽叶、梁山伯、祝英台这四个情圣的事掺杂到一起，感动得白晶晶梨花带雨，两人更是对眼泪成行。白晶晶一边抹眼泪一边问：怎么可以这样，怎么可以这样？为什么有情人无法成眷属，这个世界到底怎么了？白晶晶本来就极漂亮，流泪时更是风情万种，我见犹怜。白晶晶的泪水给了苏扬无边的勇气，哥们恶向胆边生，颤抖着伸出手轻轻搂住白晶晶的酥肩，然后单膝跪地用无比诚恳的口吻边呜咽边说愿意把自己并不宽广的胸膛借她依偎，他的胸膛虽然单薄但很安全，虽然很瘦小但很坚挺，是白晶晶永远的避风港。苏扬边说，边抽泣，白晶晶最后一丝理性的防线在这狗屁不通的逻辑前彻底崩塌，没有任何犹疑就顺势躺进苏扬怀里，并把眼泪和鼻涕通通擦到苏扬衣服上，算是两人爱情开始时最强有力的见证。

7

自打苏扬立志追求白晶晶，无数有良知的人都给他讲过癞蛤蟆想吃天鹅肉的故事，想以此来点化冥顽不灵的苏扬。在任何一个有理智有思想有情操有自尊的正常人看来，苏扬追求白晶晶无疑是痴人说梦以卵击石，自取灭亡那是肯定的，很有可能就会尸骨无存。

　　只可惜人算不如天算，老天整出来的玩意儿没人看得懂，当那些咧着大嘴等着看好戏的浑蛋看到白晶晶和苏扬越来越亲密，看到两人出双入对游荡在 F 大的草坪前池塘边并开始公开打情骂俏卿卿我我时，所有人都开始叩问人生。一部分人慢慢接受了这个现实，还有一部分人坚持自己的观点，认为苏扬即将大祸临头，白晶晶这招是欲擒故纵，先给苏扬点小甜头让他幸福幸福，等时机成熟了再灭了这个傻小子，到时让他哭去吧。只可惜事实再次证明了这些人目光短浅，当某天是个人都能看到苏扬搂着美女白晶晶那一尺六的小蛮腰屁颠屁颠地在 F 大招摇过市时，谣言停止了，猜忌消散了，所有人都知道 F 大女魔头白晶晶终于名花有主了，从此百姓安宁，天下太平。

8

　　苏扬追到了白晶晶，不管你相不相信、承不承认，这都是既成事实。有人说这个事实对苏扬而言是幸福的源头，他祖祖辈辈做牛做马做牲口积的德全被这小子捞去了；也有人坚持认为这个事实只是一场噩梦的开始，理由是阶级决定爱情关系，白晶晶出身名门，条件优渥，一般人根本伺候不起，更不要说苏扬这种外地来的穷小子。是，他是能写几首看上去挺美的诗歌，是能讲几段闷骚的故事，但那又怎样？能当饭吃吗？能过日子吗？白晶晶就是一时好奇而已，很快等她兴奋劲过去后就会厌倦，就会逃离，到时候有的是苦头吃。

于是明里暗里不知道多少双眼睛紧盯着这对情侣，掰着手指头数着等他们出事。

然而那时苏扬和白晶晶恋爱还没多久，感情正处于高潮期，两人在一起觉得做什么都有意思，成天打打闹闹，犹如两个小疯子一样嘻嘻哈哈，全无半点正经。在没和白晶晶恋爱前，苏扬一直认为白晶晶是观音姐姐，等恋爱后才知道她说白了就是一小孩，这个小孩不但头脑简单，而且善良天真，绝对不似外表给人的那样冷酷无情，对苏扬这种老奸巨猾的狐狸而言，哄骗白晶晶是小菜一碟，损耗不了几个脑细胞。

有一天白晶晶突发奇想，追问苏扬会不会把她写到小说里，苏扬说："不知道，你要我写我就写，你不让我写我一个字都不写。"

白晶晶说："那你就写吧，最好是越悲伤越好！"

苏扬问白晶晶："为什么要悲伤？"白晶晶想了一会儿说："因为悲伤的感情更让人觉得美丽！"

苏扬一听不乐意了，阴沉着脸说："那我不写了。"白晶晶赶紧问："为什么呀？"

苏扬说："我可不要我们的感情也悲伤，我要我们永远在一起。"

白晶晶听后大为感动，立即抱住苏扬不停地道歉，表示刚才的表达纯属失误，然后再表明心迹，告诉苏扬其实她也很希望可以陪他到天荒地老。

9

再说说两人恋爱时的一些细节吧，这些零碎的、稚嫩的、真挚的、甜蜜的点滴，是命运长河里最为诱人的存在。无论后来经历了什么，遗忘了什么，背叛了什么，这些都是他们曾经那么相爱的见证。

刚恋爱时苏扬喜欢打肿脸充胖子，买什么都抢着付钱，不管白晶晶要什么，从来不吝啬。白晶晶因为长期和富人交往，身边的人非富即贵，所以一度产生错觉，认为如今国泰民安，基本上不知道世界上还有穷人的存在，因此对苏扬的慷慨没在意，可等日子一长就发现不对劲了，比如说苏扬和自己在一起时从不买水喝，号称不渴，白晶晶心想，你超人啊，和我逛了一天街滴水未进还不渴？一次白晶晶说："苏扬你也买瓶饮料喝喝吧。"苏扬想也不想就拼命摇头说："我不渴啊，你要喝什么我去买？"白晶晶杏眼一瞪说："不管你渴不渴我都要你喝！"苏扬一看白小姐发飙了只得遵命，在便利店里挑来挑去，找了半天才买了瓶不知是什么牌子的矿泉水，八毛钱一瓶，然后喝得那个欢啊，也就是在那一瞬间白晶晶仿佛明白了什么。白晶晶鼻子发酸眼睛泛湿，走上前紧紧抱住他，喃喃地说："苏扬，你对我可真好。"

对白晶晶这种喝水都讲究营养的人而言，吃饭更是个大问题。如果说白晶晶每天有一个小时不开心的话，那么这一小时内最起码有五十九分钟是为吃什么而郁闷。基本上白晶晶初中毕业后就对肯德基、麦当劳丧失了兴趣，认为那些只是给小孩子吃的快餐。必胜客倒还可以，档次虽然也不高，但味道还凑合，至于学校食堂里的饭菜，则简直无法下咽。

　　苏扬来上海前，只在电视里看过肯德基的广告，在他心里肯德基的地位是至高无上的，所以好几次苏扬都特自豪地说："晶晶，咱去吃肯德基吧！"结果每次都遭到白晶晶的白眼。白晶晶看着苏扬的兴奋劲又不好打击他的自尊心，心想吃就吃吧，反正吃了也不死人。在 KFC 店里苏扬瞅着菜单老半天，才买了份套餐，然后乐滋滋送到白晶晶面前。白晶晶说："你怎么不吃啊？"苏扬心疼钱没给自己买，却嘴硬说："我特不爱吃这些东西。"白晶晶吃了两口觉得实在难以下咽，一把将盘子推到一边�’着嘴说："不吃了，我们走吧！"这下把苏扬给急得一边埋怨白晶晶太浪费，一边甩开腮帮子吃得不要太开心，因为吃得太急，结果不停地打嗝。白晶晶一开始还瞪着大眼睛看着苏扬的举动，仿佛看到了外星人，后来看到苏扬嘴边沾着汉堡的奶油觉得很可爱，于是扑哧一笑，娇嗔："急成这样，谁跟你抢呀，你不是不吃的吗？"

　　苏扬听了就傻傻地笑。白晶晶心中又是一震，觉得好温暖。

10

　　白晶晶多才多艺，特别是歌唱得特别好，从小就接受正规声乐训练的她天生有副好嗓子，唱美声都绰绰有余，至于那些流行歌曲更是不在话下。白晶晶特别喜欢唱 K，经常强迫苏扬去 KTV 和她飙歌，对苏扬这种五音不全的人而言，花钱唱歌简直是最愚蠢的行为。然而苏扬爱她、疼她，把她当成宝贝一样呵护，不管是真是假，反正得让白晶晶有这种感觉，所以苏扬只能屈服，还得装作很享受。

F大附近就有一家钱柜，两人隔三岔五总往那儿跑，白晶晶越去越开心，越去越想去，觉得那是天堂，苏扬则去一次哭一次，去一次心疼一次，认为那鬼地方简直就是地狱，苏扬心想钱柜可真他妈贵！两个人一间小包房，唱两小时就要一百多，这不是抢钱是什么？

一开始苏扬还不知道白晶晶唱歌特别好，还大言不惭地说自己嗓音特别像刘德华，中学时全校歌唱比赛拿过奖，不过最后他觉得无聊就弃赛了，害得好几个忠实的迷妹还哭鼻子了。苏扬说得比唱歌要好听很多，经过他这一番渲染白晶晶更加好奇了，说要和苏扬比试比试。苏扬一听慌了，赶紧说自己已经封嗓多年，又说自己淡泊名利，还是算了吧。这样一来白晶晶更是受不了，连掐带咬非得立即去唱歌，否则就分手。苏扬执拗不过只能答应，两人到KTV包间后谁也不先动手，对彼此说：你先来。苏扬虚怀若谷的表情让白晶晶更加坚定遇见了高手，心想看来只能一招制胜了，于是上来就点了首《美丽的西班牙女郎》，然后气运丹田，一路F调，从头到尾不用半句假声，差点把苏扬耳朵震聋。他心中却窃喜，没想到女朋友还是一歌唱家，这感觉犹如中了头彩后发现能兑换两次，简直太超值。

白晶晶唱好后眨巴着大眼睛说："哎呀，今天没发挥好，该你唱了，要不你来首《我的太阳》吧。"

苏扬的心已经崩溃了，点点头，然后趴在点歌器上一阵狂搜索，最后终于找到了一首和太阳有关的歌《太阳当空照》，然后捏着嗓子唱了起来，边唱还边装可爱，白晶晶这才知道原来苏扬一直吓唬她呢，可是根本气不起来，反而觉得自己千寻万觅的男朋友真是与众不同。白晶晶以前一直奇怪情人眼里为什么会出西施，那不合理，更不科学，可是那一刻她彻底明白了，她对自己说："就算他长相很普通，出身还一般，也看不到太多未来，可现在，他就是我最喜欢的男孩。"

11

就这样，苏扬和白晶晶的爱情在所有人的不看好中坚挺前行，且越发牢固。一般知趣的人看到两口子如此恩爱也就打消了插足的想法，偶尔还有不知天高地厚渴望成为第三者横刀夺爱的浑蛋也被白晶晶三下两下轻松打发掉。无论白晶晶还是苏扬，都认定这份情感不会遭遇什么挫折，他们天生绝配，他们无坚不摧，会一直携子之手，相伴终老。只可惜那时的他们还是太稚嫩，感情从来就不只是两个人的事，半年后F大这对模范恋人终于出现了第一次大的感情风波，并在一定程度上造成了万劫不复的假象。

详细事由是这样的，F大有不少韩日留学生，有些家伙仗着自己来自发达资本主义国家手头比较富裕，再加上在国内整过容，看上去小有几分姿色，于是成天游手好闲、不务正业，打着学习中华民族优秀文化的幌子到中国寻欢作乐来了。白晶晶和苏扬的感情危机就和一日本留学生有关。

一天傍晚白晶晶正独自在图书馆看书，突然接到苏扬电话说晚上请她到校外好好搓一顿，不管她想吃什么自己都会满足。白晶晶简直受宠若惊，谈了大半年恋爱感觉苏扬哪儿哪儿都好，就是有点抠门，现在他突然如此慷慨，难道捡到了钱包？白晶晶不做他想，赶紧背着包往外走，边走边想等会儿到底吃什么，其实白晶晶什么好吃的都吃过，但男朋友买的就是味道不一样。

白晶晶刚走出图书馆大门，就看到一个满头扎着非洲脏辫的家伙，这哥们尖嘴猴腮，留着小胡子，穿着肥肥的运动服露出两只花臂，戴着耳机随着 hip-hop 的旋律晃来晃去，活像一只大马猴，一瞅那副模样就知道是个异域人士。

大马猴也看到了白晶晶，他惊叹于 F 大竟然还有这么漂亮脱俗的美女，而且美女正在朝自己走来，于是蹦得更欢了，等白晶晶经过时更是做了一个空翻，不偏不倚落在白晶晶面前，着实吓了白晶晶一跳，她掩着嘴就是一声尖叫。

大马猴赶紧道歉，白晶晶很快平定情绪，顾不得理会，就淡淡一笑算作回应，然后匆匆离去。

12

生活就是这样神奇，往往你一个不经意的举动对别人而言却是刻骨铭心，这哥们当场被白晶晶绝世的美貌给惊呆了，而她的浅笑和尖叫更是让他魂牵梦萦，从此茶饭无味，夜不能寐。

要知此君在老家扶桑也算一小有名气的流氓，到上海后更是和无数美女风流过，可谓如假包换的禽兽一头。可那一刻他突然发现以前所谓的美女和眼前这个女孩比起来简直连垃圾都不如，这个女孩不但貌美如花，而且气质出众，纯真不失性感，时尚又多风情，凭多年玩弄女人的经验，这哥们知道遇到极品了。

这种极品自不可多得，只可遇而不可求，遇到一次是一次，下一次再遇到就不晓得啥时候了，再说刚才美女还对自己倾城一笑呢，显然是发出爱的信号，如果不珍惜，简直天理难容。想到这里大马猴立即回头对白晶晶叽里呱啦一阵日语，翻译成中文意思就是："同学请留步，我可以问你一个问题吗？"

白晶晶心中正算计该怎么敲诈苏扬呢，丝毫没留意身后那只大马猴，现在突然听到有人对自己说日语，于是停住脚步犹豫要不要回头。说时迟，那时快，大马猴已经奔到白晶晶面前，然后毕恭毕敬鞠了个九十度的躬，把刚才的话又重复了一遍，表情还挺真挚。

白晶晶对外国人一向不感冒，因为打过太多交道。白晶晶清楚地记得七岁那年她老爸刚步入仕途，在市府负责对外文化交流的差事，经常会接待一些国外友好团。白晶晶总扎着红领巾手捧鲜花在机场迎接外国老爷爷，然后仰起粉嫩的小脸让外国老爷爷用茂密的胡子扎一下表示两国友好。等大点后又经常作为友谊大使出访国外学校，中小学十二年去了得有四五十个国家，因此外国人在她心中和外地人其实差不多。

而所有的外国人里，白晶晶对日本人最没好感，主要还是历史遗留问题，虽说白晶晶从小一直比较崇洋媚外，但在爱国这个问题上一点不含糊，每次在国外看到五星红旗都有流泪的冲动。现在看到这个奇形怪状的日本哥们对自己说了一大堆鸟语，不知何意，只得瞪大眼睛凝视此人，然后用英语小心翼翼地问了一句："请问，你有什么事吗？"

大马猴看奸计得逞，赶紧用英语又说了一遍，日本人的英语水平本来就很糟糕，要不是白晶晶的听力实在太好，基本上一个单词都听不懂。

白晶晶心里早就不耐烦，脸上的表情开始不对了，冷冷地回答："有什么事你快说。"

大马猴白眼一翻："请问图书馆在哪里呢？"

是的，这个家伙就站在图书馆门前，然后装白痴问图书馆在哪里，白晶晶立即反应过来，原来对方故意搭讪呢，至于背后动机她用脚指头想也知道，如果是其他女孩，说不定扭头就走，或者花容失色，这些反应白晶晶都不赞同，因为对方来者不善，你要是反应太过强烈，只会增加他们的成就感，最好的办法就是无动于衷，于是白晶晶轻轻用手指了指他身后，然后目不斜视地离开，任凭大马猴在身后再怎么发出声响也绝不回头。

13

那天晚上苏扬请白晶晶吃了一顿西餐，虽然是那种平价西餐厅，菜品很少，食材也很一般，但白晶晶还是很开心，因为这已经是他们恋爱半年来吃过的最高档的饭店，而且苏扬还变戏法地送上了一枝玫瑰，就是大街小巷随处可见十块钱一枝的那种。白晶晶受宠若惊，问苏扬怎么突然如此浪漫，到底想干什么。苏扬连忙摇头说没什么原因，就是下午突然拿到了一笔稿费，于是就想好好犒劳犒劳白晶晶。看着白晶晶眼里泛着泪光，苏扬不失时机地紧握她的手说这半年让她受苦了，其实自己内心一直都很柔软浪漫，只是确实现在条件还不好，所以只能忍着。白晶晶连连点头说自己都明白，还让他不要有那么大压力，因为她有钱，如果他愿意，以后就不要再省吃俭用，反正两人都这么好了，应该不分彼此，花她的钱就是。结果苏扬一听急了，脸涨得通红说："晶晶你说什么呢？我一个大男人怎么可能用你的钱？传出去还不让人笑死。"说完还不解气，又补充了两句："钱算什么啊，钱就是他妈王八蛋，大风迟早有一天会把钱吹来的！"对着自己深爱的女孩这样说话，就是真急了。

白晶晶知道苏扬的性格，这个家伙向来没什么原则，但这的确是他的底线之一，于是赶紧住嘴。不过说到对待钱的态度，白晶晶实在有话要讲。她当然能理解且尊重苏扬的金钱观，但她又深深觉得苏扬的很多想法其实很不成熟。现在没钱确实不代表什么，上大学主要还是靠家里，而家庭出身是每个人无法选择的，这不丢人，却也不能成为包袱啊，金钱是没有那么高尚，却也不可耻啊，正视之、获得之就是，完全没必要因为没钱就说自己不在乎钱，没钱就害怕去谈钱，没钱就变得比谁都敏感，谈都不能谈。白晶晶最喜欢的一句话就是：君子爱财，取之有道。你都不尊重钱，你怎么才能拥有钱呢？可是她悲哀地发现，苏扬正在截然相反的一条路上狂奔，他明明比谁都敏感在乎，却一天到晚装作根本无所谓，还给自己立下这样那样的规矩，自己难受，别人也不舒服。

虽然她内心并不认同苏扬的金钱观，但也不试图说服他，因为知道根本无法说服。说多了只会伤感情，而现在一切的一切，都不能挑战他们甜蜜无间的关系。反正金钱也不是阻碍他们交往的主要因素，以后的事情以后再说。而为了未雨绸缪，白晶晶的应对之策就是把自己的钱都攒了起来，将来有的是要用的地方，到时候一次性拿出来，说不定能派上大用场。现在生活苦一点其实也挺有意思，毕竟这些都是前所未有的经历，值得好好体味。

14

因为钱引发的短暂尴尬并没有太多影响这对恋人的心情，那晚的月光太过皎洁，两人吃完饭后都不想离场，对着月光互诉衷肠，只是两人已经恋爱了大半年，确实也没那么多衷肠可诉，于是又谈起白天各自的见闻。白晶晶突然想到那个大马猴，觉得挺有意思，就随口讲了出来，末了还强调这个日本人真滑稽，一看就是个老渣男。白晶晶讲得轻松，苏扬却听得心惊肉跳，最后忍不住说："那日本鬼子该不会看上你了吧？"

白晶晶轻轻冷笑："有毛病，怎么可能？"

苏扬也不好再说什么，只是心中隐隐觉得沉重，像有口浓痰吐又吐不出，咽又咽不下，万分难受。

　　其实也难怪苏扬担心，说到底苏扬内心深处还是自卑的，觉得自己配不上白晶晶，虽然已经谈了半年恋爱，可还是常常觉得这是梦一场，迟早要灰飞烟灭——是的，这是苏扬谁也没有告诉的秘密，最初他不了解白晶晶，凭借一腔孤勇热血，反而什么都无所谓，从肉体到精神都很纯粹，也正是这份纯粹，助他无往而不胜，最终抱得美人归。可是真正拥有后、了解后，才发现自己和白晶晶真真切切是两个世界的人，甚至可以说是风马牛不相及，这样两个从出身到价值观到一切的一切都完全不同的人可以相爱，除了缘分再没有其他可以解释。而也正因为动了真情，所以害怕变成了患得患失，最要命的是，这份不自信还不能表现出来，不但不能让白晶晶觉察到，甚至连自己都要欺骗，所以他小心翼翼，他竭尽所能，他要让自己看起来始终如一，仿佛一身轻松，毫不在乎。天知道，这对苏扬是多大的挑战，尽管看上去他做得似乎还不错。

　　其实苏扬也知道，之所以能做得还不错，除了自己心理建设颇见成效，也得益于这半年并没有谁真的插足，或者那些对白晶晶有意无意骚扰的家伙也都很 low，苏扬觉得不足为患。可现在突然横空冒出个日本人，而且白晶晶刚才讲述时还说这个日本人挺有型的，街舞还跳得特别好，这就更让苏扬多心了，苏扬心想，当初你不就是觉得我的诗写得好故事讲得溜才开始对我好奇的吗，你那么爱唱歌跳舞，现在遇到的还是一个外国帅哥，指不定你怎么想呢。

　　苏扬越紧张就越颓废，越颓废就越担心，最后甚至连说好的共度春宵也没心情了。白晶晶压根儿不知道自己哪里做得不对，问苏扬怎么脸色苍白，满脑门的大汗，要不说苏扬的伪装功力实在可以，都这样了他还不忘对白晶晶甜言蜜语，说："亲爱的快看，今晚的月亮和你一样美丽。"

15

白晶晶在图书馆门口遇到的大马猴有个很奇怪的中文名叫曹操。那天回去后，曹操翻来覆去睡不着，眼前满是美女的千娇百媚，一夜失眠后决定对此女展开爱情进攻，不把她弄上床绝不回国。

说来曹操倒也真有两把刷子，很快就将白晶晶的个人资料调查得一清二楚，连她的课表和作息时间都了如指掌，从此只要白晶晶一到宿舍，电话保准响。一开始白晶晶接到电话就挂，后来觉得实在太烦人就问他到底想干吗，曹操用蹩脚的中文回答："我想找个中文老师，我想了解上海的风土人情。上海太美丽了，可我总是融不进去。"说完看白晶晶没有反应，又补充了一句："我愿意付钱，一个小时两百元，可以吗？"

白晶晶挂了电话心情有点复杂，一方面她觉得大马猴直接拿钱说事有点太×蛋，另一方面又觉得可以轻轻松松赚笔钱挺有吸引力。虽然她不缺钱，也没那么稀罕钱，可作为女性，她再前卫再高冷，还是缺少安全感，何况现在不是自己一个人了，她要为自己和苏扬的未来着想，甚至做好了最坏的打算，那就是毕业后她养苏扬，因此从确定踏踏实实和这个男人过一辈子的那天开始，她就变了，不再那么任性

地随意消费，从衣服到化妆品第一次走在了潮流的后面，更不会错过
每一次攒钱的机会，包括父母给的生活费，能省就省，全部存进她开
的新户头里，账户的密码就是苏扬的生日。

　　尽管如此，白晶晶也没有立即答应曹操，曹操也没放弃，反正他
醉翁之意不在酒，发现白晶晶没有翻脸就继续磨叽，他一边强调自己
真的是欣赏上海的美丽，所以希望找个土生土长的上海人给自己做中
文老师，带自己认识这个城市，一边将课时费提高到了每小时一千元，
几乎是当时行价的十倍。只要白晶晶愿意，他还可以先支付两万元作
为定金，哪怕中途白晶晶反悔了也不需要退钱——基本意思就是我给
你白送钱来了。

　　白晶晶心动了，她决定尝试一下。反正自己什么风险都没有。于
是只向曹操提了一个要求：授课地点不能是私密的地方，必须在学校
的图书馆或者其他公共场所。对此曹操一口答应，还说应当如此，请
白晶晶放一万个心。

　　开始的几次曹操确实挺老实的，还准备了很多问题，诸如上海的
石库门和北京的胡同的区别，老上海的发源地究竟是浦东还是浦西，
认真的态度让白晶晶都有些措手不及。白晶晶竭尽所能给他讲解，曹
操听得很认真，一口一个"老师谢谢你，我懂了"，然后按时把钱奉
上。白晶晶拿着钱看着曹操离去的背影，心想，或许是我想多了，人
家没准真是来感受中国文化的呢，看来我得认真备课，可别让他觉得
不满意然后不找我了。

　　白晶晶当然没有把这件事告诉苏扬，她知道怎么解释苏扬都不会

听的，还不如息事宁人。每当她把钱存进银行时都仿佛看到未来苏扬对自己感谢的场景，苏扬抱着自己狠狠亲了一口说："老婆，你真厉害，有这些钱我就什么都不愁了。"每每如此，白晶晶就觉得浑身充满动力。

<h1 style="text-align:center">16</h1>

如此过了一段时间后，曹操有点急了，心想自己已经花了好几万了，白晶晶的手还没摸到呢，看来得加快进度了，不过通过这段时间的磨合，两个人的关系倒是近了不少，至少比较熟络了，偶尔开一两句玩笑也是没问题的，而且曹操发现白晶晶不但是他见过的最漂亮的中国女孩，性格也很大方，关键是她懂的东西还特别多，特别是在潮流时尚上，开始曹操还试图讲一些高大上的生活方式来吸引白晶晶的好奇，可他很快发现他说的白晶晶都懂，不但懂而且这些年就是这么过来的，至于那些奢侈品的背后故事，白晶晶更是如数家珍，几次聊下来自己反而学到了不少。曹操越发对这个女孩着迷，甚至产生了要真心对她，将来娶她当老婆的想法，这对不婚主义的他来说简直太可怕了。

白晶晶当然也意识到曹操上课时开始不认真了，不过她无所谓，反正只要能赚到他的钱就可以，同时她也觉得这个日本人挺有意思的，看上去挺坏，其实也就那么回事。至少比起以前对自己死缠烂打的那些男生，他算大方的了。

所以当有一天曹操提出纸上得来终觉浅，想实地考察时，白晶晶并没有太纠结就答应了。而为此曹操的代价就是将课时费提高到了每小时一千五百元。不过他觉得超值，因为感觉完全不一样了，好几个周末他开着跑车来到指定的地方接上白晶晶，然后一路飞驰，看白晶晶指着外面的建筑告诉自己这是福州路，原来叫四马路，是旧社会的红灯区；这是淮海路，现在上海最时尚的一条路，有很多酒吧；这是金茂大厦，上海目前最高的单体建筑，不过很快就会有新的高楼超过它，好像还是你们日本人投建的……白晶晶化着淡妆，衣着时尚，戴着墨镜，唇红齿白，年轻、漂亮、超凡脱俗，好几次曹操斜着眼睛看，看着看着入了迷，差点撞到隔离墩上。

"实地考察"当然不能一直在路上，总要吃饭喝茶休息的，那是曹操最开心的时刻，他和白晶晶从跑车上下来时，路过的人保准纷纷注目，因为他俩的穿着打扮太吸引眼球了，就算比起明星来也不输半分，几乎所有人都会流露出羡慕的眼神，更没有人会以为他们不是一对，甚至会有人悄悄拿出相机偷拍，而所有的这些都让曹操特别享受，觉得千金难换。

曹操请白晶晶吃饭也是下足了老本，基本上都是全上海顶尖的餐厅，一顿两个人至少千儿八百的那种。白晶晶当然不会拒绝，却也不会因此而有态度上的半丝转变，一方面她也没觉得这些有什么，另一方面反正这些时间也要计费，现在她是看明白了，这哥们就是钱多烧得慌，那太好了，就让他多放点血，反正吃亏的也不是自己。

当然了，你说这些对她一点影响都没有那也不现实，人的时间精力是有限的，在曹操这里花费了，在苏扬那边花费得就会少一些，每当苏扬殷勤地发出约会邀请时，白晶晶总是说没空，一开始苏扬没在意，后来也会多问几句，白晶晶就撒谎，找各种理由，苏扬都相信了，还各种叮咛嘱咐，这让白晶晶内心会过意不去，可想到自己这样做也是为了两个人的明天，于是只能在心中对苏扬说：亲爱的，再忍一忍，我爱你，永远不会变。

17

本来白晶晶以为这种轻松赚钱的日子能够持续一阵子，没想到一切会戛然而止，甚至引发了不小的麻烦。

一个周末，白晶晶照例陪曹操逛街，那天曹操兴致颇高，到了约定结束的时间后还意犹未尽，非得请白晶晶吃晚饭，白晶晶本来和苏扬约好去看电影的，就说自己没空，结果曹操各种恳求，白晶晶实在拗不过，只得找了个理由把苏扬那边给推了。

吃饭时曹操非得喝酒，说感谢白晶晶这些日子的付出，白晶晶看他说得实在情真意切，就礼貌性地喝了一点点，然后趁曹操不注意悄悄吐了。曹操却越喝兴致越高，最后生生把自己灌多了，然后看白晶晶的眼神也不对了，说话舌头也大了，开始吹牛说自己家在日本特别有势力，黑白两道通吃，钱多得无法计算。白晶晶忍了一会儿觉得他实在有点不像话，就起身要走，结果胳膊被曹操一把拉住，曹操借着酒劲向白晶晶表白，说自己打第一眼开始就特别喜欢她，这些天的相处更是觉得她堪称完美，只要她答应自己的求爱，从此荣华富贵享用不尽。白晶晶当然不从，骂了一句："你疯了吧。"然后用力推曹操，结果曹操还来劲了，当场就要霸王硬上弓，因为他们吃饭的地方是市郊的一家高档会所，每一桌都非常私密，都有自己的独立空间，白晶晶有点害怕，就大声叫服务员，结果过了半天只有一个小服务员推门进来，刚准备说话就被曹操骂了一顿，曹操说我们小两口打架你别管，小服务员立即跑开了，从此再没有人来干涉，白晶晶这才反应过来原来这是曹操蓄谋已久的方案，其实前面有很多可疑之处，只怪自己放松了警惕。更让她觉得恐怖的是头开始晕了起来，估计是酒里下了药，还好自己喝得很少还吐了，否则现在肯定已经人事不省，任人摆布。看着曹操面目狰狞，越来越猖狂，白晶晶反而镇静了下来，知道此时只能自救，而且绝对不能心慈手软，否则后果不堪设想。于是抄起桌上的酒瓶，毫不犹豫地朝曹操头上用力砸了下去，然后抬起脚，用八厘米高的鞋跟冲曹操的裆部狠狠踹了过去，如此上下同击，终于将曹操放倒在地。白晶晶赶紧打开门，对着外面大喊，同时掏出手机拨打110。曹操满头是血，下身疼得要命，再无力量去逞凶，眼见大势已去，又害怕被绳之以法，情急之下竟然给白晶晶跪下磕头求饶，声泪俱下说自己酒后冲动，请她放他一马，否则他肯定会被遣返回国。白晶晶当然不会再信他的鬼话，更不会有半分同情，只是也会担心事情闹大，苏扬知道了尴尬，于是挂断了报警电话，狠狠骂了几句赶紧离开。

等上了出租车后白晶晶才感到后怕，眼泪涌了出来，她好想给苏扬打个电话啊，好想立即看到他，此时天上地下，只有苏扬能够给她安全感，可是手机就在手中，她却不能打过去，因为害怕他会担心，更怕他误会，只能打开车窗，一边大口呼吸着外面寒冷的空气，一边尽情哭泣。

18

事后曹操又找过白晶晶好几次，白晶晶当然不会再给他半点机会，可是这哥们实在不死心，后来竟然口出狂言威胁说绝对不会善罢甘休，大有一副同归于尽的架势。白晶晶实在没办法，只好向在国家安全局上班的表哥求助，表哥听后大怒，让白晶晶放心，他会好好处理此事。从此以后曹操就再也没有在白晶晶面前出现过，白晶晶一度以为这家伙失踪了呢，还有点担心表哥是不是下手太重了。结果有一次在外面和曹操迎面遇上，白晶晶还想着要不要回避，结果曹操看到她后像看到鬼一样，扭头就跑，从此再无半点音信。

本来这事就算彻底过去了，虽然有点折腾，但好在没有留下什么后遗症，而最让白晶晶安心的是苏扬从头到尾都不知情，她也想好了永远都不让苏扬知道。却没想到没过多久，苏扬竟然从别人那里听到了风声，而且传得很邪乎，大意就是白晶晶已经和一个日本人好上了，而且在校外都同居了。苏扬虽然内心很紧张，嘴上还逞强，说绝对不可能，可是架不住说的人越来越多，而且时间地点人物一应俱全，简直想逃避都不行。特别是当马平志都郑重其事地找到苏扬，说："白晶晶都给你戴这么大的绿帽子了，我都觉得脸上无光，你丫不能再装大尾巴狼，被谁绿也不能被日本人绿啊，个人荣辱事小，民族尊严事大，想当年日本人杀了我们那么多同胞，现在还要抢我们的女人，是可忍孰不可忍，你听哥哥一句话，这事不能就此罢休，你什么都不要怕，我们一起去讨个公道。"

马平志说完，张胜利、李庄明等都先后发表声援言论，就连老实巴交的石滔也自告奋勇，说苟利国家生死以，岂因祸福避趋之，士可杀，不可辱，咱这就去和他妈小日本拼了。

苏扬再理性再胆小再爱白晶晶，也经不起这番煽风点火，立即像头发情的公牛一样鼻孔喷着愤怒的火焰要去找白晶晶说个清楚。当时已是午夜零点，苏扬不管不顾地打电话让白晶晶立即出来，白晶晶刚睡着，加上那两天正好发烧浑身无力，不愿意起床，让他有事明天再说，苏扬却不依不饶，说你必须现在就出来，立即马上，否则没完。白晶晶心想苏扬肯定喝醉了，同时对他的粗鲁也很是不悦，就把手机给关了。这下好了，苏扬更是坚信白晶晶理亏，看来一切都是真的，恶向胆边生，光着膀子一路狂奔冲到了女生宿舍楼，然后扯着脖子对着上面高喊："白晶晶，你给我下来！"那帮损友也不消停，又是砸热水瓶，又是号叫，很快女生楼的每扇窗户都打开了，里面挤满了脑袋，一看是让她们羡慕嫉妒恨的白晶晶出事了，更是兴致勃勃开始看热闹。

在数百人的注视下，苏扬像个泼妇一样骂街，且越骂越勇，最后更是用一种匪夷所思的嗓音嘶喊："下来，你有种和日本人乱搞，没种面对我，你个叛徒！"

白晶晶在宿舍听到后脑袋"嗡"的一声，心想完了，拼命咬舌头，发现真的不是梦魇，于是强打着精神，随手披了件外套就连忙下楼。

当头发凌乱、脸色苍白的白晶晶出现在苏扬面前的瞬间，苏扬突然就不生气了，他只是心疼，难受，恨自己。

苏扬伸出手，急剧颤抖地指着白晶晶："你……你……你浑蛋，你怎么可以这样呢？"

白晶晶好难受，可是她不允许自己在这么多人面前失态，更不可能悲伤哭泣，那不会换来别人的同情，只会让他们笑话。她死命地咬着牙，平静地说："有什么事我们明天再说，好吗？"

"不行！"苏扬的脑袋已经晕了，而且此情此景他已经无法收场，只能硬着头皮继续，"今天必须把话说清楚。"

白晶晶深呼吸了口气："好，那你说吧。"

白晶晶的这种态度让苏扬更是无法接受，他悲从中来，未语泪先流，字字带血开始控诉："是，我知道你嫌我穷，跟着我没好日子过，所有人都觉得我配不上你，这些我都知道，我也承认是我不好，我也在努力改进，你应该相信我，给我时间，就算你决定放弃，只要告诉我，我会安静地走开，我难不难过不重要，只要你过得幸福，无论你怎么做，我都会接受，可是我不接受你和一个日本人好，绝不接受，这日本人，这日本人……"苏扬一激动竟说不出话来，呜咽了好半天才续上："这日本人当年杀了我们多少中国人啊！"

"好，牛×！"那帮损友一边鼓掌一边起哄，"白晶晶，道歉！"

白晶晶虽然内心翻江倒海，但表面上始终波澜不惊，等大家撒完欢后冷冷地问："你说完没有？"

苏扬显然料不到白晶晶始终这种反应，一时间也不知道再控诉什么，只得低头颓废地说："说完了。"

"说完了就回去睡觉吧，明天还有课呢。"然后自己转身上楼了，留下目瞪口呆的吃瓜群众。

白晶晶走进楼道，里面漆黑一片，没有人可以看到她的憔悴和伤心，这才让眼泪肆无忌惮地流下。在楼道的某个拐角，白晶晶觉得自己已经精疲力竭，她蹲在地上，紧紧抱着头，一遍遍问自己："怎么会这样？怎么会怎样？我到底该怎么办？"

第四章

他
爱

苏扬同学这边爱得挺精彩，他的几个兄弟也不赖。
如果你够务实，
你就得承认这世界上有人活着就是为了谈情说爱，
理想情操对这些人而言纯属扯淡。

WHEN DREAMS WERE SHATTERED.

1

苏扬同学这边爱得挺精彩，他的几个兄弟也不赖。

如果你够务实，你就得承认有些人的天赋对他取得成功的意义远大于他的勤奋；如果你够务实，你还得承认这世界上有人活着就是为了谈情说爱，理想情操对这些人而言纯属扯淡。

毫无疑问，马平志就属于这种人，你要问马平志他爸叫什么名字，他都有可能不知道，但你要问他怎样和女朋友分手，他能一口气告诉你一百种方法。

而在所有方法中，马平志最擅长的是"突然死亡法"。

具体步骤是这样的：你要对女友的态度发生一百八十度的大转变，你无须直接说分手，什么都不要讲，只要不再和她约会，不再和她调情，对她不理不问，对她熟视无睹，就像世上根本没这个人一样，就算有也和你没什么关系。通常你女友遇到你这种态度时会有两种截然不同的反应。一种是装作无所谓，和你搞冷战，对这种女孩大可放到一边置之不理，你继续玩你的，过不了几天她就会控制不住伤痛，放下矜持哭哭啼啼地跑过来找你，到时再好好收拾她也不迟。还有一种反应就是你女友发现你不理她了就会发疯似的成天黏着你，告诉你她爱你胜过爱她的生命，对付这种女孩更好办，你一定要客客气气的，用看观音姐姐的眼光注视她，用对财神爷祈祷的口吻向她问好，然后说你没空陪她是因为你要在宿舍洗内裤，你不能和她约会是因为刚买了两只小乌龟，你要照顾小乌龟，不让它们饿着，反正就是要让她明白她对你而言已经不如内裤和乌龟了。她要是发怒你就对她微笑，她要是哭泣你就给她面巾纸，她要是逃跑你就让她慢走，就这样让她伤心，让她绝望，让她不知道这个世界到底怎么了，在挣扎一段时间后，她会主动要和你谈个明白，你看她越激动你就越冷静，面对她的质问你不说分手也不说继续，就这样漠不关心，仿佛你是上帝，你不需要爱情，这样过不了几天你女友肯定会崩溃，不等你说分手她都要离开你，然后骂你是疯子是变态，说永远都不要再见，而你要做的只是稍加防范，确保她拿硫酸泼你时找不到你就成。千万别以为世界上会有哪个人非你不嫁，要一辈子跟着你，没那回事，谁离开谁都照活不误，那些所谓痴情的姑娘头脑发热几天自然会回到现实，过不了两天又会和别人恋爱，到那时你就彻底安全了。你如果累了就歇会儿，你如果还有精力就继续下一场爱情，开始下一场背叛和遗忘。

"突然死亡法"最大的好处是非常刺激,有成就感,而且这种快感不会一下子喷薄而出,而是阵阵暗涌,在最后一刻才完全爆发——当你看着深爱自己的女人一步步走向绝望,看着她们的眼泪在空中飞扬,看着她们捂着胸口脑袋直晃,眼中写满凄凉,你一定会觉得人生充满美好,就像马平志这种变态的人一样。

2

公元 2002 年那个秋风乍起的季节,马平志正在和他大学时第七任女友闹分手,这是一场异常艰难的拉锯战,战斗了一个多月还没有取得实质性的进展,这让马平志感到很没面子,觉得有损他禽兽的身份。本来马平志预计用五天时间结束这段为期四个星期的感情,就像前六次分手一样用他驾轻就熟的"突然死亡法"摆脱这个自作多情的女人,却没想到这次遇到了有生以来最棘手的劲敌,任凭他使出浑身解数也无济于事,痛苦之余他对人生又加深了点理解。

马平志的第七任女友叫陶丽丽,蒙古族人,身高一米八,腰围三尺二,身材颇为雄壮,是学校女子铅球比赛纪录保持者。在恋爱这件事上,陶丽丽充分发挥了脾气暴躁、凶猛好战的特点,以为谈恋爱就是你打打我,我再打打你,越打越恩爱,直到现在马平志还深深纳闷,当初怎么就那么不小心和这个悍妇好上了呢。陶丽丽和马平志谈恋爱时,往往话说不到两句就发怒,看马平志的眼光像看阶级敌人,冲动起来更是会暴力侵犯,左一个勾拳,右一个背摔,打得马平志痛

不欲生，终于知道陶丽丽的祖先当年为什么如此骁勇善战了，也难怪
我们马平志那么坚定不移地要和陶丽丽分手——再这样下去不被活活
打死才怪。

马平志开始对陶丽丽不理不睬，陶丽丽让他陪逛街，他说要睡觉；
陶丽丽说一起去自习，他说要打牌；陶丽丽说自己痛经需要安慰，他
说自己没吃饭没力气安慰；陶丽丽说学校附近刚开了家炸鸡店要去尝
尝味道，他掏出一块钱扔了过去说："给你钱，自己买去吧！"陶丽丽
还想说什么，结果马平志白眼一翻，没好气地说："烦死了，跟事妈似
的，就算有事也别找我，我忙着呢！"

马平志说这话时是在电话里，当着陶丽丽的面这么说还真需要很
大的勇气，反正马平志肯定不敢。那些日子为躲避陶丽丽的骚扰，马
平志整天躲在宿舍不出来，两人对话基本上都是通过电话完成的。当
陶丽丽察觉情况不妙又见不到马平志人时就把全部希望押在电话上，
每天起码打一百个电话过去。开始马平志还愿意接，胡扯几句不着边
际的话完事，到后来实在受不了了就把电话线拔掉了，结果陶丽丽又
打隔壁宿舍电话，导致不停地有人过来叫马平志接电话，害得马平志
出现了幻听，老觉得有人在喊他的名字，不管哪里电话响了他都紧张。
最后马平志实在受不了了，只好打电话给陶丽丽说要谈清楚，电话里
陶丽丽一边大哭一边号叫，痛问马平志到底还爱不爱她。马平志听着
话筒里传来女人疯狂的哭泣声，突然觉得自己采取这种消极分手法对
待这个女人简直太愚蠢，不禁恶向胆边生，对着电话破口大骂："你他
妈有病，以后别再烦我了！"骂完后他愤怒地把电话挂上，顿时觉得

心中爽了不少。

挨骂后，陶丽丽果然不再打电话来烦他了，改成了直接到宿舍楼下堵他。回首那段日子，真是惨不忍睹啊，每天早上五点钟陶丽丽必定准时出现在马平志住的宿舍楼的门口，站在门边的花圃前，瞪大眼睛看着每一个进出宿舍楼的人，坚决不让马平志从眼皮底下溜走，就这样一直站到晚上十二点宿舍熄灯了才回去，饭不吃，水不喝，坚强得跟超人一样。

对陶丽丽的举动，马平志一开始还很不屑。马平志心想，大不了我不下楼就是了，反正有人给我打饭，上课有人替我签到，再不行老子我夜里出去溜达，小样看你能坚持几天！可没想到陶丽丽身为蒙古族人，最擅长的就是狩猎，这一坚持就是十天，而且看上去精神抖擞，斗志昂扬，大有将堵截进行到底之势。这下马平志慌了神，他倒不担心自己会被陶丽丽逮到，就怕陶丽丽万一累死在宿舍门口，那他怎么办？虽然担心，但他还是坚决不下楼，马平志心想不管她会不会累死，现在下楼肯定会被她砍死，坚持就是胜利。

就这样又挨了一星期，最后传达室的老头实在看不下去了，一天中午马平志正蒙头大睡时，就听老头在走廊大叫："哪位是马平志？"

马平志赶紧从床上蹦起来，对着门口大叫："我是，我是，什么事？"

老头一看马平志，激动得满脸通红，手脚乱颤，心脏病差点发作。老头义愤填膺地说："你这人怎么这么没良心？多好的女孩子啊！不吃不喝在门口等了你半个月，你见都不见人家一面，你的心怎么就这么硬？我说人家多好的女孩……"

马平志忍受着老头对着自己喷了半天唾沫，总算明白了怎么回事。马平志心想：你个死老头，多管什么闲事，多好的女孩，你和她谈谈，看你有几条老命让她折腾？马平志对老头翻了个白眼，然后一声不吭继续回床上睡觉。

老头见马平志执迷不悟，嘴里一边继续谴责此人没良心，一边唠叨说要到系里告状，让学校处置这种无情无义的禽兽。老头这招起到了立竿见影的效果，马平志天不怕地不怕就怕被学校知道，F大校风严谨，自从上次苏扬午夜大闹女生宿舍楼，已经好长一段时间没出现如此恶劣的事件了，校领导正闲得无聊，天天摩拳擦掌找违纪分子开刀，如果知道这种有伤风化的事，保准乐开怀，到时他马平志得吃不了兜着走。于是马志平赶紧拉住老头，然后骂骂咧咧地跟着他下楼去见陶丽丽。

3

正所谓仇人相见，分外眼红，陶丽丽看到马平志时眼睛一下子就红了，然后泪如泉涌，眼泪流了老半天哭声才传出来，嘹亮的哭声绝对能传遍整个F大。不一会儿她身边就围聚了不少好事者，闲人一边看陶丽丽哭一边指指点点，觉得有趣极了，就差抓把瓜子拿个小马扎了。

本来马平志准备见到陶丽丽时先下手为强，怒骂她几句，没想到事态如此发展，眼看人越聚越多，只好强压怒火，采取怀柔政策，上前递给陶丽丽一张纸巾，然后小声安慰，意思是你现在不要哭，有什么话我们到一边去说。陶丽丽还真听话，立即就不哭了。马平志看到安慰有效，心中松了口气，可就在他以为事态已得到控制时，陶丽丽突然双眼露出凶光，马平志意识到不好，想赶紧跑，无奈两人距离实在太近，他的脚还没来得及移动，脸上就结结实实地挨了陶丽丽一个大耳刮子，清脆的响声久久回荡在空中，马平志白皙的脸上应声出现了四条清晰的红印。周围的看客本以为没什么意思正准备离开，突然看到这一巴掌，顿时精神抖擞，知道即将上演一场男女大战的好戏，一个个高声呐喊，鼓励马平志还击。

马平志让这巴掌给打蒙了，这种情形他小时候在琼瑶小说里看到过，却万万没想到今天会发生在自己身上，虽然脸上火辣辣地痛，可还是觉得像梦一场，好半天没回过神来，听到别人起哄，倒也有几分想还击的冲动，可又觉得光天化日下打女人有失体统，更何况自己能不能打得过陶丽丽还是个疑问，一时间竟然不知道如何是好，只得傻愣愣地站在原地。就在马平志犹豫时，陶丽丽举起手照着马平志另一边脸又是一巴掌，然后左右开弓，说时迟，那时快，没几秒钟马平志脸上就挨了十几巴掌，闲人看得无比过瘾，一个个嗷嗷乱叫，大呼精彩。

马平志一看形势不妙，陶丽丽越打越兴奋，掌掌生风，力大无比，威力快赶上降龙十八掌了。再这样挨打下去肯定会血溅五步，当场毙命，马平志想来想去还是逃为上策，当下撒腿就跑。陶丽丽一看敌人逃跑立即追了上去，于是在众目睽睽下，一向不可一世的马平志被一个女人到处追赶，狼狈不堪。

马平志逃跑时相当后悔平时不锻炼身体，现在跑了没几步就累得气喘吁吁，腿脚乏力，胸口更是疼得要命，再这样下去不被打死也会活活累死，而身后的陶丽丽却越跑越快，眼看就要追上来了。马平志心想左右都是死，还不如死得男人点，于是来了个急停，然后用悲凉的口吻对迎面扑来的陶丽丽说："丽丽，快别闹了。讨厌，你到底想怎样嘛！"

陶丽丽也一个急停，咬牙切齿地对马平志吼叫："我要你爱我，我要你永远不离开我，只要你答应我，我就不闹。"

"那不可能，我俩根本不合适。"

"你骗人，你说过要永远爱我，给我一辈子幸福的。"

"以前的事不要再说，一切都过去了。"

"我不管，反正我不会让你离开我的。"

"你干吗一定要找我呢？我又不是好人，我是贱人啊。"

"我就是爱你，其他什么我都不管。"

"如果我一定要和你分手怎么办？"

"那我就死给你看，不过我会先把你杀死的！"

"……"

如果马平志和陶丽丽对话时天上有落叶飘下，如果在他们身后再飞出几只白鸽，那么整个场景一定很悲壮；如果他们身上都披着风衣，手里端着 AK（卡拉什尼科夫自动步枪），那么就成了《英雄本色》。可是那天没有落叶，没有鸽子，什么都没有，有的只是一个虎视眈眈的女人。马平志一边狂喘气一边内心长叹，感慨这就是生活，这就是报应，这就是我们真实的人生。

"要我不缠着你也可以，只要你答应我最后一个要求，我就同意和你分手。"就在马平志一心求死时，陶丽丽突然口风大松。

"随便什么要求我都答应你。"马平志做好放血准备。

"今晚你在老地方等我，我想和你再做一次，最后一次。"陶丽丽看着马平志一把眼泪一把鼻涕地恳求。

4

身为一个禽兽，马平志一生遭遇过各种各样的女孩提出的各种各样的要求，有要求爱她一辈子的，有要求给他生一百个孩子的，有要求像蹂躏牲口一样蹂躏自己的，有要和他私奔到热带丛林过原始人生活的，可马平志从来没遇到过陶丽丽提出的这种分手要求，无论从哪个角度判断，似乎都没有拒绝的理由。毫无疑问，马平志认为陶丽丽之所以这样仅仅是因为她太爱自己了，想拥有最后的温存，想到这里马平志不禁暗自得意起来，全然忘记刚才的狼狈，真恨不得全天下的男人都听到陶丽丽的恳求，算是挽回刚刚丢失的尊严。马平志想想自己也有一段时间没过性生活了，心中窃喜，不过态度还是很傲娇的："那好吧，真的就最后一次哦。"

那天晚上，在 F 大附近一个四星级酒店里，白天还如同生死仇人的马平志和陶丽丽展开了一场比白天更惊心动魄的战争，马平志在行将崩溃时，赶紧暂停战斗，采取安全措施，结果被陶丽丽强烈制止住。陶丽丽说自己"大姨妈"刚走，现在肯定在安全期，又说："这都最后一次了，你还那么紧张干吗？"

陶丽丽说："亲爱的宝贝，请不要让任何东西阻止你爱我。"

在陶丽丽的劝阻下，马平志放弃了坚持，然后低吼一声冲向陶丽丽。马平志心想，今儿个老子豁出去陪你玩玩，不给你点颜色看看你还真以为我那么尿呢。

有位前辈说得好——男人不管在什么地方犯错误都可以原谅，唯一不能的就是在床上。马平志就是这句话的明证，他英明一世，却因这个低级失误给自己带来无尽的伤痛。当一个月后陶丽丽再次找到他，然后指着肚子说里面有他的儿子时，马平志真恨不得从地上拾块砖头把自己了结了。

马平志目瞪口呆地问陶丽丽想怎么样，陶丽丽说："也不想怎样，就打算把孩子生下来，然后告诉天下人他爹叫马平志，反正我什么都不在乎了，得不到自己爱的人能为他生个孩子也好！"

马平志听后倒吸一口凉气，知道这次遇到了大麻烦，小脑袋瓜飞速转了几圈后决定采取缓兵之计。马平志立即用无比诚恳的口吻说其实他一直都深爱着陶丽丽，经过这段时间的挣扎，他才发现这辈子都无法离开的女人就是陶丽丽，现在他终于明白一个男人最大的幸福莫过于遇到真爱自己的女人，所以他想和陶丽丽重归于好，只要陶丽丽愿意，从此以后他愿承担起男人的所有责任。马平志一口气说完这些话后，自己都觉得牛×，心想陶丽丽听后肯定会感动得流泪，只要骗她把肚子里的孩子处理了就万事太平了，到时再好好修理这个可恶的女人也不迟。

没想到陶丽丽听了马平志的真情告白后突然冷冷地一笑，她说："你少放屁了，你以为你是什么东西？你真的以为所有人都那么爱你？少恶心了，告诉你马平志，要不你现在给我一万块青春损失费，要不就等我把孩子生出来，到时再告你强奸罪，看你怎么死。"陶丽丽说这些话时凶恶无比，直到这时马平志才知道自己早就落入了别人设计的圈套，上次她说的最后要求就是一个诱饵，自己不但浑然不知，还自我感觉良好，看来这次不损失点钱是过不去了。

幸好马平志有的是钱，陶丽丽倒也说话算话，收到马平志给她的青春损失费后，从此不再骚扰，没过几天又找了个男人继续风流生活。风波过后马平志把这件事视为人生一大耻辱，从此在心中留下了阴影，一时间竟对女人失去了兴趣，再没心思寻花问柳，每天不是打游戏就是埋头呼呼大睡，日子倒也过得安稳。要不是后来遇到陈菲儿，马平志甚至以为自己在大学里真的不会再谈恋爱了。

5

马平志和陈菲儿第一次相遇是在 T 大舞厅，基于苏扬和白晶晶的第一次邂逅也是在舞厅内，我们似乎可以推断出舞厅是孕育爱情的美好摇篮。因此我建议那些渴望爱情而不得的大学生朋友没事多往舞厅跑跑，说不定会有意外的惊喜——不过说起来也挺伤感，当年成全了那么多露水姻缘的 F 大和 T 大舞厅早已不复存在。而在 2000 年前后，这两所大学的舞厅堪称全上海高校舞厅的泰山北斗，你要是说没去过这两个地界，都不好意思说你喜欢跳舞。

T 大舞厅和 F 大的定位不同，F 大舞厅以国标闻名，T 大则以蹦迪出众，对于精力旺盛的大学生而言，显然后者更有吸引力。自诩时尚弄潮儿的马平志自然不会错过这样的场合，特别是 2002 年年底的那段空虚寂寞冷的日子，更是几乎每个周末都泡在 T 大舞厅里，伴随着昏暗闪烁的灯光拼命摇头，累了就坐在门口要一瓶啤酒，斜着眼睛看鱼贯而入的年轻女孩——虽然 T 大舞厅硬件非常一般，其实就是活动中心二楼的一间大教室，但因为价格便宜，舞曲新潮，所以人气极旺，特别是女孩很多，且个个性感时尚，让人充满遐想。

从初秋到次年晚春，马平志前后在那里混了有小半年，虽然心有期待，但一直没有斩获，主要原因还是陶丽丽的余威太大，把他彻底吓到了，导致他一时对女人的企图心不再强烈，甚至有点取向改变。马平志生平第一次觉得其实一个人也挺好，至少安全。可那个春末夏初的夜晚感觉突然和平时不一样，或许春风太撩人，或许香水味太浓，总之当他走进 T 大舞厅的一瞬间，内心涌起一种久违的冲动，那就是女孩真美好，我想谈恋爱。这种感觉让马平志很感动，内心大呼：老子终于回来了。

灯光变暗，旋律响起，年轻男女开始躁起来，马平志将外套一脱，蹦进了人群中，开始摇头——先是左手举过头顶，右手放在背后，脑袋往右甩，接着左右手交换位置，同时头往左甩，如此反复——别看动作简单，但每个人做出来的效果都大不相同，马平志个高，身材好，头发稍长，摇起头来相当协调，加上那迷离的小眼神，还有蛊惑的表情，整个人立即与众不同，想不被关注都难。

摇头不光需要技巧，更需要体力，马平志经过小半年的练习，可以做到连摇十分钟眼不花，连摇二十分钟头不晕，连摇三十分钟还可以走直道，连摇四十分钟一百以内的加减乘除没问题，对一般人来说，这个数据已经相当骇人，曾有一个哥们不知好歹试图挑战马平志，结果最后摇得七窍流血，直接被救护车拉走，因此，马平志在 T 大舞厅说自己摇头第二，基本上没人敢说自己是老大。

马平志平时就如此骁勇，那天状态出奇地好，就更是不可一世了，一首舞曲差不多十分钟，两首舞曲算一节，中间会休息五分钟。马平志第一次连摇两场，也就是五十分钟没休息，且越摇越猛，跟打了鸡血一样。当旋律再次响起时马平志的动作更加疯狂，四周的人早已甘拜下风，自发地以他为中心形成了一个小圈子，男男女女围着对他摇头，仿佛某种邪教的教徒正在朝拜自己的教主。马平志哪里受过这种待遇，顿时热血上涌，加速百分之百，边摇还边转圈，和教徒们开始互动。就这样，他们一边摇，一边喊，一边尖叫，一边大笑，那场面相当诡异。

只是有人喜欢你就有人讨厌你，马平志太过拉风，很快就有不服的上前挑战，也就是 battle（斗争），两个人对着摇头，看谁最后受不了。第一个对手是个矮个子，结果三分钟过后就上一边吐去了。第二个是个黄毛，头发甩掉一半，马平志什么事都没有。第三个是个大胖子，哥们来势汹汹，基本功也扎实，可是架不住马平志越来越快的速度，结果憋了五分钟哇的一声差点吐在马平志身上……就这样，马平志如有神助，一连挑战了七八个人，且越战越勇，跟嗑了药一样。

就在所有人认定马平志将是当晚的摇头之王时，一个女孩走了进来。女孩短发，个子不高，还有点单薄，看上去弱不禁风，所有人都想这个妹子如此不自量力，等会儿肯定会死得很惨。没想到妹子对着众人邪乎一笑，然后轻轻一甩头，顿时杀气四起，众人情不自禁地又后退两步，这才知道来者不善，绝对是个硬茬。旋律再次响起，女孩越摇越快，头发甩动带起的风打在马平志脸上，竟然生生发疼，更是影响了他的节奏。马平志不敢怠慢，屏气凝神，将全部精力凝聚在脑袋上，开始施展毕生绝学，不仅左右摇，还有前后、上下、内八、波浪，各种组合，简直摇得风生水起，看客更是连连叫好。只是让马平志着急的是，不管他以怎样的速度做出怎样的动作，女孩完全接得住，不但能重复，还能在此基础上增加难度，加上那漫天头发的渲染，气势上更胜一筹。

就这样，两大绝顶摇头高手互不相让，足足摇到上半场最后一首舞曲结束也不分胜负。实际上当旋律结束的最后一秒马平志已经到了极限，估计再多摇两下都会经脉尽断，气绝而亡。所以马平志立即停止，用最后一口气装作平静地说："怎么这么快就结束了？好吧，下次再比。"说完强忍着往外翻腾的呕吐物缓缓地走了出去，直到走到一个四下无人的地方才痛痛快快吐了出来，然后赶紧买瓶水猛喝几口，重新回到舞厅，在一边的水吧找了个凳子半躺着，这才觉得又活了过来。

中场休息时间很快结束，舞厅内再次飘荡起动人心魄的舞曲，只是马平志再也没有能力去摇头，就四处打量试图寻找刚才和自己PK的女孩，可是现在人山人海，哪里还有她的踪迹。马平志觉得好遗憾，刚才差点死在这姑娘的手上，却连伊长什么样都没看清，简直是遗恨。

就在马平志胡思乱想之际，耳边响起一个好听的声音："怎么不跳了，怕啦？"

马平志抬头，不是那短发姑娘又是谁？

马平志当然不服软："怕个屁啊，来，我们再大战三百回合。"说完立即站了起来，可还没迈步就是一阵天旋地转，于是改口："算了，就算赢了又如何，我可不能和女孩计较，特别是你这样的美女。"

女孩微微一笑，在马平志身边坐下："那好吧，既然你不敢和我比了，那就请我喝一杯。"

那个女孩当然就是陈菲儿，马平志这辈子最爱的女人，却也伤他最深，而他们的孽缘，正是从那晚开始的。

可怜的马平志并不知道在那一瞬间已注定他今生的很多劫难，如果他知道，他肯定不会立即连连点头，然后给女孩又买吃的又买喝的，最后还说要送女孩回去。如果他知道，他肯定会感慨一下命运无常，然后立即狂吻这个女人的脚指头，请她饶恕自己所有的罪。

可惜，一切都是未知，一切都已注定。

6

半个月后的一天傍晚，马平志在 F 大食堂再次见到陈菲儿。

上次在 T 大舞厅两人虽然聊了会儿，但现场灯光太暗，加上女孩的头发遮住了半张脸，所以马平志并没有看清楚她的长相，最后散场时提出送她回去她也没接受，甚至连个联系方式都没有留。马平志为此还郁闷了几天，后来再去 T 大舞厅也再没遇见过，却没想到她竟然和自己一个学校，当下心花怒放，觉得缘分真的妙不可言。

然而最让他觉得不可思议的是，陈菲儿长得特别像一个对他很重要的故人。真的，当那天的陈菲儿真真切切出现在他面前时，马平志内心深深震了一下，然后浑身发冷，犹如触电。

本来心跳并不值得大肆渲染，但对马平志而言，这种犹如触电般的心跳好多年没有过了。如果记得没错，上次出现这种深度心跳还在八年前的物理课上，那时马平志才十四岁，读初二。十四岁的马平志各方面发育都比较超前，特别是在情感方面，不但全盘知晓男欢女爱，而且对身边的黄毛丫头早没了兴趣。十四岁的马平志的暗恋对象是语文老师，语文老师刚师范毕业，人长得古典，说话轻声细语，举手投足小心翼翼，仿佛不食人间烟火的天使。天使很快俘获了马平志的春心，也捕获了他的初恋，每次天使在黑板上写板书时，马平志都痴痴地看着天使挺直的后背和不时抖动的肩，觉得她很可怜，需要自己保护。天使写好板书转身，对着台下的同学浅浅一笑，顺手将眼角的发梢拂起，就在那时马平志怦然心跳，然后瞬间停止——在自己的意淫中达到高潮。

在少年马平志的眼中，语文老师的笑容是世上最美的风景，为了这片风景他不思学习，每次上语文课都在梦游，结果语文考了好几次全年级倒数第一，对此马平志反而很高兴，因为这样语文老师就会找自己谈话，自己就可以独占她的美好。无数次他想亲口表达自己的爱慕，可在语文老师的注视下他感到了自卑，于是只能将千言万语压下，等离开时放声大哭。

这段暗恋整整维持了两年，初中毕业前马平志终于压抑不住内心的悸动，一天晚上自习后尾随语文老师，试图伺机告白，结果发现半路上一个长发女孩在等她，两人见面后先是拥抱，然后亲吻，最后拉着手幸福地离开。这一幕给了马平志致命的打击，他怎么也无法接受自己心爱的人竟然是拉拉，也就是无论他如何努力，结果都不会有任何改变。他人生第一次的爱恋注定是场悲剧。

这就是马平志的初恋，对他爱情观的形成影响甚大，因为从头到尾都很压抑，多年以后马平志回想起这段懵懂的感情，还伤感无比，觉得自己很憋屈，比那些失恋分手的人更痛苦，毕竟人家曾经拥有过，而他却什么都没得到，有的只是失望、愤怒、苦闷、挣扎、压抑、不由自主、不知所措。

为了隐藏这段痛，也是为了补偿自己受的苦，以后的日子里马平志总是伤害深爱自己的女孩，仿佛非此不能弥补他青春期的遗憾。也正因为这段不为人知的过去，当马平志看到陈菲儿时，尘封了八年的痛再次浮现。眼前的女孩眉宇间透露的风情和语文老师是那么相像，八年时光刹那间灰飞烟灭，他狠狠咬了下舌头，很痛，这一切不是梦。

7

那天下午陈菲儿只有两节体育课，体育课测试八百米，这个在别的女孩心里犹如梦魇般的存在对她来说简直小菜一碟，中学时就成为国家二级运动员的她轻轻松松跑完后意犹未尽，又到球场上和男生玩起了篮球，本来男生还想让着点，怕把人家姑娘撞坏了，结果玩起来才发现，好嘛，这姐们比自己还要生猛，各种持球突破，怎么也防不住，就算被撞倒吭都不吭一声，爬起来继续。就这样又玩了好几个小时，等强烈意识到肚子很饿时已经六点半了，陈菲儿潇洒地将衣服往肩膀上一搭说："不玩了，真没劲。"

夕阳西下，暮色四合，陈菲儿哼着小曲拿着饭盒得意扬扬地往食堂走，可本来挺好的心情因为食堂只剩下些残羹冷炙突然变得很糟糕，不吃的话很饿，吃的话又实在提不起胃口，结果走也不是，不走也不是，完全没了主意，只得不停地唉声叹气，真想骂娘。

陈菲儿的所有小表情正好被马平志看在眼里，她不经意间的动作就引发了另一个人的无限遐思，没有人能够形容出其中的精彩。

当然在这里还有一些细节必须交代，马平志之所以会在一刹那春心大动，除了因为这个女孩和当年他暗恋的女老师神似外，更多的是因为这个女孩呈现出来的美丽是他前所未见的。陈菲儿因为刚刚运动完，体力消耗很大，所以她的胸脯一直在急剧晃动，这就营造了健康且性感的形象。另外陈菲儿身材很好，所以披在身上的外衣根本无法对她美丽的胸部进行有效遮挡，而白皙的大腿更是一览无余地呈现在马平志眼中，给他一种视觉冲击，马平志甚至觉得陈菲儿额头上沁出的细汗都具有无与伦比的美感。当最后一抹夕阳从食堂的天窗投射下来，映照在陈菲儿脸上，陈菲儿脸部顿时散发出暗红色的光芒，整个人犹如一尊史前女神雕像，是那么肃穆动人，让人爱怜，却又不忍亵渎。总之，那个晚春的傍晚，我们的马平志同学所感受到的一切竟是那么美妙，秒杀他过去一切的类似体验。

马平志用十秒钟将自己的情感生活快速回味了一下，突然觉得以前简直白活了，他一直自诩风流，尝遍人间美色，却没想到真正的美自己刚刚才发现，内心在悲凉之际更是决定要好好珍惜眼前这个女子，用尽他所有的力量去创造一段新的传奇。

8

其实那天晚上马平志本打算到附近的五角场逛逛，吃顿好的，然后买几件新衣服，下午刚接到老爸电话说又赚了一百多万，马平志顿时觉得不出去挥霍挥霍就太对不起他爸了。因为从食堂穿过去能少走不少路，没想到他却碰见了自己苦苦寻觅的女生，还发现了她身上新的闪光点，当然不会再错过这个机会，只是他明白越是在意，就越不能心急，于是就站在一边耐心观察，等待良机。

　　这边陈菲儿着实犹豫了好半天，最后还是决定随便吃点，吃得不好总比饿死强，于是再次走到窗口说："我要一两饭和一个鸡腿。"

　　"没有啦！"大师傅的态度很不友好，眼睛直勾勾地看着墙上的钟表，嘴里还在倒计时读秒。

　　"那还有什么？"

　　"什么都没了，也不看什么时候了。"

　　"可是明明……"

　　"到啦！"大师傅突然笑逐颜开，"我们下班了，明天再来吧，拜拜！"说完一秒钟都不耽搁，摘下帽子就走。

　　"我 × ！"陈菲儿情不自禁地骂了句脏话，心想这下完了，只能出去吃了，好贵的。

　　结果就听到身后传来一个声音，说出了自己的心声："怎么这么早就没饭了？这种食堂迟早得倒闭。"

　　陈菲儿回头，看到了马平志，他的表情写满了忧愁，虽然相隔多日，但她还是一眼就把他认出来了，那天她对他的印象并不坏，事后甚至有点后悔没有将联系方式给他，没想到在这里又遇见了。

　　"是你？原来你是 F 大的。"

　　"是我！"马平志的表情好温柔啊，"怎么，还没吃饭吗？"

　　"是啊，你也没吃？"

　　"嗯嗯，简直太巧了，相请不如偶遇，要不我们出去吃点吧，我请你。"

　　"我想想啊……那好吧。"

“你想吃什么呢？”

“随便，那就‘金钱豹’吧。”

陈菲儿很轻巧地说了个地方，马平志却倒吸了口气，知道眼前的妮子绝没那么简单，能够如此不动声色地说出这三个字的女孩焉能是等闲之辈？要知道在那个自助餐还不普遍的年代，人均三百元的金钱豹毫无疑问是自助餐里的劳斯莱斯，很多人都是听说过没去过，要是去过一次能回味个大半年。

马平志屏气凝神，对陈菲儿微微一笑：“真是个好主意，说起来我都好几天没去过了，走吧。”

那顿晚饭对马平志而言，绝对算不上什么美好的回忆，在去“金钱豹”时两人一路无语，陈菲儿自顾自地哼着歌曲，看上去很快乐，马平志好几次想说话都找不到机会，只得在心里自己和自己对话。等到了“金钱豹”，两人坐定后，马平志为了显示自己是常客，始终表现得不动声色，让陈菲儿尽情先拿，想吃什么就拿什么，却没想到陈菲儿转了一圈就拿回一些低热量的菜品，三下两下吃完后就再也不动了，马平志观察了半天实在憋不住了，问：“怎么不吃了？”

陈菲儿擦拭嘴角说：“饱了。”

“再吃点吧，这里的龙虾还行，对了，还有鱼翅呢，女孩子吃了美容。”

“不了，我得走了，谢谢啊！”陈菲儿说完起身准备离开。

马平志的心里顿时一万只草泥马呼啸而过，心想，老子花了六百块，结果就吃了半个小时，还什么都没吃，当我凯子呢！可是他还是表情温柔地说："好啊，晚饭少吃点是对的，我们走吧。"

9

一个月后，马平志和陈菲儿在 F 大附近最豪华的酒店约完会，一边用手在她的马甲线上轻轻抚摩，一边饶有兴趣地问她为什么第一次吃饭时那么祸害钱。陈菲儿在马平志臃肿的肚子上拍了一掌说："我就是想看看你有没有诚意，是真大方还是假大方。"

"那考验结果如何？"

"还行吧，反正挺沉得住气的。"

"哈哈，没有金刚钻，怎么揽瓷器活？"马平志不禁大笑，把陈菲儿压在身下，含混不清地说，"你个小坏蛋，没想到还挺有心计，看我怎么收拾你。"

陈菲儿腹部发力，一个翻身，将马平志反压身下："谁收拾谁还不知道呢。"

马平志也不挣扎，从喉咙里挤出几个字："真好啊！"

"什么真好？"

马平志没回答，当他发现自己最担心的事没有发生时，真的觉得一切太美好了，曾经受过的罪通通灰飞烟灭，他仿佛回到了自己的十四岁，而那份纯真的感情好像一个顽皮的小孩，在一路流浪后终于回到了原地，还是那么鲜活、真诚，仿佛从没有受到过任何伤害。

第五章

聚
散

没人明白为什么他要对一个风流成性的女人如此痴情，
没人明白一段还没有发生的恋情为何如此撩人，
更没有人明白为何这个世界上还会有如此用情至深的男人。

WHEN DREAMS WERE SHATTERED.

1

认识郝敏前，张胜利一直对女人没太多概念。在张胜利眼中一千个妙龄少女不见得比一副麻将牌更重要，你可以让他一年不和女孩子说话，但绝对不能让他一个星期不打麻将，否则他会发疯，会像只狗一样舔你脚指头，对你摇尾乞怜："哥们，求你和我打会儿麻将吧，就两分钟！"

这个世界每个人都有自己的理想，每个人的理想都非常不一样，有人要当总统，有人要做马桶修理工，有人要娶十个老婆生一百个儿子，有人要当一名和尚，普度世间恶人，弘扬我佛慈悲。有人辛苦二十年说要造飞碟上天，也有人辛苦二十年说要和猴子做朋友，让畜生开口说我爱你。

张胜利二十岁前的理想是做一名赌王，精通所有老千伎俩，赢遍天下无敌手。二十岁后张胜利突然悟到这个理想不现实，难度系数很大，更何况做个绝顶高手会很寂寞，所以他的理想变成了开开心心打一辈子麻将，对酒当歌，人生几何，打一辈子麻将，那是何等逍遥！张胜利觉得这个理想很好，有高度，有格局，而且不难实现。

　　而对于一个把麻将看得比自己老爸还重要的人而言，张胜利最见不得别人和自己打麻将时谈论女人了，所以每当马平志捏着牌不出，嘴里又在说刚泡到了一个十八岁少女时，张胜利总是特不耐烦地说："打牌，打牌！"要是马平志还不为所动，张胜利保准暴跳如雷地骂骂咧咧："嘿，我说你打牌还是打胎呢，有那么难产吗？"

　　当然了，对女人没有概念并不代表就不需要女人，张胜利也有雄性激素，见到衣服穿得少的女人也会心跳加速，手脚发抖。每当寝室卧谈会上几个过来人大谈性爱细节时，他也会竖着耳朵躲在被子里听得津津有味，然后在梦中回味无穷。

2

　　大三下学期时，宿舍里六个人除了张胜利还保持贞节外，其他五个人都已研究过女性身体的奥秘，就连一米六的石滔都随便找了个女人，以至在卧谈会上也有了发言权，可以参与马平志等人的细节讨论。

　　"你快乐吗？"苏扬问石滔，"和那个女人做爱你真的快乐吗？"

"快乐啊，怎么会不快乐？"石滔在黑暗里嘿嘿直笑。

"好，心胸宽广，能爱人之不能爱，值得表扬。"马平志大声说。

"你快乐吗？"苏扬又问找了个悍妇，成天像狗一样围着赵楚红转的李庄明，"为了这个女人你丢弃了作为一个男人应有的尊严，你快乐吗？"

"我当然快乐啦，非常快乐，其实生活在女权势力下是非常幸福的，男人也需要安全感。当然，你们肯定无法理解，然子非鱼，安知鱼之乐？"李庄明振振有词。

"那你呢？马平志，大声说出来，你快乐吗？"

"我不要太快乐哦，有老爹挣钱给我花，有女人全心全意供我耍，我再不快乐，那还是人吗？"

"还有你，刘义军，你女朋友净重九十公斤，超过你三十七斤，身高一米五七，比你矮二十一厘米，据可靠消息说她的胸部长毛，腋下有狐臭，并且从不洗澡，江湖朋友称其为'原始人'，请问你快乐吗？"

"我也很快乐啊，没错，她确实有胸毛，而且很多，她也的确有狐臭，而且很重，但那又如何？我微微一笑，根本不在乎，在我眼中她是世上最美的女人，因为，我爱她。"黑暗中刘义军的回答是那么铿锵有力，充满了毋庸置疑的力量。

"很好，看来大家都很快乐，告诉你们，我也很快乐，白晶晶让我明白了爱一个人原来是那么幸福！"苏扬抑扬顿挫的音调像幽灵一样在宿舍里飘荡。

"让我们为我们的爱情鼓掌吧，感谢它给我们带来快乐。"

宿舍里顿时爆发出一阵热烈的掌声。

没人问张胜利快不快乐，他对女人一向不感兴趣，在这个问题上完全可以将他忽略。

"你快乐吗？"躲在被子里，张胜利叩问自己，你到底会什么？打麻将？没错，可你真的会吗？如果真的会，为什么每次都输？

"请问，你真的快乐吗？"

那个晚上，张胜利显得很伤感，突然对自己的理想产生了前所未有的怀疑，看着别人神采飞扬地议论着爱情，而自己什么话都插不上，一种强烈的自卑感油然而生。也就是在那个晚上，张胜利同学第一次尝试了自慰这项运动，从而标志着一种全新生活的开始。

"我也要快乐，我也要恋爱！"在高潮到达的一瞬间，张胜利静静地对自己说。

3

赌徒张胜利其实还是一名挺不错的足球健将，在球场上奔跑起来像玩命，虽然整场都碰不到两次球，但就是没人敢和他直接对抗。因为张胜利走的是玉石俱焚的套路，在十米之外就敢飞到空中朝你飞腿。请放心，他肯定铲不走你脚下的足球，只会踢到你的腿关节，别的不敢说，让你一年半载丧失走路能力问题不大，看着你趴在地上痛苦地呻吟他还会上前特无辜地对你说："兄弟，误会，我明明朝球铲的，太不巧了，下次一定准点，我说，哥们你没事吧？"腿都他妈快断了，还问有没有事！这次不准踢腿上了，下次准点还不往脑袋上踢啊？

如此几年下来凡是敢和他直接对抗的人大多死翘翘了，没死的在球场上遇到他也早早逃开，以至张胜利一度以为自己是个足球高手而自鸣得意了很久很久。

2002年暑假，张胜利没回老家，而是成天厮杀在牌桌上，一次连续奋战两天三夜，输了三千块，牌友换了四轮，其中有几个人累得眼冒金星，口吐白沫，张胜利则坚持轻伤不下火线，打得大呼过瘾，最后散伙时还觉得不尽兴，胸中奔腾着熊熊火焰有待发泄，赶紧到操场上狂奔十圈，跑得大汗淋漓才觉得好受一点。他刚坐到地上想歇会儿就看到一个足球滚了过来，远处有人对他说："同学！"

"来啦……"看到足球，张胜利顿时来了精神，大喝一声朝足球冲了过去，只见他右腿在空中画出一道弧线，接着足球就像导弹一样射了出去，只不过方向完全计算错误，居然直奔球场外的马路而去，再接着就听到一个女孩子撕心裂肺惨叫一声："妈啊……"

4

"你叫什么名字？"

"张德明，不，张胜利。"

"哪个系的？"

"新闻系！"

"今年多大了？"

"二十二。"

"你打算怎么办？医生说了她可能脑出血、脑瘫、脑梗死、脑血管坏死——总之，你把她的脑袋废了。"

"我赔。"

"你赔得起吗？人家一少女，前途就毁在你手上了——我说，你不服气是不是？还拿眼睛瞪我。"

…………

在从医务室到女生寝室那段并不遥远的路上，张胜利接受着一个名叫郝敏的山西女人长达半小时的训斥，愣是没还嘴。张胜利不是不敢还嘴，也不是不会还嘴，要是按照他往常的脾气，早就把这个长着乌鸦嘴的女人的脑袋拧下来挂在路旁的梧桐树上了，要不就从地上捡两块砖头塞到她嘴里，可是他并没这样做，只是像个幼儿园的小孩子一样耷拉着脑袋接受着老师的训斥。

回想起几个小时前那一幕，久经沙场的张胜利同学也觉得触目惊心，在那声石破天惊的"妈啊"响过后，就看到三十米开外有一个女孩直挺挺地躺在路上，像具风干的尸体。尸体旁还有一个体态丰腴的女人，女人正围绕着"尸体"来回转圈，一边转圈一边大呼小叫："杀人啦，救命啊，哪个挨千刀的浑蛋干的？快给老娘死出来！"

张胜利估计自己这辈子再也不会有那么精准的脚法了，隔着三十米的距离居然能把足球准确无误地踢到别人脑袋上，就这技术拿到国家队保证每次点球都得让他主罚。在那丰腴的女人大呼"杀人啦"之际，张胜利曾想过逃之夭夭，但最后还是鬼使神差般地走到事发现场，然后背起伤者朝校医务室奔了过去。

　　连医生都奇怪，为什么这么大力度的足球没把人砸死，事实上，那女孩只是昏迷了一会儿，在医务室接受了简单治疗后就醒了过来，当医生刚撩开她的牛仔裤用酒精棉球在肥肥的臀部擦拭准备打针时，女孩突然从床上蹦了起来，然后什么事也没有似的说要回去。医生害怕女孩失忆了，就问她知不知道自己是个女人，女孩脱口就骂了句傻×，从而证明脑子依然好使，于是医生只得给她开了几盒跌打损伤药示意她可以走了。

　　当然这一幕并没有被守候在外的张胜利看到，那个叫郝敏的女人实在不愿意就这样放过凶手，在走出医务室大门前，她决定要好好敲诈一下此人，这个机会千载难逢，不好好宰一笔天理难容。两个女人躲在医务室门后叽叽复叽叽了好久，确保勒索计划万无一失，于是就有了在路上的那段对话。

　　直到快到女寝时，郝敏才停止对凶手张胜利的训斥，然后温柔无比地问靠在她身上的那个女孩："你感觉怎么样了，好点没？"

　　那女孩还是双眼紧闭，舌头外伸，继续装白痴，只是从喉咙里艰难地发出两声呻吟，表示她还活着。

　　"你看，把我室友伤成这样，真狠啊！我说，你这人还有没有良心？"

　　张胜利刚喘一口气，看到郝敏激情又来了，只得求饶："姑奶奶，你就说到底想怎么样吧，我快疯了。"

"告诉你，这次你死定了，你得赔人家青春损失费，具体费用我们会请律师跟你谈的。不过看你人倒也老实，这样吧，今晚你先请我们吃一顿饭再说。"

"没问题，不要说一顿，十顿都没问题。"

"这可是你说的，不准抵赖哦，我们晚上要多叫几个姐妹去吃的，你可不要后悔。"

"后什么悔啊！我把她伤成这样，就算你把你们班女孩全叫过来吃都没问题。"

"好，够爽快，不过为了防止你耍赖，你得先把手机给我。"郝敏二十年来敲诈过不少男人，却是第一次遇到这么白痴的，痛快得连她都不愿意相信这个事实。

张胜利乖乖地把手机给了郝敏，约好下午四点半在这里等她们，然后带她们去吃饭。张胜利眼睁睁看着两人刚进女生楼就爆发出一阵怪笑，只得苦笑一声摇摇头，灰溜溜地回去了。

5

那天晚上对张胜利而言绝对意义非凡，纵使他今后真的变成白痴也不会忘记那晚的故事。在一家湘菜馆内，七个虎虎生风的女孩在他面前一字排开，他像个真正的地主一样看着自己的七房妻妾露出满意的微笑，然后大手一挥，将中午从自动取款机里取出的一千多块钱，换成满桌湘菜以及两箱啤酒。酒菜上齐后，七个猛女用一种匪夷所思的速度和力度将之一扫而光，你根本无法想象这些平时看上去柔弱不堪的女孩在面对美酒佳肴时表现出来的爆发力到底有多震撼人，反正张胜利被吓坏了。

那个上午被她踢昏过去的女孩吃到兴奋时，恨不得爬到桌上夹菜，而母老虎郝敏一口气喝了三瓶酒后，躲到桌子下面抱着条桌腿说要和它谈恋爱。一个叫李红梅的浙江女人喝得当场吐出来，自己都不知道，还嘻嘻哈哈地说要为大家表演武术，然后旁若无人地在湘菜馆里翻起了跟头。还有一个叫李晓静的陕西妹子喝着喝着就想起她十三岁那年强奸她的八十岁老头，然后红着眼睛说张胜利就是那老头，提着个酒瓶满世界追杀强奸犯张胜利。

那顿饭吃得天昏地暗，日月无光，从五点吃到十一点，从湘菜馆出来后女人们还很不尽兴，说要去唱歌。看到同伴们兴致都很高，郝敏就将自己硕大的胸部往张胜利身上一靠，舌头恨不得伸到张胜利耳朵里，说："哥，我们去唱歌吧。"

张胜利从来没有如此近距离和女人接触过，当即内心一阵急剧颤抖，然后说："好，去唱歌，我们去钱柜唱歌。"

伟大的友谊往往就是在酒桌上和歌厅内建立的，这一点对男女都适用，通过那顿狂野的晚饭，加上更为狂野的K歌，郝敏和张胜利俨然成了不错的朋友，早就忘记那天上午的恩怨，两个人经常抱在一起称兄道弟，差点就义结金兰、歃血为盟。此后的日子里，郝敏经常找各种各样的借口让张胜利请她吃饭，比如她夜里没睡好觉，考试考了五十九分，痛经很厉害……各种各样奇怪的理由到了她口中都变得冠冕堂皇，更让她高兴的是她的阴谋诡计每次都轻松得逞，张胜利从没让她失望过，只要她开口，总会在第一时间得到满足，仿佛她遇到的是一个真正的白痴。

张胜利当然知道郝敏在敲诈他，作为一个久经沙场的赌徒，如果连这点雕虫小技都看不出来，那也太夸张了。张胜利只是不想点破，如果说这是一场游戏，那么他宁愿这个游戏永远不要 over（结束）；如果说这是一场梦，那么他祈祷自己永远不要醒来。他就是爱看郝敏那种扬扬得意的小聪明样，有点狡猾，有点自以为是，还有点可爱。

张胜利发现女人其实很奇怪，她们有时很聪明，可更多时候很愚蠢，无论如何你都无法了解一个女人真正的心思，而不管一个女人品行如何缺德，性格如何变态，也肯定有她美丽的一面，只要你认真去感受，就会发现春天花会开。

郝敏是张胜利灵魂开窍后，第一个走进他生命的女人，虽然她贪婪、野蛮、愚蠢，甚至淫荡，关于她的风流故事也不少，很多人都说她是一个人尽可夫的淫娃，但那又如何？第一次的珍贵就在于它没有重复，也不会被重复。所以，张胜利在面对郝敏的敲诈时总是一次次心甘情愿地掏钱，他很快乐，反正他有的是钱，对他而言没有什么比郝敏在心满意足时对他羞涩一笑更重要的了。为了这一笑，他可以放弃很多东西，甚至是他最为心爱的麻将。

从 10 月到 12 月，张胜利不知道请郝敏吃了多少顿饭，给她买了多少衣服，所有人都认为张胜利是郝敏的男朋友，包括郝敏自己一度也这样认为。虽然在此之前她谈过不少对象，但事实上，从没一个男人对她如此呵护体贴，而且无欲无求，相比以前那些认识才两个小时就把手伸向她身体的男人，张胜利简直就是早已绝迹的君子。伴随着一种复杂的感情，郝敏无数次暗示张君子其实可以对自己流氓一点，可张君子总是不为所动，他只会不知疲惫地请她吃饭，给她买东西，看他想要看的微笑，之后就悄悄走开。

事情的实质性进展发生在两人认识的第三个月里，那天郝敏突然酒兴大发，把张胜利约到学校附近的一家饭店吃饭，说要不醉不归。张胜利那天打麻将赢了点钱，心情挺不错，准时赴约，一进门就看到在桌前正襟危坐的郝敏，桌子上面放了一箱啤酒。郝敏看到张胜利，立即双眼放光，大吼一声："喝！"然后自己开了一瓶直接吹了起来，把旁边几个食客看得目瞪口呆。

张胜利隐约感到今天的郝敏有点不对劲，但也不问原因，同样开了一瓶。没半个小时一箱啤酒通通下肚，张胜利问郝敏还要不要喝，郝敏吐着大舌头说还要喝。张胜利又要了四瓶，她很快又喝得一干二净。郝敏举着个空瓶刚想说再来四瓶时，头一歪直接倒在了桌上。

深夜，有月，风不大，吹在身上很冷。张胜利几乎把自己能脱的衣服全盖到了郝敏身上，这个女酒鬼醉成这个样子还不愿意回去，说要到附近的居民小区坐会儿，张胜利使出吃奶的力气才把这个女酒鬼成功挪到一个社区的花园里。冷风吹过后郝敏把能吐的全部吐了出来，小花园里顿时酒气冲天。在吐完后郝敏突然号啕大哭，然后也不顾嘴上还残留着污渍就扑到了张胜利的怀里。

"男人没一个好东西！"这是郝敏酒后说的第一句话。

张胜利轻轻抚摩着郝敏的长发，他的表情在那个夜晚看起来有点冷酷，其实装酷绝对不是他的本意，他只是不知道自己应该干点什么，这样的场景他做梦都没梦到过，他实在想不出除了紧紧抱住这个莫名其妙痛哭的女人外还能干什么。

"你喜欢我吗？"哭了半天的郝敏突然抬头对着酷酷的张胜利问了一句他从来没有听过的话。

"嗯！"张胜利点点头，"我喜欢你！"

听到这个回答，郝敏哭得更厉害了，一边痛哭一边含混不清地说："我谈过六个男朋友，和五个男人同居过，打过三次胎——你还喜欢我吗？"

"喜欢！"张胜利再次坚定不移地说出了这个词。

"我现在又怀孕了，可我不知道怀的是谁的孩子，我该怎么办啊？现在你还喜欢我吗？"

郝敏终于停止哭泣，问这个问题时她自己都觉得很无耻，她甚至希望张胜利听到这句话后把她一把扔出去，然后指着她的鼻子大骂："婊子！"那样她也会心安一点，可她没有听到，月光下她只看到这个男人慢慢对自己说："我喜欢你！"

6

两个星期后，张胜利同志怀着一颗惴惴不安的心陪着郝敏来到了虹口妇科保健医院，用七百块人民币完成了郝敏的第四次人流手术。

事后郝敏被告知她这辈子很可能无法再生育，她没有把这个消息告诉张胜利，她怕说出来伤害的是两颗心。

又过去了一个星期，在F大附近一家酒店内，郝敏光着身子从浴室里走了出来，饿虎扑食般扑向了瞳孔里闪烁着恐惧的张胜利，娴熟地将他的衣服三下两下脱得精光，然后用一种毋庸置疑的口吻对身下的他说："来吧，我要你要我！"

"我要你要我"——这个语法错误逻辑混乱的语句曾让张胜利一度迷惘了很久，他实在无法理解其中的风情，就像他曾经无法理解女人的经期为什么不是一天，为什么女人每个月流那么多血却不会死。然而很多事情是不需要理解的，只要你去经历就行。那一夜，在经验丰富的郝敏的指引下，张胜利完美地实现了从一个男孩向一个男人过渡的历程。他要比很多雏儿幸运得多，因为在一个高手的带领下体验到的快乐远远要比自己摸索来得精彩，可他也比很多雏儿悲哀，因为在这样一个老司机的身体上，他完全丧失了主观能动性，只是机械地完成了一系列动作，甚至在最后爆发的那一刹那都不知道自己到底在干什么。

整个上半夜郝敏犹如一台无须动力提供的永动机，不停地对张胜利说她还要，她还不满足。张胜利只好一次次勉为其难地应付过关，中场休息时早已筋疲力尽。下半夜郝敏昏昏沉沉睡了过去，张胜利却失眠了，向来不知愁为何物的他平均每分钟要叹气五十次，心乱如麻，真恨不得掏出来梳理清楚。他的脑子里浮光掠影般地将过去二十二年的人生回味了一遍，直到破晓前才下定决心要对这个女人负责。"我根本不在乎她是不是第一次，更不在乎她是不是有过很多男人，我只在乎自己是不是真的很喜欢这个女人。"张胜利坚定不移地对自己说。然后他轻轻吻了一下郝敏的面颊，在心中再次强调了一遍："我爱你，就不会让你再受伤害。"在他的理解中，或许以后的生活将完全不一样，或许为了这个女人他将永远告别麻将，从此陪着她，守着她，逗她开心，给她温暖。而只要等天一亮他就会把郝敏带给宿舍里的几个哥们看，让他们明白自己也拥有了快乐的爱情，要是一切顺利，他甚至决定在毕业后就娶郝敏做老婆，张胜利知道自己对女人并不贪心，一辈子能够好好爱一个人就已足够。

在考虑好这一切后张胜利幸福地进入了梦乡，郝敏很快出现在他梦中，梦里郝敏泪流满面地吻着他，说她要离开他，因为她很脏，她配不上他。郝敏还说直到现在才发现原来自己终于又可以爱一个人了，这个人就是他张胜利，可正因为是真爱，所以她只能选择离开，她绝对不能让过去的尘埃玷污了这份来之不易的爱情。

这个梦做得很压抑，好几次张胜利想拉住渐渐消失的郝敏，却无能为力，最后醒来时已日上三竿，身边的郝敏早已不知去处，唯一清晰可见的是枕巾上的一摊泪痕，象征着又一个伤感的爱情故事在这个世界上诞生。

在随后的半年内，张胜利最起码找过郝敏一百次，说要说个明白，然而郝敏从头到尾只对这个深爱她的男人说过一句话："我不认识你！"

张胜利哭过、怒过，像狗一样跪在郝敏面前过；买过一千朵红玫瑰以表心迹；在女生宿舍门口弹唱过《痛哭的人》；在电台里给郝敏点过无数首情歌，通过 DJ 的声音告诉全上海人，他一辈子只爱这个女人；发过誓要拿浓度百分之九十九点九的硫酸泼她的脸；还在漫天星空下喝得醉生梦死过；用刀子在自己胳膊上刻过她的名字；像偷窥狂一样跟踪过她；在苏州河边抽了两包烟，考虑过要不要跳下去……张胜利做了这一切，没人明白为什么他要对一个风流成性的女人如此痴情，没人明白一段还没有发生的恋情为何如此撩人，更没有人明白为何这个世界上还会有如此用情至深的男人，他们感慨，他们抒情，他们集体为之动容，可一切的一切，依然只换回一句："我不认识你！"

仿佛一切真的从来都没有发生过。

毕业前几天的散伙饭上，张胜利豪饮啤酒十五瓶，最后差点吐得肠子都出来了，吐完后就像疯子一样跑向女生寝室说要去强奸郝敏，马平志等几人费了九牛二虎之力才把这个强奸犯拉住。路灯下张胜利泪流满面，最后对天长啸一声，对着郝敏宿舍的方向撕心裂肺地高喊："我好恨！"

7

如果说张胜利同学的爱情悲壮中透露出无奈，李庄明的爱情则从头到尾只有荒诞。

李庄明不知道自己会不会原谅赵楚红，反正他肯定不会原谅自己。如果上天给他一个重新来过的机会，他肯定不愿意认识赵楚红，他宁可自己是一个真正的白痴，哪怕打一辈子光棍也不愿承受爱情破裂后引发的痛，那痛苦无穷无尽、连绵不绝。

他永远都无法忘记那个夜晚，他和赵楚红相恋一周年的纪念日，在皎洁的月光下，在他心中犹如圣女的赵楚红告诉他，其实这一年内她和三个男人长期保持着不正当的关系，至少还和二十个陌生人发生过一夜情，甚至和李庄明隔壁寝室的赵中华在操场上野战过一次。

李庄明静静地听着这些，刹那间有种灰飞烟灭的感觉，他像一条不折不扣的疯狗冲上前摇着赵楚红的胳膊，问，为什么会这样？究竟发生了什么？是不是他还不够好？为什么她要背叛他？为什么……

赵楚红一把推开他，然后冷冷地说："我需要性，可你给不了我，我只能找别人。"

李庄明一屁股坐在地上，不停摇头，面如死灰，放声而泣。

李庄明可以否认很多事实，比如否认七岁那年偷了邻居家一块钱，然后买了平生吃过的第一支冰激凌；否认初中时将班上第一名的学习资料全部扔进了垃圾桶，只因为他不想有人学习比他好；否认十八岁那年偷偷躲在一个叫王金花的寡妇家门口，透过门上的缝隙看王金花洗澡；他甚至会否认自己有一个瘫痪的母亲，有三个姐姐，还有两个弟弟，他五岁那年父亲就得了癌症永远离开了他……

是的，这些他从来没对任何人讲过，他想否认这些事实，确保自己能和别人一样正常生活。他害怕被鄙视，更害怕被同情，他不想别人觉得他很可怜，所以他扮酷，他装傻，他要自己变得卓尔不群。可无论如何，他都无法否认自己是一个 ED 患者。

在 1999 年 12 月那个寒冷的冬夜，他成功褪去赵楚红的衣服后才发现这个天打雷劈的事实，从此活在永无止境的阴影中。他哭过，恐惧万分，深夜里用棍棒敲打过那个不争气的东西，还偷偷按照电线杆上小广告的指示在胡同深处找过老军医，吃过各种各样雄性动物的生殖器官，可都没用，该坚硬的地方始终柔软，威逼利诱都没用。他觉得自己不是男人，他觉得自己可怜万分，可他不甘心，没有性，但还有爱情，他知道自己真的很爱赵楚红，所以她打他、骂他，甚至侮辱他，他通通默默承受。为了弥补这个缺陷，他像条狗一样去服侍赵楚红，兢兢业业，不辞辛苦，痛哭流涕地恳请她不要离开自己，恳请她给自己再尝试一次的资格，他希望奇迹出现，尽管每一次只会更加绝望。

而为了表示自己已经过上了正常的男女生活，他看了很多录像，这样在宿舍熄灯后的讨论会上，他就能像煞有介事地发言，仿佛自己很"性"福。他就这样辛辛苦苦地掩藏着、伪装着，辛苦万分地经营着自己岌岌可危的爱情，在某个时刻他似乎达到了目的，赵楚红仿佛忽视了自己在和一个性无能的人谈恋爱，而且颇为大方地接受了李庄明那粗糙愚笨的手指。

直到那个寒冷的夜，李庄明才明白原来自己的良苦用心根本无法维持他们岌岌可危的爱情。面对赵楚红的诘问，他哑口无言，破碎的心快要喷涌而出，最后连哭的力气也没有了。他不怨赵楚红，他只是想不通为什么一个女人会这样需要性，为什么会为了性让自己的灵魂放荡，难道性比爱情还重要吗？

他对赵楚红提出这个疑问，赵楚红却用毋庸置疑的口吻对他说："那是当然，没有爱情我顶多是孤独，可没有性，我就会死去。"这个刁蛮的女人看着满脸绝望的李庄明，继而补充："如果在认识你之前我没有体验过性的美妙，或许我会一心一意地去和你好，可惜，我体验过，所以，请原谅我要离开你。"

8

那天，李庄明流了一整夜的泪，无数次告诉自己如果还是一个男人就应该上去狠狠揍这个淫荡的女人，然后大步离开，永远都不要回头。可他做不到，破晓前他只是再一次像狗一样跪在赵楚红面前，恳请她不要分手，只要不分手，什么都可以，哪怕她在他面前和其他男人媾合，他声泪俱下地说："我知道自己很无耻，可是我真的离不开你。"

"如果你能接受，我就无所谓。"赵楚红拍拍屁股上的尘土，在李庄明黑黑的额头上吻了一下，走了。

天还没有亮，世界依然显得那么安静，没有人在乎黑暗中有一个男人正在低声哭泣。

"我能接受吗？接受自己爱的女人和其他男人在床上呻吟翻滚？一个又一个的男人。"

李庄明疯狂地拍打自己的胸口，对天呐喊，仿佛大猩猩，撕心裂肺，继而又哈哈大笑起来，仿佛他刚听到了一个天大的笑话。最后，当初升的太阳照耀着他眼角的泪水时，他知道自己别无选择，或许这就是命吧，就像别的孩子都能享受到父爱而老天却让他的父亲那么早死，就像别的孩子天天都能快快乐乐地吃冰激凌，可他只能靠偷钱实现这个梦想，就像有人轻轻松松就能考第一名，而他每天只睡四个小时，其他时间都在疯狂学习，却永远只能考第二名。李庄明说："这些都是命，我挣扎了、反抗了，可是于事无补，所以我只能屈服。"

此后的两年多，李庄明依然尽心尽责地履行着赵楚红男友的职责。除了上帝，没有人知道在他身上发生了什么事，包括他最好的朋友苏扬。

他只是变得越来越怪异，越来越不爱和别人交往，越来越会讽刺别人，谁要冲他瞪眼，他二话不说就上去和人武斗，打不过也要半夜拿砖头敲人家头。当然他也越来越哲学，说出来的话往往苦大仇深，充满玄机，他写了很多批判性的杂文，有的还在权威媒体上发表过，很多报纸都为他开了个人专栏，还有媒体称他是 F 大最后一个具有良知的知识分子，是这个时代如假包换的青年才俊，是维护这个社会民主和自由的中坚力量。

可他知道自己什么都不是，他只是一个性无能的人，一个比所有人都活得窝囊的可怜虫。

唯此而已。

第六章

毕业

2003 年 6 月，苏扬即将从 F 大光荣毕业，
一个绚烂了四年的美丽泡沫正式破灭……
从此生活别有一番风景，
只是辨不清是喜还是忧，看不清是罪还是孽。

WHEN DREAMS WERE SHATTERED.

1

在 F 大的百年校史里，发生过若干起惊心动魄的学生事件，而无论从哪个维度来考量，苏扬率众以爱国名义大闹女生楼都足以留下浓墨重彩的一笔，因为最后事态的发展已经超出了所有人的预期和掌控，差点演变成一场打砸抢烧的校园群体暴力事件。是的，虽然在苏扬的怒斥下，白晶晶走了，但火力旺盛的男生们自然不愿善罢甘休。F 大的男女比例本来就失调，而女生又有着和留学生恋爱的传统，男生心中早就悲愤难平，只是始终压抑着，敢怒不敢言，这下好了，愤怒的火种被点燃，他们高喊着口号，观点也从"中国女生绝不能和日本人谈恋爱"演变成了"不能和留学生谈恋爱""这帮来留学的孙子都太坏了，眼里全是我们中国的姑娘，都被他们泡走了，我们怎么办？""过去保家卫国，现在保护女同胞就是爱国"。

这些"奇葩"口号很快传到了不远的留学生大楼，那里是一群精力更加过剩且无处发泄的国外哥们，他们听到后特别激动和郁闷，凭什么我们就不能和你们中国的姑娘恋爱？你们这么一闹，以后我们还怎么混？我们不能泡妞了还在这里干什么？于是自发组织成队伍，抄着家伙喊着自己国家的革命口号就冲了过来，最后幸亏校警及时赶到，否则很可能会爆发校史上又一次学生暴力流血冲突。

作为这次恶劣事件的始作俑者，苏扬自然受到了严厉的处罚——留校察看。对此苏扬并不在乎，他唯一在乎的是白晶晶能不能原谅自己，然后两人重归于好。他之所以如此想，也并非他得知了真相，知道自己冤枉了白晶晶，而是他冷静下来后问自己："就算这一切都是真的，我能不能接受？"当然能！还有什么比失去白晶晶让他更难受？没有！想明白了这点，苏扬反而彻底冷静了，一方面对自己不冷静的行为深深懊悔，一方面着手准备向白晶晶道歉，最大程度去挽回。

对于苏扬的想法，几乎所有人都反对且不看好，马平志义愤填膺地说："不是我说你啊苏扬，没你这样的，你张牙舞爪当着众人的面那么羞辱人家白晶晶，现在又打算摇尾乞怜去寻求人家的原谅，你还真把自己当回事了，我要是白晶晶，这辈子见都不会见你，死去吧！"

苏扬不吭声，他觉得马平志说得不无道理，尽管当时要不是他起哄，自己也不会那么不冷静，可现在说什么都没用。

这还没完，李庄明随之补充控诉："俗话说得好，骂人不揭短，打人不打脸，这两点你全犯了，也就是说我对你的谆谆教诲你一个都没记住，真是孺子不可教也。"

张胜利："苏扬啊苏扬，我一直以为你虽然不聪明，但也不糊涂，你别以为我随口胡说，我是和你打麻将时发现你这个秉性的，绝对靠谱。但这次你的表现让我大跌眼镜，我决定下次好好赢你的钱，不要怪我心狠手辣。"

石滔："他们把我的愤怒都说了，我也不晓得再补充什么，反正就一点，你丫不是个东西，什么玩意儿。"

那天宿舍的几个兄弟轮番对苏扬进行批判，最后的结论就是：既然你已经如此愚蠢，犯下滔天大错，现在只有华山一条路，就是死撑着，绝不道歉，唯有如此，才能挽回仅剩的一点尊严，而这也不光是为了他自己，还有天下和他同样可怜又可恨的男人。

苏扬非常认真地听着，点着头，然后在众目睽睽下说了一句："去你们大爷的。"

2

苏扬决定什么都不听，什么都不想，就跟随自己的内心，他爱白晶晶，他不想也不能失去白晶晶，他必须挽回这段感情，无论付出什么代价。

他将当月的生活费全部买了玫瑰花，他根本不管还有没有钱吃饭，只想当着这些玫瑰对白晶晶说一声对不起，他捧着玫瑰来到女生楼，任凭过往的女生们用奇怪甚至愤怒的眼神打量他，自从那晚后他已经成了全女生楼的公敌，虽然女生们并不反感他当众诋毁白晶晶，甚至还窃窃自喜，但经这个笨蛋如此一闹，学校从官方到民间将她们和留学生谈恋爱上升到了新的高度，仿佛谁再这么做谁就是大傻×，等于断了她们的幸福和财路。所以几个情绪无法自控的女生甚至朝苏扬身上吐唾沫，让他赶紧消失，否则就报警说他性骚扰。

至于男生，同样对苏扬的行为感到愤怒和耻辱。这孙子那晚如此亢奋，说得比唱得还要好听，结果闹了半天自己首先叛变，估计脑袋被驴踢了，这么一闹，我们男生的脸还往哪儿搁？学校领导怎么看我们？那帮留学生孙子怎么看我们？还有本来已经转移目标就要投怀送抱的女生们又怎么看我们？不行，不能让这孙子如此猖狂，于是赶紧到超市买来鸡蛋，然后照着苏扬脑袋扔。

对于这些侮辱和攻击，苏扬通通忍了，他只想等到白晶晶，他想当然地认为，和白晶晶的愤怒、委屈相比，这些根本算不了什么。他已经做好了打持久战的准备，白晶晶今天当然不可能原谅他，没关系，他可以再等，白晶晶明天也不会原谅他，没关系，他还会再等。他会用诚意和时间来证明自己的忏悔，感动天感动地，还怕最后感动不了你？苏扬头一歪，避开迎面而来的女生唾沫，接着一个转身，躲过两个飞奔而至的鸡蛋，然后脸上又露出温柔的笑容。他要让白晶晶下楼看到自己的时候自己依然是最美好的一面。

然而他还是错了，当他终于等到了白晶晶，还没来得及说那句对不起时，白晶晶已经走到了他面前，温柔地接过玫瑰，然后拉起他的手，什么都没有说，就那样拉着他的手，像平时那样，和他一起离开了。

真的，整个过程是那么自然、协调，没有半丝违和，像任何一对正在热恋中的男女，仿佛从未有过争执。苏扬呆了，围观的男男女女也呆了，他们都想不通白晶晶为什么会这样，他们甚至以为那晚发生的事只是一场梦。他们更加不知道为什么自己最后要热烈鼓掌，刚才那些还用唾沫当作武器的女生竟然会感动落泪，而鸡蛋还在手的男生更是集体高喊："牛×！"

3

就这样，在众人眼中已经无法挽回的一段恋情以毫发无损的姿态圆满收场。事后苏扬不止一次问过白晶晶为什么要对自己这样，他恨不得她骂自己打自己，也拿鸡蛋扔自己，那样他心里反而会好受一些，可是白晶晶只是淡淡地说："都过去了，现在不是挺好的。"

"可是……"

"你也没有什么坏心，再说了，如果你不那样，我还不知道你对我到底有多在乎呢。"

"唉！我真够傻的。"

"你确实挺傻的，可是，我喜欢的不就是傻傻的你吗？"白晶晶一边帮苏扬整理衣服上的皱褶一边说，"原来我听别人说，喜欢一个人，就要接受他的一切，我还不太明白，现在我懂了。"

就这样几句话，让苏扬泪流满面，他在心里暗自发誓，将来无论遇到怎样的挑战和挫折，都不能轻薄这份感情，眼前的这个姑娘，要用一辈子的时间去珍惜。

苏扬不知道自己能不能做到，但那个时候他真的就是这么想的。

所以接下来的日子，两个人的恋爱一直挺顺利，顺利得让苏扬真的认为他们能永远如此幸福甜蜜，任何问题都不会在他们的爱情中掀起波澜，制造阻拦。

只因那时年少，才把承诺说得太早；只因那时年少，爱把未来想得太好。

是的，他们都错了，他们还是太过天真，可是曾经的感动、曾经的勇敢、曾经的激情、曾经的信心、曾经的一切美好都是真的，这就足够了。

4

苏扬记得中学时写作文最喜欢用时光荏苒这个短语，那时候就想着时间能够过得快点，再快点，自己长大了就能逃离束缚，离开家乡，去向远方，看更多的风景，感受更广袤的人生。可是当大四来临时，他又希望时光可以慢点走，总感觉好不容易才将生活酝酿成自己想要的模样，可这份惬意和自由还没有真正开始就要结束了，真是一件让人感伤的事。

而面对即将到来的毕业，有的人积极踊跃，觉得即将告别旧身份，迎来新生。他们坚信未来的人生会更加美好。因为他们才华横溢，外面的世界很精彩，只要稍稍努力就可以赚取很多钞票，所以站在学生生涯的边缘，一边毫无留恋地和过去说 bye bye，一边信心满满地对明天哈哈大笑。也有人惆怅迷惘，虽然对现在的生活不满意，但更害怕明天还不如现在，他们犹如史前的蛮荒人，面对新世界时万分惊恐。

苏扬则两种都不是，他既不兴奋，也不紧张。他除了觉得伤感，内心更多的是逃避，逃避不等于消极，苏扬深知自己无法抗衡自然的力量，更无法逾越社会既定的制度和规则，所以他能做到的就是不急躁，欲速则不达，他要用尽全力好好珍惜自己最后的学生时光。

也正是在这种指导思想下，大四时苏扬的行为和其他人格格不入。大四刚开学，班上同学泾渭分明地分成两拨。一拨是考研派，这帮人心思比较狂野，寒窗苦读十余载还觉得不过瘾，决定在知识的海洋里遨游得更远，其实就是能不毕业就不毕业，等到了无书可读的时候再说；还有一拨是工作派，这些人更有意思，离毕业还有整整一年就开始摩拳擦掌，成天拿着各类人才报纸到处找工作，恨不得立即脱掉校服，一头扎进红尘中，投入沸腾的职场。

虽说 F 大是重点大学，新闻专业又是重点专业，但如今大学毕业生越来越多，加上经济形势不太好，工作也越来越难找，所以求职情况并不乐观。前几年 F 大新闻专业的毕业生还十分抢手，不管到什么单位开口都没有少于每月三千的，这还不算上奖金。可过了没两年，市场就风云突变，新闻专业的毕业生不再是香饽饽了，一个月能拿两千就很不错了。所以在苏扬那届毕业生中始终弥漫着悲怆的情绪。看着那些穿得西装笔挺、手里提着公文包匆匆找工作的毕业生，低年级的学生个个觉得风萧萧兮易水寒，真恨不得立即找个单位去实习，哪怕不拿工资给口饭吃也成，以免到时候因为没有工作经验而惨遭淘汰。

在这两拨人的映衬下，苏扬就显得很尴尬。苏扬绝对不会考研，考研在他眼中无疑是一种极度变态的行为，此前他曾经听过一个说法，觉得挺有意思——考研是等死，不考研是找死。苏扬心想，既然横竖都是死，那还不如早死早超生呢。

可苏扬也不想急着找工作，因为他觉得工作根本就不应该是用来找的，就和爱情一样，应该是两情相悦，方能白头到老。否则你根本不喜欢这份工作，你为了工作而工作，每天上班都跟坐牢似的，你能开心吗？你要是不开心，为什么还要继续工作呢？只是为了养活自己吗？难道活着就应该痛苦吗？那还活着干吗？死了还一了百了了呢！

苏扬觉得自己的逻辑清晰又正确，可为什么就有那么多人看不明白呢？寻死觅活找一份工作，还一天到晚自怨自艾，这不有病吗？话又说回来，你要是真有本事，还怕找不到适合自己的工作吗？就算你不找，工作也会主动找上你，而且你还能够挑选，那多有意思！就像白晶晶一样，那么多人喜欢她，可最后抱得美人归的不还是我苏扬吗？那么多人想看我们的笑话，可最后还不都一个个失望了吗？如果当时自己一着急，像李庄明那笨蛋一样随便就找了个姑娘，现在该多痛苦！天天"我好恨""我好恨"，有什么用？什么用都没有，最多给别人徒增笑耳。

苏扬觉得自己简直活得太明白了，所以不但大四第一学期岿然不动，尽情享受着和白晶晶甜蜜的爱情，到了大学最后一学期，依然每天优哉游哉，逍遥似神仙。

<h1 style="text-align:center">5</h1>

对于苏扬的这个态度，白晶晶当然不敢苟同。不过她已然深知苏扬这种表面迂腐实则固执的性格，所以起先并没有给他任何压力，而是尽情地陪他体验他渴望的那种感觉。彼时在白晶晶眼里，苏扬有点像长不大的孩子，只要多给点时间和耐心，迟早会正视现实的。可是毕业已经近在咫尺，苏扬依然没心没肺地过着日子，白晶晶真的着急了，她觉得再这样下去等毕业了苏扬只能喝西北风，到时候必然苦不堪言，后悔都来不及。对于他们俩的未来，白晶晶已经有了非常具象的憧憬，她的计划里是需要两个人都按部就班去努力的，掌控性极强的她绝不允许出现任何偏颇，所以她无法再坐视不理，和苏扬深谈了好几次，希望他能够立即改变，行动起来，结果发现效果不大，你有一千个理由说要好好准备，他有一万个理由反驳你根本没这个必要，一切都会很好，因为大风会把钱吹来的。

白晶晶生气了，她决定不再和这个书生白费口舌，直接怒斥："大风凭什么把钱吹给你？你就知道一天到晚做白日梦。"

"我……"

"你什么你？我不管你究竟是怎么想的，你必须知道你现在不是一个人了，你的事也不只是你自己的事，你不可以那么自私。"

"这个我明白，也接受。"

"那你就听我的话，立即开始找工作，听到没有？"

"哦，听到了，我又不聋，你那么大声干吗！"苏扬嘀咕了一句，不言语了。

白晶晶心里又好气又好笑，这就是苏扬，她深爱的男人，你不管他吧，他异想天开能上天，你要是真管了，他还真听话。

就这样，苏扬不情不愿地开始找工作。新闻专业的毕业生工作方向要不是到媒体做记者，要不就是去文化公司。苏扬不愿意做记者，想来想去觉得还是去文化公司比较合适，于是乖乖上网下载了求职资料的模板，然后愁眉苦脸地回味了一下大学生活，觉得好像也没什么值得说的，前后花了十分钟就写好了简历和求职信，然后到校文印室复印了几份乱七八糟的证书，顺便买了邮票和信封，弄好后一把扔到了邮筒里。

就这样，别人几个月精心准备的事他一小时全搞定，他想当然地以为这样的简历根本不会引起任何人的兴趣，到时候白晶晶也就没有什么可再挑理的了，他依然能够安逸地度过最后的学生时光。可结果让他大跌眼镜，求职信发出没几天苏扬就接二连三地收到面试通知。白晶晶兴奋得像只麻雀一样在苏扬身边成天嚷嚷，说："亲爱的你真棒，早该听我的了。"然后让他积极应战，并在第一时间给他买好了领带、西装，苏扬无奈，只好拎着公文包人模狗样地开始一家家去面试。

6

第一家是做保健品的，位于长宁区，离 F 大好几十里地，面试时间定在上午十点，苏扬倒了三趟车，又走了二十多分钟，前后花了两个半小时，总算找到了那家位于小区居民楼里的公司。表明来意后，前台递给苏扬一张印有考题的 A4 纸，然后把他带到了厨房——现在改造成会议室了——示意苏扬按题目要求写篇广告文案。

会议室已有几人，看到苏扬进来了，抬起头用疑惑的眼神瞅了他一眼，表情冷漠。苏扬坐定后看题目是让写一个减肥保健品的电视广告文案，这种文章苏扬从没写过，不过从电视上看到过相关节目，他思考了片刻就奋笔疾书起来。

苏扬思路比较活跃，文案写得很流畅，写好后他摇头晃脑地看了几遍，觉得自己简直是天才。前台收了稿子就示意苏扬回去，说有消息会通知他，听到这话苏扬有点胸闷，心想：老子起了个大早，大老远跑过来就是为了做这张卷子的啊？面试连个人都没见到可真失败。

结果更让他郁闷的是，他又坐了两个多小时的车，刚刚回到宿舍就收到公司的复试通知，让他立即再回去。苏扬气得直骂街，本想放弃，白晶晶不同意，她说："万一是个好机会呢？累就累点，乖！"苏扬无奈只得又坐车往回赶。

这次接待他的面试官是个大胖子，大胖子自称公司的创意总监，看到苏扬后特别激动，仿佛看到了自己失散多年的儿子。大胖子说根据他多年的从业经验，从苏扬的文案中可以准确地判断出苏杨绝对是卖保健品不世出的天才，文笔有力，想象力浮夸，最重要的是还很不要脸，因此他强烈希望苏扬能够立即加盟，假以时日，一定会混得和他一样成功。说完之后他还不忘吹嘘一番他们公司的减肥药有多好。不痛苦，不反弹，给你的肠子洗个澡。

大胖子口若悬河，说得自己都快感动了，可苏扬始终特安静，一副无动于衷的表情。苏扬心想，都说细节决定成败，公司让这么胖的哥们来卖减肥产品？也太没说服力了吧。彼时苏扬对保健品没什么好感，在他眼中卖保健品等于卖假货，一没技术含量，二没面子，还有点法律风险，只有那些走投无路、穷凶极恶的人才会从事这个行业。所以他心如止水，基本上胖子总监说十句，他就"嗯嗯啊啊"地应付一两声。

胖子总监发现苗头不对，赶紧问："兄弟，你是不是根本不相信保健品？"

苏扬点点头。

胖子呵呵一笑："没关系，我也不相信，但那不重要，重要的是我们能把我们不相信的东西卖给相信的人。你说对不对？"

苏扬点点头，又摇摇头："那不就是骗人吗？"

胖子听后重重往后一靠，椅背被他压得摇摇欲坠，看得苏扬心惊肉跳。胖子噘着嘴，斜着眼瞅苏扬："你要这么说也没错，但这没什么大不了，因为就是份工作，我们要尊重我们的工作。"

苏扬也懒得反驳，干脆说："可我根本不想从事这样的工作，我觉得特没劲。"

胖子的脸有点挂不住了："那你还过来面试干啥？"

苏扬老实回答："我也不想啊，可是我女朋友不让，我很听她的话，就过来看看咯！"

胖子勃然大怒："吃饱了撑的，滚蛋！"

就这样，苏扬的第一次面试无疾而终。出来后苏扬还觉得自己挺酷的，以前光听说公司把面试的人拒绝了，可他第一次就把公司拒绝了，看来求职也没那么难嘛，当然了，主要原因还是自己太优秀。看来找工作还是不能太着急，一定要等到情投意合的，否则绝对会后悔。

在回去的车上，苏扬回想着胖子对自己的肯定，心中冷笑两声，保健品？天才？去他妈的，老子做什么也不会做保健品啊，简直有病。彼时苏扬心高气傲，自信满满，他怎么也想不到用不了两年，他将在这条道上一路狂奔，忘记所有的美好和天真。

7

苏扬面试的第二家公司是做汽车广告的，这家公司在卢湾区，挨着打浦桥，公司规模比上一家还要小，全部的办公场所就是一个大开间，这让苏扬感到不可思议，世上居然有这样的袖珍公司，可面试通知上不明明介绍自己是上海市高精尖龙头企业，旗下员工数千的吗？苏扬顿时有种上当受骗的感觉，本想直接一走了之，又怕白晶晶批评自己，只得硬着头皮往里走。

这次面试他倒是一下子就见到面试官了，而且直接见到了总经理，事实上这家公司所有的工作人员加起来也不超过个位数。总经理看起来慈眉善目，很是健谈，问了苏扬一些基本情况后，大发感慨说苏扬就是他们急需的复合型人才，他现在真诚地邀请苏扬加盟，虽然公司现在规模不大，但前途无量，根据他的规划半年内公司将会代理全上海的汽车广告，明年就会在纳斯达克上市赚老美钞票，所以只要苏扬在他这里好好工作，将来肯定前途无量。

苏扬心想，怎么这些公司说得都这么雷同？好像在同一个地方培训过一样。他也懒得废话，直接问月薪能有多少。老总听后哈哈大笑两声，说："很好，我就喜欢你这样直接的孩子，我们这里的收入至少是行业平均值的两倍，每个月绝不少于五千。"苏扬一听觉得还行，刚想再问问有没有什么补贴时，就听到老总话锋一转，说："公司现在刚刚起步，所以一开始每个月只能先给五百，其他的要看销售业绩。"苏扬大吃一惊，心想：你妈才几秒钟怎么就从五千变成五百了呢？再说自己应聘的职务是文案，怎么会和销售挂钩呢？老总看出苏扬的疑惑，赶紧解释说："公司正处于发展阶段，公司员工都以一当十，文案也要做销售，甚至前台的活都要干。"苏扬这才明白为什么进来时看不到几个人，敢情都出去跑业务了，于是赶紧找了个借口向那个还在夸夸其谈的老板道了别，然后灰溜溜地回去了。

8

就这样，毕业前苏扬面试了不下十家公司，无一成功。有的公司要求高得吓人，搞市场调研都要 MBA；还有的公司直接以骗钱为宗旨，各种各样的骗术争奇斗艳；有搞传销让你花三千块买他一堆垃圾化妆品的；有让你先交二百块保证金，然后第二天公司就消失的；有说做日化产品，实际上让你去菜市场卖牙刷的；还有自称明星经纪公司的，他们准备把苏扬包装成内地最牛 × 的偶像，而做到这一切只需要苏扬交五千块培训费……

一次次的失败让苏扬变得无比烦躁，他更加坚定了毕业前不找工作的决心，任凭白晶晶再怎么威胁恫吓也不为所动。白晶晶见游说无效只得放弃，心想大不了到时候自己赚钱养家。念及此她更是觉得自己无比英明，早早做了好几手准备，现在他们的银行卡里已经有不少积蓄，就算毕业后这个浑蛋真的没地方上班在家歇上一年半载也没什么问题。

9

苏扬这边求职受阻，马平志那边感情也不太顺利，兄弟俩各有各的痛，遥相呼应，倒也相得益彰。

基本上，没人想得到马平志会和陈菲儿分手，最起码想不到会分得那么快。这段被马平志自己誉为"山无棱，天地合，乃敢与君绝"的爱情仅仅维持了不到半年，虽然这半年他们爱得很狂野，也爱得很精彩，但半年后他们将和世界上所有的陌生人一样，相逢时无言，分手后遗忘，老死不相往来。

直到现在，关于马平志和陈菲儿分手的版本在 F 大还流传甚广，有人说马平志压根儿就是一花心大萝卜，说白了就是狗改不了吃屎，这种人说自己会一辈子好好爱一个女人简直是放屁，谁都知道就在毕业前两个星期这个臭流氓就勾搭上了自己的女同事，所以毫不犹豫地将女友陈菲儿无情地抛弃。

可也有人说真正的坏人其实是陈菲儿，因为她根本就是一个外表纯洁内心淫荡的婊子，她在一个地产大亨的车里和该老板云雨时被马平志抓了现行，所以才酿成分手的结局。

还有人说其实这两人都不是什么好东西，他们在一起只是在做游戏，马平志享受陈菲儿的身体，陈菲儿享受马平志的金钱。天亮说晚安，毕业要分手，就这么简单，根本不值一提。

作为马平志最好的朋友，苏扬知道上述说法只是脆弱的假象。这个世上有人分手是因为男盗女娼，有人分手是因为时间太漫长，有人分手是因为七年之痒，也有人分手是因为坚持理想。毕业即将来临，每个人都在为自己的未来仔细打算，无数个爱情悲剧就在这时默默开始酝酿，马平志和陈菲儿分手的真相只是因为他们都太有主张，他们要么臣服于对方，要么只能天各一方。

陈菲儿说毕业后自己要出国继续深造，去澳大利亚或者美国。陈菲儿说世界那么大，她想去看看，只有走出去才能体味人生的美好。陈菲儿对自己这个观点深信不疑，她说虽然出国需要很多钞票，但只要能出去，什么都可以放弃，哪怕是爱情。

关于未来，马平志从没想太多，无论如何，生活总要继续，快乐也好，悲伤也好，一切都是那么不确定，所以他懒得思考毕业后的人生轨迹，他唯一可以确定的是作为他的女人——陈菲儿的人生应该由他来决定，因为他对她是真爱，他也有这个能力，所以她要出国更是需要得到他的同意，这其实是狗屁不通的逻辑，马平志却认为是真理，或许他的家族祖祖辈辈都是男权主义，女人只是名义上的伴侣、实质上的奴隶，所以马平志想当然地认为陈菲儿的未来掌握在他手中，他要干什么陈菲儿只能服从。

而对于陈菲儿的出国梦，马平志觉得不但幼稚而且荒谬，在他眼中没有一个城市比上海美丽，没有一个国家比中国神奇，他实在不明白陈菲儿为什么要费尽心机地离开这个充满诱惑的地方，他更不明白如果陈菲儿真的离开上海，他们的爱情该如何继续，还会不会继续。

为了毕业后到底出不出国，陈菲儿已记不清和马平志吵了多少次，吵到最后，所有的理由都变得苍白无力，只剩下彼此一味地指责。陈菲儿指责马平志阻碍她人生的发展，马平志指责陈菲儿辜负他的良苦用心，两人都显得那么受伤，并不约而同将分手作为威迫对方的唯一武器。马平志和陈菲儿分手的最后场景，苏扬依然记得无比清晰，就在一条他们走了无数遍的林荫大道上，当事双方在那里完成最后一场争吵，而苏扬只是站在一旁观战，仔细思考。

和前面 N 次一样，争吵并没有达成任何妥协，具体细节都可忽略。他们时而抱头痛哭，时而奋力抽打对方脸庞，争吵到最后，马平志突然恢复绅士风度，面露微笑，他心如刀割，却抬眼看天，对他深爱却又把他深深伤害的女孩说："一路走好！"

10

"一路走好"——所有的海誓山盟到最后只剩下这样一句平淡无奇的话语。苏扬静静地看着这一对已经发疯的男女，他们是最相爱的恋人，也是最具杀伤力的敌人。这一切很不真实，让人感觉像在看一场爱情电影。仿佛就在昨天，他们才开始恋爱，陈菲儿嘻嘻哈哈地说自己终于找到了真爱，马平志紧紧搂住这个女孩，在她耳边说"我们一辈子不要分开"，可才过了短短三个月，所有的誓言就烟消云散。

苏扬想，如果把四年的故事串联起来重新回顾，用恍然如梦形容毫不为过。张胜利还是天天堵在郝敏宿舍楼下，说要问个明白，然后每晚醉得一塌糊涂，他说只有醉了心才不会痛，醉了他才依然有梦。

李庄明仍然管家似的天天围着赵楚红转，像一个刚刚吃到糖果的幸福的小孩，谁要在他面前说一句赵楚红的坏话，他就像疯子一样和那人打架，有一天夜里这个幸福的孩子却扑到苏扬怀里哭得地动山摇，他嘴里不停地唠叨，说他好痛苦，痛苦什么，却无人知道。

苏扬觉得越来越看不懂这一切，为什么马平志和陈菲儿会这么固执，爱情又不是战争，恋人又不是敌人，让一让又何妨？投降又何妨？为什么一定要拼个你死我活？为什么一定要闹得天各一方？

苏扬突然想到了白晶晶，想到了自己和白晶晶之间的矛盾其实同样严重，只是被很多甜蜜的表象掩盖着，但看不出来绝不意味着不存在。想到这点苏扬不寒而栗，他们的明天将会怎样？会不会一样是以悲剧收场？到时候自己是痛苦地哭，还是傻傻地笑？是假装坚强，还是彻底绝望？

11

不管你愿不愿意，接不接受，毕业那一天总会按时按点呼啸而至，你无法抗拒，更不能逃避，只能接受。

2003年6月，苏扬即将从F大光荣毕业，一个绚烂了四年的美丽泡沫正式破灭，另一个更加美丽的泡沫逐渐成形，从此生活别有一番风景，只是辨不清是喜还是忧，看不清是罪还是孽。

相比其他同学的情绪失衡，整个6月苏扬都始终保持着别人无法理解的平静和稳定，一如既往地去图书馆看书，到食堂吃饭，晚上和白晶晶散步，和过去相比没有任何变化。一场接一场的散伙饭兄弟们喝得酩酊大醉，苏扬从来都不会，散场后则不厌其烦地将所有人送回宿舍；同学们费尽思量拍各种花式毕业照，苏扬总是自告奋勇当摄影师，就是不愿出现在镜头前；有的外地同学没有留沪需要先走，大伙舍不得，往往一路送到火车站，可苏扬从没有，他就像往常那样站在宿舍门口笑着说拜拜，好像他们等会儿打一场篮球后就会回来。

没人知道他为什么会这样，除了白晶晶。她知道他当然不是冷漠，他的心比谁都热情，更加不是坚强，他的心比谁都脆弱。他只是无法面对，所以不愿意面对。他希望能够将最后一丝一点的学生时光耗尽，他比谁都舍不得分离，哪怕是对那些曾被他凝视过的花花草草，他都舍不得说再见。

好几次他们散步时苏扬走着走着就停了下来，对着远处的一棵树喃喃自语："当年我刚来的时候树还挺小的，现在都这么粗了，下次再见，不晓得是什么时候咯！"白晶晶就知道他又在感伤了，她当然觉得完全没有必要，但她尊重苏扬的情感和表达方式，所以每当这个时候，她都会轻轻拥抱住苏扬，用手拍他的肩膀，轻轻对他说："我一直都在你身边。"

12

马平志和苏扬一样毕业前没找到工作，当然了，他是真正就没找，因为根本不用找，他早想好等毕业了就自己开公司。对他而言，每个月为了两三千块钱朝九晚五上班简直是糟蹋青春、浪费生命。2003年上海市政府开始鼓励大学生创业，推出若干优惠条件。别人开公司最愁没钱，马平志最不愁的就是钱，他的富爸爸一看儿子如此胸怀大志，甩手就给他一百万做前期运营资金，要是经营不善亏了，就当交了学费。

8月底马平志的广告公司就在五角场一幢写字楼里轰轰烈烈开张了，不管什么行业什么产品，他都负责提供咨询和策划方案，反正没有他不能做的业务。马平志说自己根本不懂什么咨询，更不要说策划了，但他知道这行来钱快，有"钱"途。他会吹，更会骗，骗不到还可以跑，所以，他相信自己肯定能成功。

开业第一天马平志在上海著名的声色场所"第五大道"请苏扬吃饭，同去的还有他新招的秘书方小英，在酒桌上马老板挥斥方遒、指点江山，大声点评中国经济和华尔街股市，如数家珍，说得唾沫四溅、日月无光。方小英不失时机地递上根"三五"，然后娇滴滴地说："老板，请抽烟！"

苏扬边听边点头，真心祝福他早日成功。讨论完经济后他们又畅想了会儿未来。对于未来，苏扬其实没什么想法，马平志却想法太多，两人根本找不到共同语言，因此气氛有点尴尬，幸好有方小英在一旁风情万种地撩骚逗乐，还不断往马老板嘴里夹菜，劝两人喝酒，多少活跃了现场的气氛。

几瓶啤酒下肚，苏扬的思维慢慢活跃起来，他头一歪，白眼一翻，对着马平志幽幽地说："陈菲儿……陈菲儿出国了。"

马平志愣了一下，眼圈立即红了起来，缓缓放下手中的酒杯，满脸黯然神伤，继而又仰头将杯中啤酒一饮而尽，怨恨地说："还提她干什么？我都忘记了！"

13

"我都忘记了！"赌徒张胜利压根儿没打算在上海找工作，这个城市留给他太多伤心的回忆，一毕业他就收拾行囊回老家继承他父亲如日中天的事业去了，临别时他对苏扬等一帮兄弟很是轻松地说，"我已记不得郝敏是谁，我只记得这四年麻将打得很爽。兄弟们，有空就去东北找我打麻将，我保证不赢你们钱。"

那是一趟傍晚六点的火车，列车在如血残阳下长鸣一声，朝北方奔去。据那趟车的列车员回忆，车上有个二十出头的小伙子整整哭了一路，无论谁劝都无济于事，没人知道他这么伤心到底是为了什么，是为了爱情还是为了兄弟，是为了遗忘还是为了告别。

14

"我无法忘记，也不想忘记！"已考上本校新闻传播专业研究生的李庄明毕业前突然学会了抽烟，每个黎明或黄昏，他都躺在那张睡了四年的木板床上，看着进进出出的同学，间或对其中某人淡然微笑一下，然后继续保持他阴冷的表情。谁也不知道这个人到底在思考什么，他是那么孤僻，还有点忧郁，躲在黑暗中一根又一根抽着四块钱一包的中南海，一直抽到烟屁股冒火才甩手扔掉，暗红的烟蒂在半空中画出一道美丽的弧线后消失不见，从璀璨到消亡只耗时零点几秒。

苏扬曾坐在李庄明床上和他聊过很多次，具体内容已悉数遗忘，唯一清晰记得的是李庄明说他怎么也忘不了赵楚红。李庄明靠在墙上，一张破旧的报纸垂在他瘦骨嶙峋、裸露的胸前。李庄明双目空洞地说赵楚红已经回北京了，这辈子都不会回来，他再也无法和她相爱了。

"没错，她是人尽可夫，是一个不折不扣的臭婊子，可是，我还是那么爱她，这是事实，我们不应该忘记事实，否则就是背叛。"

"苏扬，你知道真爱一个人却又无法好好去爱有多痛苦吗？"李庄

明突然目光炯炯，然后不等苏扬回答又摇摇头，喃喃自语，"你不会明
白的，你怎么会明白呢？你是那么幸福。"

从头到尾苏扬什么都没有说，他只是贪婪地试图将李庄明的一言
一行都刻在脑子里，然后在分开后好好回味，轻笑一声：这个傻×。

15

毕业时，石滔抱着苏扬哭了好几场，哭得苏扬很是莫名其妙，心
想，我又不是死掉了，你干吗哭得这么伤心啊？难道这厮暗恋自己？
石滔痛哭流涕地说，这几年若非有苏扬在，以他一米六的身高绝对活
不出现在的精彩，所以流点眼泪表明心迹实属正常。

石滔运气不错，顺利落户上海，在一家娱乐周刊做记者，光荣地
成为一名狗仔，每月能赚四千块，外加红包若干。刘义军回了福建，
带上了他快一百公斤的女友，他们决定年底就结婚，他们的爱情犹如
一块迎风飘荡的黄手帕，是那样璀璨夺目。其他同学留沪的留沪，回
家的回家，四年风华烟云，仿佛留下了很多痕迹，又仿佛一场春梦，
转眼灰飞烟灭，什么都没留下。

16

F大规定6月底所有毕业生都必须离校。苏扬是最后一个走的，
走前将宿舍认真打扫了一遍，所有破旧的家具在他精心擦拭后变得一

尘不染，准备迎接它们的新主人。做完这一切后，苏扬叫来了一辆物流车，将四年积攒下的大小行李通通搬上车，连一本书都没有留。他要把所有的记忆通通带走。

车快开出学校大门时苏扬突然让司机先不要忙着出去，在学校里再转一圈，结果一圈过后，他又说：请再来一圈。

那个师傅开了十几年的车从没有遇到过这种怪人，抱怨了一句后只得照做。F 大面积不小，大路小道都绕上一遍至少半个小时，苏扬坐在副驾驶位置上，头伸到窗外贪婪地看着眼前的一草一木、一楼一桥，眼中无限感伤。最后车子驶出大门时苏扬将眼睛紧紧闭上，等再睁开眼世界已是车水马龙，人来人往，仿佛很熟悉，又仿佛很陌生。

第七章

出
走

"很好，那我更要离开了。
在我还没有被这狗屁价值观同化之前，我必须先做我自己。
你看不惯我就滚蛋，不，你不需要，你有钱，
这一切都是你给我的，那我先滚蛋。"

WHEN DREAMS WERE SHATTERED.

1

苏扬读高中时班里有一个同学绰号叫麻秆，顾名思义此人是脑袋大脖子粗身体细如柱，远看是畸形，近看是发育不良，反正左右是一残疾少年。不过麻秆身残志不残，仗着他做生意的老爹有几个臭钱，成天在学校为非作歹，不是聚众打架就是调戏良家妇女，把学校当成自家开的私塾，嚣张得可以。

麻秆虽然酷爱作恶，不过为人还算仗义，每当校外的混混们欺负学生时他都一马当先予以回击，遗憾的是虽然其个高，但太瘦了，缺乏攻击力，往往成为重点挨打目标。麻秆攻击力虽不强，但抗打性非常出众，挨揍后满脸鲜血，还能微笑看着敌人，敌人一看不信邪了，于是又上前一阵拳打脚踢，感觉差不多把这哥们给活活揍死了，结果哥们一翻身又站起来了，脸上依然挂着迷人的微笑，敌人到此刻往往内心相当崩溃，因此麻秆虽然每次打架都挨揍，但从来没败过，慢慢就积累了名声，也算是独成一派。

2

苏扬和麻秆相交甚好，苏扬虽然成绩优异，是人见人爱的好学生，但从不排斥和麻秆这样的败类做朋友，有时还会充当狗头军师，出点馊主意，让麻秆实践实践。苏扬这人打小心眼就多，胆子却很小，本来很多龌龊古怪的想法只敢闷在心里，现在有了麻秆这名莽夫，就可以在生活中实践实践，自己看得过瘾又毫发无损，感觉非常不错。

高二下学期几乎所有同学都明白要是考不上大学就得回家种田，等到二十五岁左右繁殖后代当爹当娘。明白这个可怕的逻辑后大家一个个开始玩命似的学习，往往早上五点半就起床，眼睛都没有睁开就开始背书，晚上疯子一样学到午夜一点半，中间共睡了四小时还觉得罪孽深重。课间十分钟用一半时间解决大小便，剩下一半时间还要抓紧做道数学题，疯狂得让你觉得可怕，个个都用哀怨无力的眼神看着对方，仿佛彼此不是同学而是敌人。

在学习这个问题上麻秆再次表现出脱俗的气质，别人像疯子一样学习，他像疯子一样休息。高二结束后分班，苏扬之类的主流学生顺应校方意愿报了理科，麻秆却选择去考体校，每天围绕四百米跑道狂跑二十圈，晚上也不上自习，而是到隔壁学校去瞎转悠，很晚才回宿舍睡觉。基本上苏扬中午吃饭时就会看到这个浑蛋睡眼蒙眬地从宿舍出来蹲在下水道边刷牙，边满口白沫地对苏扬说他昨夜又做春梦了，说得苏扬心里很感伤。苏扬想为什么我的梦里很少出现女人，出现的多是英语单词和化学方程式，这算什么啊？你看人家麻秆，人长得不咋样，却活得如此潇洒，自己玉树临风、满腹春秋，怎么如此窝囊呢？每次苏扬想到这里都气得咬牙切齿，恨不得也放纵一把，但显然这是最绵软无力的臆想，当看到其他人埋头苦读时，他只能长叹一口气继续学习。

苏扬读高中时教育制度远没现在健全，那会儿还流行会考制度，作为高考的开路先锋，凡会考不过的学生就没资格参加高考，因此通往高考的道路更显残酷。麻秆就是会考制度的牺牲品，因为会考九门科目总分加起来不到二百，所以只得提前"解甲归田"。高考事件对麻秆打击甚大，看到同学一个个欢天喜地上大学，这浑蛋就躺床上一边自慰一边思考如何结束自己的生命。麻秆老爹看到这情形吓傻了，连忙掏出十万块把他的宝贝儿子送到上海一所中澳合办的大学，这所学校以收费吓死人不偿命闻名全上海，号称每个学生在这里读两年书后都能到澳大利亚数袋鼠，等再回到中国后就成了"海归"，只要嘴皮子一动说两句洋文就能当什么CEO，到时候就算躺在马路上睡觉都有人往你怀里塞钞票，从此荣华富贵是挡也挡不住！

3

这些美好的场景都是麻秆告诉苏扬的，高中毕业后苏扬再没见过麻秆，也没他任何消息，仿佛这个无法无天的大混混已经从人间蒸发。等苏扬来到上海没几天，麻秆突然出现在他面前，着实给苏扬来了一个意外惊吓。麻秆看着张着大嘴瞪着小眼一副白痴样的苏扬还以为他惊喜过度呢，立即上前一个深情拥抱，然后特淫荡地说："哥们，我来上海和你一起抗战啦。"

当天晚上两人抗战到学校附近的小饭店，苏扬穷，又小气，所以只给麻秆点了一荤两素。麻秆吃得非常不过瘾，一边数落苏扬抠门，一边把嘴里的红烧鸡腿嚼得震天响，骨头都不吐出来全部吞到肚子里，看得旁边的食客个个目瞪口呆，感慨原来鸡腿还可以这样吃，实在太有食欲了。

麻秆吃完鸡腿后对苏扬讲述他现在的生活多么惬意，老师和学生多么开放……这些对刚上大学的苏扬而言无疑是天方夜谭。苏扬刚到上海时曾在这方面抱有幻想，后来残酷的现实慢慢灼伤了他那颗萌动的春心，现在麻秆的话犹如一支强力兴奋剂，让他本已如死灰的心再次激发出饱含春意的火焰。于是苏扬赶紧奉承麻秆，给他倒酒，让他老人家悠着点，慢慢讲，菜不够自己可以再点一个。

就这样，麻秆差不多每星期都要到苏扬那儿蹭吃蹭喝，然后再到其他同学那里继续行骗，苏扬高中同学考到上海的人不在少数，只是到上海后大多没了联系。麻秆神通广大，把每个同学的地址都打听得一清二楚，然后制作了一张详细的作战表，从此"挨家挨户"上门蹭饭，间或借点小钱零花，完全一副无赖的腔调。麻秆每次到苏扬那儿都要吹嘘他新交的女友身材多么完美，胸部多么澎湃，在床上多么淫荡，然后在苏扬的郁闷中获得充分的快感。

4

苏扬对麻秆是又爱又恨，那时苏扬没女朋友，所以只能从麻秆的故事中获得快感。可每次听完后又很受伤，觉得自己不是男人，大学都上了那么久了还单身，实在太窝囊。这种窘境直到大三才发生改变，苏扬追到白晶晶后才知道真正淫荡的并不是女孩，而是麻秆那张嘴，他以前讲的风花雪月很可能是他在意淫，明白这个道理后苏扬不禁长出一口恶气。

有一次麻秆兴冲冲找到苏扬准备向他吹嘘最新战果，突然看到苏扬牵着一高个女孩微笑着向自己款款走来，那女孩长相之美麻秆连做梦都没梦到过，不但天生丽质，而且气质超群，此外这个女孩穿着时尚，一双大眼睛时而含情脉脉，时而冷若冰霜，举手投足间尽显雍容华贵。麻秆粗俗了半辈子，可第一次看到白晶晶时心里不由自主冒出一句诗：此女只应天上有，人间哪得几回闻。反正他是彻底蒙了，原先编好的故事怎么也说不出口，等一起吃饭时不但绝不轻言女人这一名词，甚至和苏扬说话都和风细雨，脸做羞涩状，弄得苏扬特别不适应。

吃完饭上厕所时麻秆在苏扬旁边憋了半天都没能成功把尿分离出来，就在苏扬酣畅淋漓之际，麻秆突然怒吼一声，吓了苏扬一跳，苏扬侧头发现麻秆红着眼睛盯着自己恨天恨地地说："×，如果能让我找到这么极品的女人做老婆，就是被尿憋死也愿意啊！"

那次以后一直到毕业麻秆都没再找过苏扬，据说这个浑蛋大三结束后就去了澳大利亚。苏扬想，好啊，从此老子不用再请客啦！没想到没过多久麻秆就再次出现在他的生活中，并极大地影响了他的人生进程。

5

那是苏扬毕业不久后的一个周末，他正和白晶晶在厨房一起做饭。苏扬刚刚结束了一次说走就走的"流浪"，小别胜新婚，两人做着做着饭就来了欲望，正决定顺水推舟一把时，门铃突然怒响起来。苏扬和白晶晶立即屏住呼吸装作屋里没人，没想到按门铃的人异常坚定，长按不放，最后把白晶晶的感觉生生给吵没了。白晶晶用脚猛踢苏扬说都是他不好，气得苏扬穿了条裤衩骂骂咧咧就去开门。

开门后就见一个高大肥胖的"猪人"站在门口对自己友好地微笑，此猪人油头粉面，西装革履，腰间还夹着一个公文包，看上去像政府行政人员。苏扬左想右想想不出此人是谁，最后想，莫非收电费的？可这个月电费早缴了啊！

猪人看苏扬半天没回过神，收起笑容露出满口大黄牙说："哥们不认识我啦？我麻秆啊！"

苏扬看着眼前这个最起码三百斤的大胖子想，疯了，他妈的是谁创造出"面目全非"这个成语啊？简直太形象了。

6

苏扬缓过神后热情地招呼麻秆吃顿便饭，在餐馆里苏扬和麻秆热情地回味了会儿过去的生活。苏扬努力想把眼前的大胖子和记忆中的麻秆对应起来，可无论如何努力，都觉得上帝开的这个玩笑还是大了点。除了形象大变外，麻秆的言谈举止和以前也大不一样，不但言辞犀利，而且思维敏捷，无论国家大事，还是国际形势，都了如指掌。苏扬觉得和他交谈倍儿有压力。总觉得不是在和哥们聊天，而是在向领导汇报工作，心中无比压抑，最后连话都不会说了，只能不停地"呵呵"傻笑掩饰内心的慌张。饭后两人又到洗手间小便，苏扬看到麻秆一边酣畅淋漓排泄一边打着饱嗝，过了半晌突然红着眼睛喷着酒气趾高气扬地对自己说："告诉你，我发啦，赚了一千多万。"

面对红光满面的麻秆，苏扬坚持这只是他无数牛皮中微不足道的一个，体态胖了不代表生活富了，这个道理苏扬明白。苏扬想，你出国逛了一圈就赚一千多万？当我小孩吗？不过脸上还是挤出一丝笑容表示祝贺。从洗手间出来后麻秆说："时候不早了，我得回公司开会，明晚我请你。"扔下这句莫名其妙的话后，麻秆夹着公文包就走了，若不是那满桌残羹冷炙，苏扬几乎不敢相信消失了小两年的麻秆居然变为一个完全陌生的大胖子又来骗了顿饭，顿时觉得生活实在有趣。

7

第二天傍晚苏扬还真接到了麻秆的电话。当时苏扬正和白晶晶躲在被窝里看电视，两人因为相思太黏稠，整整运动了一宿，给累坏了，就一直赖在床上不肯起来，实在饿了就石头剪刀布，输的人负责给对方煮方便面，倒也找回了点大学时代的感觉。

苏扬看着手机上麻秆的号码暗骂："这白痴又来蹭饭了。"拎着手机跑到阳台，手机刚接通就传来麻秆急巴巴的声音："好了没？赶紧下来。"

"好什么啊？"苏扬糊涂。

"×，这也能忘？不说好今晚我请你们吃饭的吗？"

"哦——那么客气干吗？我看算了吧，我们都吃过了。"苏扬想也没想就撒谎。

"那不管，我事先打过招呼了，你们不来就是不给我面子。"电话里麻秆口气有点不太好。

"要不我先问一下白晶晶，她还在睡觉呢。"

"哎呀，我说你事还真多，快把她叫起来，我就在你们楼下。"

苏扬头往外一伸就见麻秆倚在一辆奔驰的车门上，脸朝天举着手机，斗大的脸庞在夕阳的映射下散发着光芒。麻秆看到苏扬后伸出另一只手朝他摆了两下："麻溜的，我朋友都在和平饭店里等着呢。"

苏扬有点不相信自己的耳朵："在哪儿等？"

"和平饭店！"麻秆掷地有声地重复一遍。

"外滩那家？"

"废话，上海还有第二家和平饭店？"

"嘿，我说哥们，你可真行。"

"别磨叽了，快下来，我挂了。"

苏扬回到房间把脸埋在白晶晶胸膛，无比悲伤，喃喃自语："看来这浑蛋真发了，奔驰都买了，S350！一百来万呢，这他妈是一般人开的吗？"

8

作为苏扬人生中最奢侈的存在之一，奔驰S350在苏扬梦里出现的频率一度比性感女人还要高。毕业后苏扬更是无数次骑着破单车看着街上穿行的奔驰，一边叹气一边幻想里面的洞天是如何美丽，有朝一日自己坐进去是不是会很幸福。现在十几年的理想一旦成为现实，反而有点不适应——苏扬坐在麻秆的奔驰车后座上颇有点坐立不安，双眉紧锁，冷汗直流，犹如一个刚进城的乡下孩子。

白晶晶丝毫没注意到苏扬的这些不良反应，这些对她而言根本就熟视无睹。如果不是苏扬非要她出席，全世界再奢侈的美味都不如苏扬给她做的方便面。因为和苏扬谈恋爱，过去的两年是她最节俭的两年，却也是最幸福的两年，有情饮水饱还真是那么回事，只是苏扬并不知道。

在金钱观上白晶晶和苏扬南辕北辙，她其实一直希望能影响到苏扬，只是多次努力后都觉得徒劳无功。却没想到此人的出现竟然让苏扬多出如此感慨，怎么也算是好事一件。所以尽管白晶晶实在厌恶麻秆这样的暴发户，但想到他或许能给苏扬一些刺激，让他不要再那么天真，可以多了解一下这个世界的现实，也就睁一只眼闭一只眼了。

而麻秆则一边飞速开车一边唾沫飞溅地讲述着自己的发家史。苏扬抻长脖子听了半天才明白，原来两年前麻秆到澳大利亚后闲得无聊，袋鼠数腻了就到处游荡，一不小心遇到个走私团伙正打算往中国走私笔记本，此团伙不甚了解中国国情，正打算找个中国土著了解市场行情，麻秆和走私客一拍即合，义不容辞放弃学业回国从事走私行业。凭着自己的大无畏精神，加上对走私事业的热爱，麻秆很快就发了，用行话说就是挖到了人生第一桶金。成为有钱人后麻秆一反常态没把这些钱用来吃喝玩乐，而是买了好几幢高档房子，结果前脚刚买后脚上海房价就疯涨，一年后麻秆把那几幢房子抛了出去，轻轻松松赚了好几百万。接着麻秆又在南京路投资了家咖啡店，摇身一变从走私客变成了文化人，每天只要喝喝咖啡看看报纸就有万元收入。讲这些故事时麻秆很激动，颤抖着肥脸对白晶晶说："晶晶你知道吗？走私完第一批笔记本，那些澳大利亚人分给我八十万块，疯了，八十万啊！都是现钞，堆在我面前有半人高，我数都数不过来！"

麻秆聊得正痛快时手机不合时宜地响了起来，他立即用车载电话系统接通，他一个朋友打电话问他们到哪儿了。苏扬就听到麻秆很不耐烦地回答："快了快了，还有十分钟就到，包间订好了，就上次我请Andy吃饭的那间。"

苏扬听了又是一怔，弱弱地问："哪个Andy？"

麻秆眼睛一翻："刘德华呗，还能是哪个Andy。我们经常一起玩，关系老好了！"

苏扬听后内心越发悲凉，心想：这厮不单单发了，社会层次也上去了，快成贵族了，你听刚才那口气，哪儿像说一个万众瞩目的天王巨星啊！整个他一小哥们似的，疯了！这到底算什么事啊？

<h1 style="text-align:center">9</h1>

来到和平饭店的包间后，现场已经到了不少人，麻秆夹着雪茄招呼大家赶紧入座，苏扬被安排在了末席，然后是寒暄介绍时间。苏扬意识到这些人还挺复杂，有老板，有社会大哥，也有官员，还有一些来历不明的漂亮女孩。麻秆点了满满一大桌的美味佳肴，其中一半苏扬不要说没吃过，听都没听过。麻秆很江湖地说大家在外面不管是什么身份，进了这门就都是好朋友好兄弟，然后"咕咚咕咚"连喝三杯白酒先干为敬。在麻秆的带动下现场气氛很快热闹起来。

麻秆的这套言行作风让苏扬大开眼界，苏扬觉得自己和他相比简直太书生气了。不过那顿饭他吃得真的很局促，这是苏扬头一次来到如此高大上的场所，更是头一次遇见这么多鱼龙混杂的社会人士，他感到强烈的不适应，根本找不到自己的位置。麻秆和别人交谈的内容对他来说也特别陌生，动不动就是几千万的生意，从石油到航天飞机。苏扬觉得夸张的同时还觉得有点假。更让他郁闷的是，作为全桌最漂亮的女孩，白晶晶受到了至高的礼遇，男人们轮流给白晶晶敬酒，白晶晶当然不会喝，那些人言语间颇多挑衅，作为她的男朋友，苏扬当然不甘示弱，通通替白晶晶挡了，虽然敬酒的人嘴里说着牛×，但眼神还是很轻蔑，分明写着：你小子何德何能！

酒席过半苏扬就醉了，白晶晶赶紧向众人打招呼要先走。麻秆说可以安排司机送，白晶晶拒绝了，然后半背着苏扬离开。苏扬虽然已经丧失了行动能力，但耳朵还很灵敏，他俩还没有走出大门，苏扬就听到里面传来嘲笑声，说他是个山炮。苏扬一激动想回头找讽刺自己的哥们武斗，被白晶晶死死拉住了。

在回去的车上，苏扬吐得天昏地暗，司机都不开心了，下车时让白晶晶多给了一百块钱，说是清洁费。苏扬不服，又要和司机格斗，司机吓得猛踩油门赶紧走，临了还扔下一句话："挺好的小姑娘，怎么找这么个不讲理的港都（笨蛋）。"

苏扬听了抓起地上的砖头就扔，白晶晶终于怒不可遏，骂道："苏扬，你够了，不能喝就别喝，喝了就别耍酒疯。"

以往苏扬挨白晶晶骂后总是立即变得老实起来，可那天他借着酒劲不愿意认尿，一边笑一边回嘴："白晶晶，你他妈也瞧不起我，是不是？"

白晶晶懒得理他，用尽全力把他背回家。苏扬还不依不饶："不过他们说得没错，我确实配不上你，你以为我为什么生气？我是接受不了他们看你的眼神太轻浮，欺负我可以，欺负你绝对没门。"

白晶晶本来还想再骂几句，听到这话不言语了，就紧紧抱着他拍他的肩膀，小声说："别胡思乱想了，除了你，没人敢欺负我。"

苏扬咧着嘴巴笑："大老婆，你对我可真好。"

等白晶晶给苏扬烧好红糖水端过去时，发现苏扬已经睡着了，流着口水打着呼噜。白晶晶端详了苏扬好久好久，手指情不自禁地在他的脸庞上轻轻摩挲，睡梦中的他那么安静，无忧无虑，像个顽皮累坏的孩子。眼角和嘴边还和最初认识时一样平滑，岁月似乎并没有在上面留下痕迹，可是看不见的心变得苍老许多。她想一探究竟，可苏扬总是隐藏着，防备着，她知道那里并不宁静，也知道他不说更多的是害怕自己担心，可当初不是说好了有什么事都要两个人一起承担的吗？他究竟要假装坚强和无所谓到什么时候呢？而生活的压力又岂是因为逃避和不作为就能消失的！如果再这样拧巴着，她真的不知道自己还有没有信心继续下去。这个念头将她吓了一跳，她这才意识到原来变了的人不只是苏扬，她自己也已经在不知不觉中变了很多。

"无论如何，我现在都是爱你的。"白晶晶也不知道自己看了多久，最后只是无奈地叹了口气，然后在苏扬额头上轻轻一吻，关上了灯。

他们已被黑暗包围，而光亮就在身边，只是他们看不见。

10

白晶晶的担心并非杞人忧天。就在两个多月前，他俩爆发了一次特别严重的争吵，激烈程度比大学那次有过之而无不及，对感情的伤害则更大。

争吵原因其实很简单，距离毕业已经过去了好几个月，苏扬仍然一直都没上班，每天就待在家里打游戏，经常一玩就是一宿，然后天亮开始睡觉。白晶晶白天上班，晚上回来两人也说不上几句话，仿佛同一屋檐下的陌生人。

对此白晶晶当然看不惯，心想，你不找工作也就算了，出去锻炼身体也好啊，打游戏能有什么前途？对白晶晶的意见，苏扬依然是那副死猪不怕开水烫的德行，嘴里永远说着："哎呀，急什么急？这不还没遇到合适的吗？"

"你都不出去找，怎么能遇到？"

"那可不一定，你不就是我遇到的吗，咱俩多合适！"苏扬嬉皮笑脸，作势要亲白晶晶。

白晶晶生气地躲开："懒得理你。"

苏扬嘴上虽然没个正经，心里其实比白晶晶更焦虑，只是他没有说实情，毕业后也不是没努力过，只是就业形势真的远非他想的那么简单和乐观。连续受挫好几个月，他对找工作的恐惧从心理蔓延到了生理，一想起来就会头晕恶心，全身乏力。

头一个月其实还挺放松，他觉得自己条件那么好，还怕正儿八经地找起来找不到？

结果还真没找到。

第二个月就有点紧张了，结果还是没找到——不是完全没有机会，只是有些实在太差了，真的没法将就。

等到了第三个月，苏扬一打听，同学里面不管比自己优秀的还是差劲的全都上班了，这下真着急了，怎么也不愿意接受自己竟然成了拖后腿的那个人，病急乱投医，从心态到方法全都失衡，结果更加找不到了。

就这样一个季度很快过去了，从炎夏到初秋，苏扬就像一个大龄剩女，条件不好的他看不上，条件好的看不上他，而且越拖越是搞不好。

苏扬好面子，心里急得要命，嘴上还装作不在乎，怕同学知道了瞧不起自己，更怕白晶晶对自己失望，开始变得输不起，最后干脆决定先不找了，放一放，冷静冷静。可是对于一个应届生而言，不工作又能干什么？苏扬悲哀地发现除了打游戏能让自己稍微集中点精力，其他做什么都力不从心，心里特别慌张，他真怀疑自己得了抑郁症。

而在被白晶晶指责后，苏扬不敢再没日没夜地玩游戏，只能去书店消磨时光，结果看到一本台湾女孩写的旅行书，学到了一个新名词：间隔年。这个发现让他欣喜若狂，晚上等白晶晶下班回到家，立即兴高采烈地宣布："晶晶，我明白了，我之所以没有找到心仪的工作，其实是注定的，因为我需要给自己一个间隔年。"

"什么？"白晶晶从没听过这个，好奇地看着苏扬，看他到底能作出什么妖来。

"间隔年！"苏扬又振振有词地重复了一遍，"现在很流行的，就是毕业后给自己放一个长假，而不是立即投入无尽无休的工作中，可以放空，也可以旅行、探险，做任何自己想要做的事情。"

苏扬越说越起劲："你说我怎么那么聪明呢？哈！我决定了，我要去流浪，先去海南，再去西藏，最后去新疆，我要横穿雅鲁藏布江大峡谷，去柴达木盆地看漫天黄沙，去青海湖边看日出日落，在漠河迎接清晨第一缕曙光。我将会被这些在城市里难以见到的景象感动得泪流满面，那也是我们人生的一部分啊！如果不去经历，而是一味待在这冰冷的钢筋森林，简直是苟活。我越想越激动，简直恨不得立即就出发，晶晶，你和我一起去好不好？"

白晶晶听着苏扬眉飞色舞地描述着，心一点点地痛起来，她太了解他这样说其实还是想逃避。他的秉性支持他这样表达，可是她不可以，她没那么任性，也没那么想当然，更不会那么不负责任。她很珍惜现在的这份世界五百强的工作，她的人生轨迹无比清晰，绝不允许自己有半点差错，所以她很坚定地摇头，然后冷冷地说："我不会去的，你也不许去。"

面对白晶晶的拒绝，苏扬感到很委屈："你是怕我不安全吗？放心吧，我一个大男人，会照顾好自己的。"

"不！"白晶晶决定不再包容，她突然意识到苏扬越来越任性其实和自己无原则地纵容有着很大关系，再这样下去无疑是"包庇犯罪"，只会害了他，所以这次她很生硬地拒绝，"我是觉得你现在没有必要离开，也不能离开。"

"为什么呀？都说好了，间隔年，台湾那边很流行的。"

"那边是那边，这里是这里，别人是别人，你是你，没什么可比性。"白晶晶缓了缓情绪，认真地说，"我知道你总是找不到理想的工作会失落，但这其实没什么，最重要的就是坚持，你不是说过，工作和爱情一样，最适合的只有一个吗？说不定你再试试，下一次就成了呢。要是现在放弃了，等你回来了又要重新开始，有必要吗？"

"是，我确实这样说过，我也不排除你说的这种可能性，可是我现在突然觉得生命中还有很多更重要的东西，错过了就有可能永远都回不来。比如我的这次间隔年远行，山永远都在那里，不会变，水也在，也不会变，可是我会变，从身体到灵魂，错过了现在就再也无法重来。那将是多么可惜的一件事啊！"结果白晶晶不说还好，这样一说苏扬一万句话等着呢，"晶晶，我知道你在担心什么，你放心吧，我不可能不上班的，我这么才华横溢，可能真的找不到工作吗？再说了，真的让我一天到晚待在家里靠你养活我能干吗？这种事你做得出我还受不了呢，是不是？还有，我知道你舍不得我，我也舍不得你啊，可现在不走，我这辈子都会不开心，你忍心看到我这么痛苦吗？你不是爱我吗？爱我就应该支持我啊！"

苏扬一口气说完，见白晶晶依然不为所动，只得继续磨叽："行行行，我答应你，只要你这次让我好好遵从自己的内心，回来后我一定踏踏实实地好好工作和生活，放心吧，我一定可以在这个城市立足的，我一定会赚很多很多钱的，过得比谁都好，不让任何人笑话我。我不是说过大风会把钱刮来的吗，我真的没有胡说八道……"

"够啦！你不要再说了，我不想听。"白晶晶似乎是第一次在苏扬面前歇斯底里地大叫，她突然发现两个人的思维根本不在同一频率上，面对苏扬一如既往的大道理，她已经濒临崩溃，"苏扬你能不能成熟点？你已经不是学生了，你已经走入社会了，你不能总是自欺欺人找借口逃避。我问你，你现在工作都找不到，凭什么认为自己能赚很多钱？你凭什么就觉得自己能在这个城市立足？就凭你所谓的理想？凭你的口若悬河和天真？拜托，你能不能成熟点踏实点？别一天到晚胡思乱想做白日梦了好不好？"

面对着白晶晶一连串的提问，苏扬傻眼了，喉咙动了动，却什么都没有说出来。

"你说你爱我，那你有没有考虑过我的感受？你说你爱上海，你有没有尊重过脚下这片土地？每个人都说上海好，是国际化大都市，繁荣、现代、时尚，个个说得头头是道，可具体好在哪里，又说不上来，我现在告诉你，上海之所以迷人，是因为它发达、富裕、时尚，有秩序感，充满了希望。只要努力，脑子聪明就有无限的可能，而不是想当然自说自话，就能够在这个城市生存下去。你根本不知道上海那些有钱人的生活是多么快乐，很多上海人劳累了一辈子，每天早上蓬头垢面地到公厕倒马桶，这种生活能幸福吗？很多外地人奋斗了一生还要住棚户区，这种人能够真正读懂上海吗？没有钱就没资格在这个城市生存，没有钱就没资格去畅想美好，没有钱就没资格对未来说东道西，流浪只是一种虚伪的借口，是对生活的一次极为卑劣的逃避。你以为是我逼你？不，是这个社会在逼我们，因为这个社会就是这么现实，我们只能接受，没别的出路。大风会把钱吹来？做梦，大风凭什么把钱吹给你？估计大风还没把钱吹来，就把我吹走了，你知不知道？"

"这就是你的价值观？"苏扬笑了，"说来说到底还是为了钱。"

"是又怎样？钱有错吗？你不尊重钱，钱能尊重你吗？"

"很好，那我更要离开了。在我还没有被这狗屁价值观同化之前，我必须先做我自己。你看不惯我就滚蛋，不，你不需要，你有钱，这一切都是你给我的，那我先滚蛋。"

说完，苏扬甩门就走，留下孤零零的白晶晶放声尖叫："天啊，我怎么会和一个疯子谈恋爱？"

11

2003 年 10 月，疯子苏扬背起行囊毅然走出家门，一走就是小两个月。

白晶晶根本不知道他去了哪里，那一个多月苏扬很少和她联系，也没有告诉她自己的踪迹。白晶晶只是在中秋节收到了苏扬从云南寄来的明信片，说自己正在一个美丽的山谷里面晒着太阳看蜜蜂嗡嗡叫，小猫小狗围绕着他蹦蹦跳跳，野花在他面前尽情地摇，白云在头顶上慢慢地飘，时光已然静止在那里，好像永远都不会变老。"采菊东篱下，悠然见南山……此中有真意，欲辩已忘言。"苏扬说他读了那么多的古诗词，却是第一次身临其境体验到了其中的美好，他还告诉白晶晶不要惦记自己，更不要给自己回信，因为等信到的时候，他已经在下一个地方，而那个地方在哪里，他自己也不知道，他只知道，一路走来，自己很快乐，一点都不后悔。

白晶晶紧紧攥着明信片，看着上面无比熟悉亲切的笔迹，眼泪大滴大滴落了下来。她的心情太复杂了，生气、委屈、心疼、焦急、担心……可最多的还是想念，她希望苏扬能够早点回来。只要他回来，她绝不会再说半句废话，给他半点压力；只要他回来，随便他再怎么天真，再怎么异想天开，她通通都接受。

是的，和以往每次闹别扭一样，这一次，还是她先投降。

<h1 style="text-align:center">12</h1>

白晶晶以为苏扬会离开很久，间隔年嘛，没有一年也有半载，经过这段时间的冷静，她已经做好了打持久战的准备，却怎么也没想到不过一个多月后的一个周末的晚上，自己正在家里加班，做一份上市公司的资产评估方案时，突然听到了敲门声，声音不大，时断时续，白晶晶吓得赶紧问是谁。结果外面的人光敲门不说话，白晶晶抄起菜刀战战兢兢就打开门，心想要是坏人就一刀劈过去，砍死了也是正当防卫。结果门打开后她就看到了一个野人——衣衫褴褛，蓬头垢面，胡须打结，脸色苍白。野人看到她后立即张开双臂，咧开嘴"嘿嘿"一笑，然后有气无力地说："老婆，我回来啦！我好饿啊，我要吃肉。"

那天晚上，白晶晶眼睁睁看着苏扬把她炖的两斤牛肉一口不剩地吃了下去，外加三包方便面、四个鸡蛋，还有半个馒头。苏扬吃饱后长长打了个饱嗝，回味无穷地说："爽，还是家里好。"

白晶晶就一直在旁边看着，看着自己心爱的男人狼吞虎咽地吃着，吧唧嘴巴的声音震天响，她一点都不嫌弃，反而觉得太有吸引力了，怎么就那么好看呢？白晶晶眼睛都舍不得眨一下，仿佛要把错过的一个多月都补回来。

苏扬感慨完后突然将碗筷一推，无比认真地看着白晶晶说："谢谢你。"又说："我真没出息，连玩也玩不好，我以为我能走很久很远，可前天夜里在从甘肃到宁夏的火车上，我看到一轮明月从荒芜的戈壁上升起，宛若置身另一个世界，那一瞬间我突然发了疯似的想你，我什么都不想要，什么地方都不想去，就想立即见到你。"

白晶晶再也控制不住自己的情绪，将头深深埋在苏扬怀里，哽咽着说："对不起，我不应该那么逼你，不应该剥夺你对生活选择的权利，这些天你不在我的身边，我想了很久，也特别害怕，以后我再也不会强迫你，随便你做什么，只要你在我身边，我什么都不在乎。"

苏扬同样哽咽："千万不要这么说，既然我选择了回来，就是要和过去彻底告别。从今天开始，我要从零开始奋斗，一定不让你失望。"

13

以上就是苏扬毕业后半年内遇到的人、发生的事，如果将他的生命用刻度加以区隔，这半年时间虽然不长，却意义重大，于某种层面上而言，是他青春最后的狂欢，也是最后的祭奠。

很多人都会回味：我的青春到底是在什么时候消失的呢？怎么不知不觉中就失去那种随性和天真、躁动和勇敢了呢？苏扬也问过自己这些问题，并且给出了清晰的答案：我的青春就结束在那晚的火车上，火车扔下了我的皮囊，呼啸离去，我带着我的梦想，继续去流浪。

而关于那一个多月的"流浪"，苏扬回来后甚少提及，开始白晶晶还会好奇地问两句，苏扬都以"其实也没什么意思，就那么回事"搪塞过去。因此没人知道他究竟去了哪里，又干了些什么，受了多少的苦，产生了多少感悟。白晶晶甚至一度怀疑苏扬其实哪儿都没有去，他一直就躲在这个城市，他根本就是一个胆怯的孩子，用谎言和想象对抗他无法适应的现实。

不过这些都不重要了，重要的是苏扬真的回来了，而且想明白了，这就很好。白晶晶看着熟睡的苏扬暗自祈祷，祈祷从现在开始，万事顺利，吉祥如意。

14

说来也怪，当苏扬摆平心态、放低姿态后，他很快就获得了人生的第一份差事——在闸北区一家贸易公司当文员，每月工资只有一千块，他的直接领导是个六十岁的老太太，同事是一群正处于更年期的妇女，具体工作是负责整理文件和处理数据，有空还要帮着打扫房间。无论从哪个角度判断他都不应该接受这样的工作，可事实上他每天都欢天喜地地上下班，回家后喜滋滋地告诉白晶晶很有成就感。白晶晶听后哈哈大笑，抱着苏扬的头夸赞："老公，棒棒哒！加油哦。"苏扬谦虚地说："谢谢，都是你教导有方，我会做得更好。"

没人知道这个男人是在撒谎，其实他工作得一点都不开心，在一个自己不喜欢的环境里做着自己不喜欢做的事情，面对自己不喜欢的同事，苏扬感到这是生活在对他实施强奸，可他实在别无选择。对他而言，没什么比白晶晶眼神里的失望更让他觉得害怕，虽然她口口声声说不再逼他，但她的眼神还是会将她的内心出卖。所以他的压力太大太大了，为了遥不可及的梦想，还有风雨飘摇的爱情，他选择了妥协，愿意伪装。自己快不快乐不重要，重要的是他们的爱情可以维持，一切都可以为之让步，哪怕自尊牺牲了，理想阵亡了。

只可惜这份可笑的工作只维持了短短一个月，因为企业效益不好要开源节流，作为唯一的应届大学生，苏扬毫无疑问成了第一个裁员对象，在 HR 经理办公室里，苏扬知道了这个结果后弱弱地问："按照劳动法，你们应该对我进行补偿吧？"经理冷笑一声说："一分钱都没有。出门往左三站路，就是闸北区法院，你爱怎么折腾就怎么折腾，现在就给我滚！"

15

苏扬再次成了待业青年，白晶晶怕他偃旗息鼓，本想好好鼓励他一番，结果苏扬反过来安慰她："没事，至少我已经有了一个月的工作经验，明天我就继续找工作，放心吧。"

第二天一大早，白晶晶还没起床，苏扬已经赶往万体馆的人才市场，他给每个招聘单位的摊位都投递了简历，什么要求都没有，只求能有个班可以上。忙活了一天苏扬累成狗，挤地铁的时候突然想起毕业前看到一条新闻：北大毕业生回家卖猪肉。记得当时他和李庄明还一起哈哈大笑，说这个白痴简直丢北大的脸，士可杀不可辱，再可怜也不能回家卖猪肉啊！现在回想，他才明白当时的自己究竟是多么浅薄和愚蠢，每个人的境遇都不一样，汝之蜜糖，彼之砒霜，最可笑的莫过于用自己的道德标准评判别人，你永远不知道别人身上发生过什么，所以你的任何意见都是荒谬的。

功夫不负有心人，苏扬很快找到了新工作，虽然路程更远，条件也更差了，而且可能同样不长久，但他已经无所谓，没了就再找呗。原来最怕失败，现在总失败他反而觉得没什么可以畏惧的了，只要姿态低到尘埃里，将自己掰开了，揉碎了，反而踏实了。说起来，这也算一种成长吧，只是这成长也未免太过沉重和荒唐了。

16

12月底，苏扬在一家药厂找到了一份促销药品的工作，每天负责到各个医药商店查询他们厂OTC产品的销售情况。苏扬的服务对象是一些正在经历更年期的妇女，她们大多神态诡异，喜怒无常，可以莫名其妙对你无比热情，仿佛你已经被她们包养，也可以突然对你怒斥，让你立即从她们眼前消失。为了讨好这些神经紊乱的女人，苏扬经常买一块钱一根名叫"滚雪球"的冰棍给她们降温，并阿谀奉承说她们美丽善良、充满母性。苏扬的溜须拍马起到了一定效果，女人们大多很喜欢他，每每看到苏扬骑着一辆无牌破单车过来时就会神情开朗甚至欢呼雀跃。有些女人称呼苏扬为小苏，还有些女人直接叫他"雪球"。她们会说："'雪球'你真是好样的，放心吧，姐姐一定多多给你卖药，让你多多拿提成，赚了钱千万要记得给我们买冰棍。"

那是苏扬短暂工作经历中最开心的一份工作，只可惜好景不长，因为政府一纸文书，所有药厂都必须进行 GMP 认证，苏扬工作的那家药厂多项指标不过关，最后只得关门大吉，苏扬也再次光荣下岗。

17

就这样，毕业一年内，苏扬先后打过不下十份工，工种涵盖培训师、保险经纪人、理财顾问，等等。时间最长不过两个多月，最短只有三五天。至于干不下去的原因，有别人的问题，但更多还在于自身，因为不管做什么，苏扬都是三分钟热度，做着做着就觉得做不下去了，每天生不如死，如行尸走肉，业绩也总是垫底。越怕就越差，越差就越怕，最后自然又开始逃避。迟到早退成了家常便饭，没有任何理由地旷工也屡见不鲜，每天早上都装作正常地和白晶晶告别去上班，结果却躲在图书馆看书，或者到人民广场，什么也不干，就戳在那里发呆，苏扬觉得那里人很多，可以抚慰他内心的荒芜。

在人民广场，苏扬总是可以轻易地在人群中找到很多和自己一样可怜的人。有人半身不遂，有人手脚乱颤，有人大脑出血，有人十二指肠溃疡……形形色色的病人集体无意识，以行动控诉生活对他们的不公。

一个名叫阿杜的前建筑工人嘶声唱着："我闭上眼睛就是天黑，一种撕裂的感觉。"

还有一个叫杨坤的前电焊工引吭高歌："无所谓，谁会爱上谁。"

时间已经来到了 2004 年的春末夏初，空中飘来阵阵暖风，风中有个女人正在偷偷流眼泪，她刚发现自己的丈夫和别的女人在床上做游戏，那个女人还是自己最好的闺密；一个中年男人躺在车流中一动不动，这个男人因为炒股一夜间倾家荡产，现在生无可恋；一个八十岁的老头正伏在捷安特最新款上，在人潮汹涌的大街上用五十码的时速疯狂前进，一边骑车一边大叫："没人比我快！"两个小孩面目狰狞正在打架，互相用最恶毒的语言问候对方的妈妈……还有一个叫苏扬的年轻人，他总在心中不停地对自己说："你究竟是谁？你好像一条狗。"

18

面对苏扬这样"奇葩"的员工，当然没有哪个公司能够忍受。客气一点的会说："我们这里庙太小，容不下你，还请另谋高就。"不客气的直接骂："眼高手低，自以为是，什么玩意儿。"

总之毕业一年内，苏扬经历了前所未有的否定、打击、嘲讽，其至侮辱，几乎每天都在希望和绝望中度过。苏扬一度安慰自己，这种折磨就像修行，所有的磨难无非是在考验是否足够心诚，只有历经挑战才能迎取真经。然而再虔诚的决心也经不起接二连三的失败，原来失败至少还能找到借口，现在却已无处可逃。苏扬实在想不明白，自己都一无所有了怎么还是要承受那么多的伤害？如果工作真的像爱情，那么他还要忍受多少磨难才能真正拥有幸福？还是说，这对他而言将永远是可望而不可即的奢望，失败才是他人生的诠释？如果真的是这样，那么他又该如何面对白晶晶？面对他们越来越虚无的未来？

　　苏扬什么都不知道，自从十八岁来到上海后，他再一次感受到了自己的脆弱和渺小，而本已渐行渐远的自卑和自我否定再次化身为他灵魂的主角。

19

　　苏扬很早以前就听过一句话：每个人终其一生，都在寻找童年失去的那部分。然而悲剧在于，绝大多数的人都无法真正有效地践行。也就是说，无论你如何努力，你童年渴望而不得的，依然得不到。

　　苏扬起初并不理解这句话的内涵，自然更谈不上认同。后来到了上海读书，偶尔会觉得有那么点道理，却依然一知半解，直到毕了业，受了挫，这才深刻地领悟到，为什么一路走来自己的选择会和别人不一样，为什么自己的承受能力很糟糕，原来一切的一切不是现在才如此，是性格里的缺陷早已注定的，无论自己如何努力，都无法真正改变。即使自己已经生活在上海，女朋友很漂亮很能干，可自己依然是那个又自卑又懦弱的乡下小孩。

这个认知让他不寒而栗，如果真的是性格决定命运，是不是意味着一切都已注定？那么现在不管是妥协还是努力，又有什么意义呢？

20

为了找到"悲剧"的根源，苏扬不得不再次打量自己不愿回首的过去和成长经历。

苏扬出身于江苏扬州下辖一个古镇的教师家庭，他的父亲苏云来是小镇中学的历史老师，大概是看透了上下几千年的险恶、人心不古，再加上"文革"期间着实受了不少亲朋好友的诬陷毒害，一颗沧桑的心早就对生活很绝望，精神也不是很正常。要不是为了将儿子苏扬培养成人，他好几次都想放下一切遁入空门当和尚。

苏云来志存高远，胸怀天下，鸿鹄之志却无处安放，所有的期望都放在了苏扬身上。因此打苏扬有记忆开始，就生活在无尽无休的高压之下。毫不夸张地说，他从来没有过自己的空闲时间，从来没有和小朋友一起开心地玩耍过，甚至从来没有听到父亲对自己肯定地夸赞过，真的从来没有，有的永远是父亲的不满意，无论他多优秀多听话，父亲肯定还是不满意，而一旦稍有问题父亲更是严厉谩骂甚至棍棒交加。苏扬的童年就是在这种恐惧、苦闷和自卑中度过的，他还记得六年级的时候老师让写作文，别的小朋友说自己的童年是色彩缤纷的，苏扬听了特别羡慕，他想，色彩缤纷是什么样呢？像彩虹还是像水果？为什么我的生活就只有一种色彩，那就是灰色，天空哭泣的时候，就是这种颜色，我的心，每天都在下雨。

小升初考试，苏扬因为过度紧张发高烧，数学没拿到满分，苏云来受了刺激后脑子不受控制，将苏扬衣服脱光了吊在门口用皮带往死里抽，谁劝都不好使，最后邻居吓得报警才算将奄奄一息的苏扬救了下来。警察调查后认为苏云来的精神问题已经很严重，必须接受治疗。那个时候精神病还是一个非常忌讳的话题，病人要被带到扬州的精神病院监管后治疗，听说手段会有电击，简直和地狱没有区别。

苏扬清晰地记得父亲被强制带走的时候自己第一次看到父亲流眼泪，此前他以为自己的父亲只有一种表情，那就是不开心。那天苏云来紧紧捧着苏扬的脸哽咽着说："你要记住，我做的一切都是为你好，我没有错。你必须做到最优秀，将来才不会被别人欺负。"

苏扬点点头，他相信父亲的话。"是的，他没有错，可是我错了吗？"苏扬不知道。

世上残酷的事有很多，一夜长大绝对算一件。从那天开始，苏扬的童年就彻底没有了。他好像将自己和世界的连接器主动关闭了，从此生命中只有无止境地学习。整个初中三年，他的成绩都毫无疑问全校第一。中考更是考出了全扬州前五的好成绩，被至少三所省重点高中抢着录取，苏扬因为不想离刚刚治病回来的父亲太远，最后选择了本县的重点中学。进入高中后苏扬开始有点叛逆，他长大了很多，也看了更多的书，对曾经深信不疑的道理产生了强烈怀疑，他无法做到彻底反对，但确实开始对很多曾经深信不疑的观点产生了动摇。那时候的压力非常大，同学里面比他聪明的比比皆是。无论他比别人多付出多少倍的努力，都不可能再像过去那样轻松得第一。这让他特别苦闷，甚至想过放弃，高二下学期压力到了顶点，一天下午他突然万念俱灰，绝望将全身覆盖，要么死去，要么离开——他选择了后者，带着仅有的二十块钱出走了。

虽然这次行动堪称完败，他刚走到长途汽车站就被闻讯而来的老师抓了回去，一路上他拼命挣扎，哀声号叫，像个囚徒。怕他做出极端的事，学校专门给他安排了一间单身宿舍，一名刚从体育学院毕业的老师成了他的专职看护——苏扬当然知道受此厚待绝非学校良心发现，只是因为需要他安全挨到高考，作为全校数一数二的好学生，他是学校招生的金字招牌，绝不容有半点闪失，这也是苏扬第一次把自己和经济价值关联起来。苏扬无数次想，如果我的成绩不好，对学校没有用，是不是他们就会听之任之，哪怕我横尸荒野也无人问津？这也是苏扬第一次觉得这个世界不但令人苦闷，而且残酷。

这件事过后苏扬又恢复了单调的学习生活，甚至变得比以前更加沉默。他努力将所有不安的因素隐藏，所有的梦想都是逃离这个地方，告别不堪的、压抑的童年和少年，去上海，去中国最大的城市，去那里重新做人。

而在上海的几年时光，他自以为修复了很多性格上的缺陷，一度以为自己已经变得足够成熟和坚强，他终于不再是那个伤痕累累的小镇青年，终于可以享受这个城市最亮丽的风景、最漂亮的姑娘，却怎么也想不到才刚刚毕业，他就被打回原形，他压根儿没有改变，这个世界也一点都没有改变。

第八章

放
手

"我已经很幸运了，可是我不能贪婪，
你根本不属于我，你有你的人生，我有我的，
我们都是自由的，再这样下去我们只会互相伤害，
更加痛苦……如果你还爱我，请你放了我。"

WHEN DREAMS WERE SHATTERED.

1

2004 年 10 月，在苏扬和白晶晶相恋整整三周年时，他第一次见到了白晶晶的父母。

见面的要求是白晶晶父母提出来的，白父身为一区之长，F 大各级领导都是他的座上宾，白晶晶在学校的一举一动尽在他的掌握中，因此他们其实很早就知道自己的宝贝女儿恋爱了，对象还是一个外地人。对此白母一开始颇为担心，害怕女儿上当受骗，想立即干预，还是白父历经世故沉得住气，说先看看再说。结果过了一年，白父发现女儿和这个外地小伙子依然情比金坚，你侬我侬，觉得挺不可思议，赶紧把苏扬的档案调了过来，又托苏扬老家的官员朋友将苏家的情况查了一个底朝天，形成了一份好几万字的调查报告，他每个字都没错过地精心研究了好几遍，越看心越凉。

白父最大的担心有两点。第一，苏扬家的条件实在太一般了，祖上三代都是贫农，连地主都没当过。白父并不是在乎条件好坏，而是认为如此家世出来的孩子注定有太多的缺陷，算是原罪。第二，苏扬的父亲有过精神病史，到现在也没有痊愈，这点就更难接受，万一还是遗传性的，麻烦就大了。基本上因为这两条，白父白母在心中就对苏扬宣判了死刑，他们恨不得立即棒打鸳鸯，早点将宝贝女儿从危险分子身边救走，只是他们又深知女儿个性，担心弄巧成拙，所以只得密切观察，伺机下手。

那个时候白晶晶还没毕业，白父本来已经做好了安排，大学结束后立即送女儿到国外。这个方案其实在白晶晶很小的时候就已经做好，白晶晶也一直很期待，结果到了大四再和她谈，她想也没想就摇头拒绝，说她此生最爱的地方就是上海，她哪儿都不去，就一直留在这里，孝敬父母，精忠报国。

白父白母当然知道白晶晶的转变跟尽孝道半毛钱关系都没有，她只是为了自己的男朋友。只是他们实在难以想象这个外地男孩会有这么大的魅力，让女儿如此倾心。知女莫如父，从小到大白晶晶都很独立，也很理性，大事小事、利害关系一直拎得很清，让他们特省心。特别是在感情上，白父更加坚定地认为白晶晶完美地继承了自己的基因，要知道他当年上山下乡到云南的一个山寨插队，因为长相俊美又能文能武，成了全寨最受欢迎的小伙，每天晚上都有本地姑娘为他唱情歌，隔三岔五就有女孩为博取他的欢心进行决斗。如果他眼光不长远，格局不大，早就被拿下在当地安了家，何谈回城后追到了老首长的女儿，也就是白晶晶她老妈，更不可能有现在的平步青云。这么多年喜欢自己女儿的男孩犹如过江之鲫，可没有一个能够俘获她的芳心，白晶晶的理性和成熟一度让他无比自豪。他怎么也没想到最后她竟然爱上了一个外地穷小子，更是在这个关键的根节上犯了糊涂。白父白母当然不能再坐视不理，当时就提出想会会苏扬，看看究竟是何等人物。

结果等白晶晶周末回家，两人含沙射影绕了半天，最后终于提出这个想法时，被白晶晶一口拒绝了。白晶晶说："这是哪儿跟哪儿呀，你们这样会把人家吓坏的。"然后任凭爸妈如何大费口舌都不再理睬，接着又是撒娇又是威胁地说绝不允许他们干涉自己的感情半分，请他们相信自己的判断，她绝对不会让自己委屈，更不会让他们难堪。

白父纵横官场二十余年老谋深算，可就是拿宝贝女儿一点办法都没有，什么话都让她说了。他知道不能给她太大压力，万一毕业前闹出什么幺蛾子来，或是哪天她给你玩消失，等再出现的时候手里抱个小孩，然后管你叫姥爷，那就尴尬了，因此只能作罢，就寄希望于白晶晶和苏扬的感情能够出现裂痕，最好早点寿终正寝。

结果这一拖又是一年多，在白父的运筹帷幄下，白晶晶毕业后顺利地进入了"四大"，职位还不低，前途一片光明。可女儿心心念念的外地男友一直都不争气，连份像样的正经工作都找不到，看来不光是能力有问题，运势也不行，这更是白父忌讳的一点。女儿要是真的和这样的人结婚，幸福从何谈起？他们就这一个宝贝女儿，绝对不能有任何闪失，不管反抗的力量有多强，也都必须摆平。

因此，他们打电话给白晶晶，说有事要和她好好交流，不管她有多忙，都必须立即回家。

2

白晶晶原来上学时基本上每个周末都会回家，和苏扬同居后，回去的频率直线下滑，有时候一两个月都回不了一趟，回去后也很少过夜，匆匆忙忙吃顿饭后就要离开。不是她不想家，而是害怕面对，她太知道父母担心什么，因此能不见就不见，能拖多久就拖多久。同时又寄希望于苏扬能够奋发图强，早日做出一番事业，那样才能皆大欢喜。毕业后那段凌乱不堪的日子让她真切地理解了一句话：婚姻不是两个人的事，而是两个家庭的事，甚至更复杂。所以尽管很多次她已经和自己和解，决心绝对不再给苏扬任何压力，哪怕自己养他一辈子也认了，可是想起自己的父母，想起日后还有那么多错综复杂的关系，她又会慌了阵脚，没法做到真正无动于衷。心里的焦虑很快就会在语气和眼神中体现，苏扬又是那么敏感，还玻璃心，不可能察觉不到，于是又形成了新的压力。冷战、争吵、和好，仿佛一个没法打破的怪圈，如此周而复始，两个人都没错，可是两个人都很痛苦。

在听到父母口气如此坚决后，白晶晶知道无法再逃避，只得硬着头皮回家。吃完晚饭，白父白母将白晶晶叫到自己房间，三人皆正襟危坐。白父开门见山："晶晶，爸爸就问你一句，你是不是认定他了？"

白晶晶真的没想到爸爸会如此直接，这多少让她有点措手不及，哪怕她心中确实存疑，可是绝不能表现出半分的不确定，因为她真的很爱苏扬，不能放弃任何一丝机会，所以她看着爸爸，很坚定地点点头。

白母叹了口气，上前抱住女儿："既然如此，带他回家，爸爸妈妈想多了解了解他，可以吗？"

话说到这份儿上，白晶晶当然无法拒绝，她甚至产生了幻想，那就是木已成舟，她的爸爸妈妈已经决定接受苏扬，如果真的是那样，很多烦恼都可以迎刃而解，虽然算不上光荣，但至少可以立即缓解眼前的窘迫。

所以她答应了下来，这个周末，就带苏扬回家。

3

白晶晶回到虹口区她和苏扬租住的公寓后，向苏扬表明了父母的意思。面对白晶晶的提议，苏扬不置可否，躺在床上哼哼唧唧说想想再说。

白晶晶急了，上前掐苏扬："说话啊你，到底几个意思？"

"我就是觉得现在还没到时候。等我稳定点再说吧。"

白晶晶不依不饶："不行，你太自私了。是不是你永远不稳定就永远都不见了？你到底在怕什么呢？"

"拉倒吧，我还不是担心你有压力，为你着想吗？"苏扬也急了，

"我有什么好怕的？光脚的还怕穿鞋的？"

"谢谢啊，不过我就不劳你费心了。"白晶晶听后冷笑一声，觉得
这个形容还挺恰当，"既然如此，那就别废话了，周末就和我回家。"

苏扬一听来劲了："行啊，谁不去谁王八蛋，谁都别后悔，后悔也
是王八蛋。"

就这样，苏扬和白晶晶达成了共识，不过斗嘴归斗嘴，手上的活
可没敢怠慢，特别是白晶晶，她太了解父母是什么人了，尤其是她妈，
别看年近半百了，特别少女心，而且那个眼光啊，简直不要太挑，完
全就是以貌取人的那种，很多时候母女俩一起逛街，白晶晶妈妈简直
比她还要爱看帅哥，看到长腿欧巴就走不动道。所以为了让苏扬的"卖
相"更好一些，白晶晶特地给苏扬重金置办了从内到外的一套新衣裳，
又拉他到一家高端美发店花了好几百做了头发。此外，还专项培训若
干礼仪，诸如，和别人说话的时候不要低头斜眼瞅，要真诚地看着对
方的眼睛，不卑不亢；吃饭不能发出声响，别人面前的菜别去夹；在
公共场合不要大声说话，更不能说家乡话；走路要昂首挺胸，不要摇
头晃脑……细心得像教育自己的儿子。苏扬一边听一边乐："白晶晶，
原来我在你眼中那么不堪！"白晶晶没好气地回答："你以为呢？告诉
你，你毛病多着呢，我只是懒得说而已。"

就这样，经过几天的魔鬼突击训练，苏扬从外表到灵魂都有了很
大提升，看上去还挺像那么回事，虽然离英俊潇洒还有很远的距离，
但应该不至于影响到老妈的心情，临时抱佛脚差不多够了。此外，为
了让爸爸能对苏扬有个不错的印象分，白晶晶又投其所好买了几样价

格合适但特别有心意的礼品，让苏扬到时候小心呈上，再乖巧些，该准备的台词提前写下背好，确保万无一失。

见白晶晶如此大动干戈，苏扬还总想是不是有点过了："至于吗？就算你爸是当官的，也不用如此大费周章吧，不是说毛脚女婿上门紧张的应该是丈人丈母娘吗？请问他们为我准备了些啥？"

白晶晶看着苏扬这副迂腐的模样，情不自禁叹了口气。是福不是祸，是祸躲不过，你若安好，便是晴天，反正她把能做的都做了，剩下的，就交给命运吧。

4

白晶晶家位于西郊，紧邻著名的西郊国宾馆。小区所在地以前属于外国领事馆，小区内矗立的都是欧美风格的洋房别墅，每幢别墅都有自己的私家花园。小区里绿树成荫，还有人工瀑布和湖泊，门口二十四小时都有装备齐全的保卫巡逻，一般人根本进不去。此前，苏扬对高档住宅的印象还停留在报纸杂志的宣传画册上，可等踏进白晶晶家门的那一刻，他才发现那些画册根本无法呈现一所完美住宅所拥有的气派。白晶晶家其实也不是很大，上下三层，五百多平方米，看上去不算金碧辉煌，没什么光彩熠熠的俗器，不过墙上悬挂着不少书法字画真迹。尽管此前苏扬对白晶晶的家早有过各种想象，但当真正看见时还是有一种刘姥姥进大观园的感觉，心里更是不争气地又开始自卑起来，觉得这个世界离自己太遥远，太不真实，只得拼命咬舌头，让自己看上去镇定些。

"老爸、老妈，我们回来了！"白晶晶故作轻松地推开门，然后对苏扬小声说："换鞋。"

一条大金毛从里面蹿了出来，把刚弯下腰的苏扬吓了一跳。只是那狗根本没看他，而是直立起来扑到白晶晶身上，伸舌头就舔，白晶晶亲切地爱抚了会儿，然后让狗去草坪上撒欢了。

苏扬小声问："你养的？怎么从来没听你说起过？"

白晶晶打趣："没说的多了，等会儿你好好表现，听到没？"

苏扬"哦"了一声，心中又开始不舒服了，这个家伙，实在太敏感。

白父白母已在客厅等候，白母起身相迎，白父只是在沙发上挪了挪，推了推眼镜，将手中的杂志扔到了茶几上。

"苏扬，这是我爸我妈。"白晶晶赶紧给双方介绍，"爸、妈，苏扬来了。"

苏扬赶紧将礼物呈上，然后恭恭敬敬地问候："叔叔、阿姨好，我是苏扬，和晶晶一起过来看你们了。"

白父"嗯"了声，算是打过了招呼，白母还挺热情，赶紧招呼苏扬入座，然后问他喝点什么，咖啡还是茶。

苏扬很拘谨，说自己不渴。

可能是期望实在不高，所以白母第一眼看到苏扬后其实反而感觉还行，觉得小伙子眉清目秀的，不像档案照片上歪瓜裂枣的样子。说实话，自从白晶晶的爸爸发迹以来，她一直养尊处优，外国人见了不少，外地人倒没见过几个，所以多少有些误解。现在看到了真人，心中顿时轻松很多，这第一眼的印象分显然不低，面容间也和颜悦色不少。她在和苏扬说了几句无关痛痒的话后，赶紧拉着白晶晶到厨房准备午餐。

白晶晶不肯："我就在这里，我又不会做饭。"

白母小声说："让你爸和他单独聊会儿吧，妈也有话对你说。"

白晶晶无奈，故意推了一把苏扬："你倒是说话啊，你不是说有很多话想向我爸请教吗？"然后又从后面抱住她爸的脖子，娇嗔："爸，你别老板着个脸，看上去特别不开心的样子，是不是不欢迎我们回来？不欢迎我们可就走咯。"

白父温柔地看着宝贝女儿，宠溺地说："你都参加工作了，怎么还净说小孩子话？你妈买了很多菜，你给她打打下手。"

"哦，那你也要听话，不许欺负我们家苏扬，他人很老实的，听到没？"白晶晶晃着爸爸的胳膊撒娇，心中却真的害怕苏扬会不舒服。

"知道了，去吧！"等白晶晶和她妈离开后，白父又换了个姿势，不过还是没开口。其实他的心情挺微妙的，担心、嫉妒，甚至还有点心痛。先不说苏扬这人他看不看得上，只要一想到宝贝女儿和这个男人更亲，就很不是滋味，因此即使他默默地对自己说要有家长风度，不能失了礼，可一看到苏扬那张陌生的脸，表现出来的就是严肃。

不过白父毕竟为官多年，见过太多世面，他能沉住气，更是明白今日一见，责任重大，必须按照既定的计划将他们真实的想法尽情地表达。所以他清了清嗓子，简单寒暄后，将心里的意见一五一十地和盘托出，然后紧紧盯着苏扬的眼睛，看他的反应。

苏扬可以清晰地感受到白父那从厚厚的镜片后射来的凌厉眼神，让他心虚、恐惧，更可怕的是对方的言语针针见血，让他更是无从招架。

即使在厨房，白晶晶也感受到了客厅里的气氛相当肃杀，好几次她借口上洗手间出去，就看到爸爸一直在说，苏扬不停点头，她本想上前插科打诨，活跃一下气氛，但想了想，还是停止了脚步。她的理性在这个时候起到了作用，她明白，这两个她生命中最重要的男人此刻不管说什么，都不应该被打扰，他俩需要一次认真严肃酣畅淋漓的对话。苏扬也不可能永远生活在她的庇佑下，该面对的迟早都要面对。她只期望通过这次谈话，苏扬能够更成熟些，有担当些，而如果她的爸爸能够认可和接受苏扬，能够在今后的事业上帮助他一把，那就是最完美的结局了。

白晶晶聪明、冷静，想问题现实且周密，她辛辛苦苦呵护着这份有着先天缺陷的爱情，并且一度认为自己可以将所有的困难战胜。可是很多年后，再次回想起那一幕，她还是觉得自己太过天真。

5

后来那顿饭吃得索然无味，白晶晶的妈妈做了满满一大桌的美味佳肴，还拿出了珍藏多年的红酒。只是饭刚吃没多久，白父就接到工作电话说要赶紧去市府开会。白父走后，白母和白晶晶很热情地招呼，可苏扬始终兴致不高，白晶晶心中隐约觉得有点不好，可当着妈妈的

面又不好多问，好不容易熬到饭后，赶紧说要和苏扬回去，结果白母
又提出希望女儿下午能陪自己逛会儿街。白晶晶当然不肯，最后还是
苏扬劝她要听妈妈的话，下午他也需要到公司处理点事，白晶晶这才
勉为其难答应了下来。

　　白晶晶送苏扬去公交车站，一路上两人都没怎么说话。苏扬表情
很平静，也看不出来他到底什么心情。最后还是白晶晶受不了打破了
沉默："你是不是不开心了？我爸和你都聊什么了？"

　　"没有啊，我挺好的。"苏扬故作轻松，"也没聊啥，就是些车轱
辘话。"

　　"真的？"白晶晶死死瞅着苏扬，想从他的眼神里看出点什么。

　　苏扬轻叹口气，强打精神，看着满眼的郁郁葱葱："真美啊，这里
可真像 F 大，和外面完全是两个世界。"

　　"你要是喜欢，以后我们可以常回来。"

　　"嗯！晶晶，谢谢你。"苏扬突然转过身，深情地看着白晶晶，"如
果不是你，很多风景我永远都不会看到，很多事情我也永远不会经历，
很多道理我也永远不会明了。"

　　"你一定不开心了，告诉我，我爸到底和你聊什么了？"

　　苏扬依然答非所问："他和我聊什么其实一点都不重要，重要的
是，他说的都是对的。好了，我先回去，你好好陪你妈逛街。"

　　"不行，你不能就这样走了，我会乱想的。"

　　"傻丫头，有什么话我们回去再说，急什么！"苏扬伸出手在白晶
晶头上摸了摸。

白晶晶已经记不得苏扬上次这样摸自己的头是什么时候了，这个动作给了她温暖和安全感。她叮嘱苏扬路上小心点，等她回去给他做晚饭，然后眼睁睁看着苏扬上了公交车，站在车厢中间，消瘦的身影晃晃悠悠。

白晶晶没看到的是，当公交车开出去很远，苏扬终于觉得自己没有顾忌的时候，他委屈的泪水瞬间肆意地流了出来。

6

白晶晶回到家后，怒气冲冲地问老妈："妈，你们都和苏扬说什么了？"

"我哪里知道，我一直在厨房做饭。"白母一脸无辜，"快走吧，淮海路刚开了家商场，天冷了，我给你买件外套。"

"不去，我就在家等爸回来，我要好好问问他。"白晶晶没好气地坐在沙发上，眼圈红了，"怎么可以这样，都说好了不要欺负人的。"

白母看着白晶晶真生气了，上前拉住她的手，认真地说："你爸和苏扬聊了什么，我真不知道。但是我知道他一定是为了你好，恋爱不是你一个人的事，就算出了问题也首先要反省自己，那个孩子人不坏，但还不够成熟，受点挫折也不见得就是坏事，你不要想太多。"

白晶晶当然知道她爸都是为了自己好，也明白她妈说的话很在理，可就是觉得委屈。下午她真的哪儿都没去，就在家里等着，一直等到晚饭前，白父才神情疲惫地回来。下午他在市里开了好久的会，市长提出了经济增速的新指标，并且点名批评了他们区的不作为，他肩上的压力更大了。

白晶晶见到爸爸后也不等他休息，将那番话重复了一遍。白父倒没有搪塞，就说："我让他正视现实，怎么了？这就受不了了？"

"爸，你怎么可以这样？真是哪壶不开提哪壶！"

"我当然可以这样，我是你爸，你将来幸不幸福是我最大的事。"在白晶晶记忆中，爸爸很少如此大声和自己说过话，"正视现实不是坏事，是我们的立足之本，有压力才有动力，男人就是要想方设法克服困难，否则拿什么来维系一个家庭？"

然后不等白晶晶回答，白父又说了一句："这个苏扬，真是幼稚，见识、眼界、格局、胸怀都有问题，我还真是一点都没看走眼。"

"爸，你还不了解他……"

"了解一个人不是说非得很长时间，晶晶，你要相信爸的用心和眼光。"白父的声音柔软了下来，"好了，我累了，想休息会儿，你好好陪陪你妈，你的事她最不放心。"

既然爸爸都这么说了，白晶晶也不好再多说什么，只是她确实没心情再待下去，匆匆和父母告了别，然后打车赶往虹口。

一路上她想了各种方案，不求其他，但求能够将苏扬的情绪调整好，结果到了家发现苏扬挺好的，该吃吃，该喝喝，该开玩笑开玩笑，总之各项指标都正常。一开始白晶晶还以为苏扬在伪装，等憋足了能量作顿大的，可小心翼翼等了好些日子苏扬也没有再提那天的事，白晶晶当然也不愿自讨没趣，于是这件事就算过去了，双方因见面而引发的所有不快，仿佛都已经被遗忘。

尽管，谁也无法真正遗忘。

7

那次之后，白晶晶父母再也没提过要再见苏扬，苏扬也没问过，白晶晶自然不会主动要求，她很清楚父母的态度，没有直接棒打鸳鸯已经算手下留情了，至于以后怎么办以后再说。

不过她还是察觉到了来自双方的变化。父母那边对她的约束明显加强了，比如要求每星期必须回家一次，每次必须在家住一晚上。白晶晶心想，我上大学的时候都没那么要求，现在上班了还这样管着我至于吗？可是父命难违，她就问苏扬意见，结果苏扬说："挺好啊，没毛病。"

白晶晶总觉得苏扬的话怪怪的，就问："真的？"

结果苏扬白眼一翻说："煮的。"

白晶晶就懒得再问他了，觉得自己两头操心，好累。

"我说你现在怎么多愁善感、优柔寡断了呢？以前你不是这样的人啊！"苏扬也不过来安慰，继续冷冰冰地说，"回家多好啊，衣来伸手饭来张口，四五个人围着你伺候，换我还求之不得呢。搁这儿条件这么差，还得你服侍我。"

白晶晶还是不说话，她心里难受极了，是的，她也觉得自己变了，变成了自己原来最不喜欢的那种样子，可是这所有的改变，还不是因为他？

　　当新鲜和欢愉渐渐散去，爱情就变成了负累。那一瞬间，白晶晶突然想起了七年之痒，是不是说的就是这么一回事？

　　至于苏扬那边的变化，就是他总是不好好说话，带着刺，听着扎心，可又没法上纲上线去争辩，让人特别闹心。甚至话里话外你感受不到他的温度和关心，冷漠得像个陌生人，这是以前很少有过的体验。要知道白晶晶纵使觉得苏扬有百般不足，可一直坚定地认为他是善良的、单纯的、自己能够把控的，现在却连这些都变得模糊起来。

　　白晶晶就算再无奈，再舍不得，也明白她和苏扬的爱情已经来到了一个拐点——这还不是最可怕的，最可怕的是，你明明知道问题很大，却不知道如何改变，只能眼睁睁看着事态继续恶化。

　　一天午夜，白晶晶从噩梦中惊醒，尖叫着坐了起来，突然发现身边的苏扬竟然一直睁着眼睛，表情空洞地看着天花板。

　　苏扬没有像往常那样赶紧抱住她安慰，甚至连基本的关心都没有，只是转头看了看，问："没事吧？"

　　"没事！"白晶晶感到很委屈，可是不愿意主动寻求温暖，就问，"你什么时候醒的？"

　　"我一直都没睡，睡不着。"

　　"怎么失眠了？"

　　"已经失眠很长时间了。"苏扬笑了笑，"只是你不知道而已。"

　　白晶晶听不出这话到底什么意思，无奈？埋怨？她确实不知道，每天白天上班那么辛苦，回来后往往还要加班，等躺下时早就筋疲力尽，用不了几分钟就会入睡，而往往这个时候苏扬还在磨蹭不肯上床，说起来他们都已经好久没有一次像样的温存了。

只是还是会心疼，白晶晶用手轻揉苏扬的太阳穴："是不是工作压力太大了？不要想太多，慢慢会好起来的。"

"要是工作压力大点就好咯，最好能和你一样，我还求之不得呢。"结果苏扬又笑了，这次是冷笑，"放心吧，我没事，死不了，就是闲得慌。"

白晶晶还想说什么，苏扬却闭上了眼睛，转过身，淡淡地说："不说了，睡吧，明天你不是还要出差嘛。"

"哦！"白晶晶只得有气无力应一声，然后将灯关上，也转过身。

黑暗里，他们背靠背，各自睁大眼睛，无言到天明。

8

那段时间白晶晶总出差，她入职不过一年多，却因为表现特别优异，得到了超过正常逻辑的晋升。一度还受到了亚太区的大老板接见，问她有没有兴趣到香港总部上班。面对这个同事求之不得的机会，白晶晶竟然拒绝了，等于变相中止了自己的升迁之路。

尽管如此，白晶晶的工作压力还是随着职位的变化急剧上升，到各地出差看项目更是家常便饭。经常是上一趟的行李箱还没有来得及打开，又接到了新任务，立即奔向机场。因为这个她挺愧疚的，总觉得疏忽怠慢了苏扬，可苏扬感觉还挺享受，让她一切以工作为重，自己一个人在上海挺好，清净。

白晶晶好怀念以前，每次出差，苏扬都会亲自把她送到机场，拉着她的手说情话，依依不舍，有的时候还像小孩一样耍性子说不让她走。

那个时候多好啊。明明什么都没有，可是两个人的感情好，就觉得什么都不怕，好像拥有了全世界。

现在呢？他不但不会送到机场，连家门都不会出，最多走口不走心地说一句："拜拜，自己当心点！"

当然也不只是苏扬变了，她也从最初的不愿意出差到现在渴望出差，觉得很多事情眼不见心不烦，只想在工作的时候找到自己那种干净利落、雷厉风行的感觉。所以经常她人已经到了外地才想起来还没有和苏扬说呢，于是补条短信，基本上苏扬都不会立即回，要过好半天她才能收到回复，只有一个字：好。

9

一次白晶晶去香港总部培训，走了有半个月，因为台风提前了一天回上海，她想给苏扬一个惊喜，就没有告诉他，结果走到家门口的时候就听到里面传来女人的呻吟，白晶晶本来欢愉的心瞬间坠入深渊，心想完了，最担心的事终于发生了。她当然不是那种默默离开的人，掏出钥匙打开门就要现场捉奸。结果门开后就发现苏扬一个人蜷缩在沙发上，叼着烟眯着眼看碟。

苏扬看到白晶晶后也没有任何惊喜，只是随口一问："怎么提前回来了，都不说一声，我刚下载的，要不要一起看？"

这样的苏扬让她感到特别陌生，她提着行李箱站在门口，不知道是走还是留。

她想了想，决定还是不走，因为离开解决不了任何问题。于是她关掉电脑，将苏扬嘴里的烟掐了，然后坐到他面前，认真地说："我想和你好好聊聊。"

"行啊！聊两块钱的。"苏扬又点燃一根烟，依然全无正经。

"不许抽烟，认真点。"白晶晶急眼了，"你看你现在像什么样子？"

"我这不挺好的吗？今天周末，又不上班，不能放松放松吗？"苏扬眼皮一抬，"怎么着，看我不顺眼？"

"有劲吗？"

"有劲啊！"

"我觉得没劲。"白晶晶眼圈红了，"你怎么可以这样对我？我做错什么了？"

突然苏扬像煤气罐被点燃，从沙发上蹦了起来："我他妈怎么对你了？你一走就是半个月，连条短信都没有，我又做错什么了？"

"是我不给你发吗？我哪次给你发你马上回过？你关心过我吗？"白晶晶强忍着眼泪不流下来，"算了，说这些都没意义了，你就告诉我，你到底想怎么样吧。"

苏扬冷笑："我什么都不想，我觉得现在这样挺好的。"

白晶晶摇头："不行，我们必须改变，我受不了了。"

"怎么改变？"苏扬问，"你想怎么改变？你说，我做就是了。"

白晶晶痛苦地摇头："我也不知道，我真的不知道，我好累。"

苏扬没有再说话，过了许久才认真地回答："算了，要不我们分手吧。"

10

在苏扬和白晶晶三年多的恋爱时光中，两个人吵过无数次，也说过很多很多狠话，却从来没有说过"分手"两个字，因为他们从来没有想过分开，他们从恋爱的那一天开始，就决定永远在一起。

即使后来生活已经让他们如此无所适从，如此痛苦，他们想到的也是如何委屈自己，成全爱情。

可是现在，白晶晶眼睁睁看着自己最爱的人说："要不我们分手吧。"

虽然这一幕，她心里早有过无数次的想象，但当真正发生时，她还是无法面对。

所以即使她再坚强，再冷静，在听到"分手"这两个字时，她的情绪还是瞬间崩塌了。

所以她发了疯一样摇着头说："不行，我不接受，苏扬，你浑蛋，你没有资格对我这样说。"

苏扬其实只会比白晶晶更痛苦，白晶晶的爱是他最大的荣光，是比生命还重要的存在，可是他真的已经无法承担这份力量，他更不可以那么自私地去辜负这份爱情——既然我们的爱情早已长满了脓疮，与其捂着，还不如早点将伤口暴露。从古至今，历朝历代，委曲求全从来没有产生过幸福，革命是唯一出路，推翻旧制度，才能迎来新生活——苏扬如此想着，心中充满了绝望，所以他深呼吸了一下，然后一字一字地说："不，我有资格，我们分手吧。"

白晶晶号啕大哭："可是我舍不得，我不能没有你！"

苏扬也流泪了："我也舍不得，可是我们都知道，这是最好的，也是唯一的选择。"苏扬轻轻将泪拭去："我……我决定离开上海了。"

"你说什么？"白晶晶怎么也没想到苏扬竟然做了这样的决定。

苏扬流露出淡淡的笑容："这段时间我想了很多很多，我之所以如此失败，就是因为我给自己做了一个假设，我一定要生活在这里，一定要在这里奋斗打拼，一定要在这里功成名就。这个假设牢牢禁锢了我，不管我做什么，只要我失败了，就一定都是我的错。可是我现在才明白，这个假设本身就是错的，我在这个城市没有任何根基，我的性格也根本不适应这个城市的节奏和气场，在这里我只会失落，只会失败，永远没有可能成功。所以，我一定要离开，只有我离开了，我才真的能够重新开始，重新做人。"

"你真的是这样认为的？"白晶晶越听心越寒。

苏扬坚定地点了点头："必须离开。"

"好，那我和你一起离开上海，你去哪里我就去哪里，好吗？"

"不好！"苏扬再次歇斯底里，额头青筋暴露，他狠狠抓着白晶晶的肩膀，大声咆哮，"你还不明白吗？对我而言，你就是另一个上海，也是我的羁绊，和你在一起才能幸福同样是我自以为是的假设，我心里最大的魔障。是，我留在这个城市的理由只有你，我违背我自己的本意去活着也是因为你，我所有的努力所有的挣扎所有的不开心所有的所有全部是为了你。我尽力了，可是我做不到，你还想让我怎么办？”

"我明白，我都明白，可是我从来没有想过放弃你啊！"

"我他妈想放弃自己了，我不想再硬撑了，我真的撑不下去了。你知道你爸爸那天和我说什么吗？他说男人穷不可怕，可怕的是没有了气节。不能明明一无所有还什么都想要。他说得对啊，我就是一无所有，我和你根本不是一个世界的人，只是上天不小心将我们撮合到了一起，我已经很幸运了，可是我不能贪婪，你根本不属于我，你有你的人生，我有我的，我们都是自由的，再这样下去我们只会互相伤害，更加痛苦。请不要再给我任何压力，请你成全我，求求你了，如果你还爱我，请你放了我。"

第九章

归来

站在地下室的门口，苏扬眯着眼睛，
深深呼吸了一口新鲜空气，然后对自己说：
"你把这辈子最痛苦的生活经历过了，
从现在开始你要比任何人都幸福。"

WHEN DREAMS WERE SHATTERED.

1

苏扬还记得当年自己和白晶晶刚恋爱没几天时，突然在网上看到一个问题——如果有人给你一千万，让你放弃自己的爱人，你愿意吗？

苏扬认为这个问题很值得玩味，挑战了人性深处的幽暗，于是在当晚的寝室讨论会上抛出了这个疑问。

马平志第一个回答："当然愿意了，一百万我就愿意，有钱不赚，王八蛋。"

李庄明第二个回答："我就不愿意，一千万就想收买我的爱情？我的爱情有那么廉价吗？"

李庄明的回答让苏扬觉得挺温暖，结果没等他表态又听到李庄明接着说："我的爱情至少值两千万，谁给我两千万，我立即将赵楚红拱手相让，当然了，为免乙方后悔，得先签个协议，然后一手交钱一手交人，从此两不相欠，哈哈哈！"李庄明说完情不自禁大笑起来，仿佛他已经拿到了那笔卖身的钱。

张胜利的眼里只有麻将，那天晚上他又输了三百块，因此对这个话题不感兴趣，嚷嚷一句："去他妈的一千万还是一个亿，老子连个女朋友都没有，跟我有半毛钱关系？"

石滔接着回答："我觉得这是个伪命题，重点不是钱多钱少，而是谁会出这个钱，他有那么多钱为啥不自己去找，非得买你的爱情呢？"

众人发言完毕后，一起问苏扬："那你呢？如果有人给你一千万，你愿意放弃白晶晶吗？"

在黑暗里，苏扬摇摇头，很坚定地说："我不愿意。"

马平志第一个反驳："别吹牛×了，你不愿意就是嫌钱少，一千万不行就一个亿，一个亿不行就十个亿，总有一个价位能够打败你。"

李庄明补充："是这么个逻辑，从某种意义上而言，任何事物都是商品，爱情更是，谁也不比谁更高尚，谁也不比谁更卑鄙，如果条件足够，给你一把刀，你现在就是刽子手。给你一杆枪，你马上就敢去造反闹革命。"

苏扬没有再反驳，在逻辑的面前，失败是唯一的结果。世上再美好的事物也经不住如此叩问，在金钱面前，我们都是穷凶极恶的罪人。因此他唯一的祈求就是永远不会遇见这样的逻辑，念及此，他情不自禁双手合十，最终默念祷告，希望他和白晶晶的爱情可以一生一世，平平安安。

时隔多年苏扬再想起这件事，不禁哑然失笑，当时的自己可真是
单纯啊，竟然为了这些虚无的命题杞人忧天。而伤害一份感情何须那
么复杂，有太多太多的因素会让一份坚不可摧的情感体无完肤，而我
们也根本没有那么执着。人性是善的，人性也是自私的，当爱情和自
身的感受发生了冲突，又有几个人能够牺牲自己成全所谓的爱情呢？
如果真的是那样，爱情又如何能继续存在？

2

苏扬记得自己离开上海的那天天气特别炎热，电视里一个白发老
头忧心忡忡地说地球气候发生了变异，今天的气温是一百年来同期最
高温，如果大家避暑不当很可能会死人。坐在长途汽车里，苏扬吹着
空调心情轻松，心想从此这里的一切都和我无关，老子不和你们玩了，
三个小时后，老子将迎来新的人生。

是的，他天真地以为每一次放手和逃避都能给自己创造新的空间，
却没想到每后退一步，只会让自己寸步难行，最后更是无路可退。

回到扬州后，他的确感受到来自生活的压力小了不少，可其他方
面的压力同时又增加了很多，此消彼长，算下来只会更焦虑。压力来
源之一当然是家里，原来山高皇帝远，苏云来就算想管苏扬，怎么说
也不方便，现在好了，就在眼皮底下，那必须大事小事都及时汇报，
然后听从自己安排。苏扬本以为自己在大城市历练多年，见过了很多
人，经过了很多事，已然腰板挺直，甚至可以和老爹叫板了，没想到

一回到苏云来身边，好嘛，那种被压迫的屈服感顿时油然而生，简直屁都不敢放一个，不管老爹提什么非分要求，都只能唯唯诺诺答应。说起来这苏云来也真是，越老越顽固，仗着自己脑子没好利索，打着"都是为你好"的旗号，对苏扬百般刁难，稍有不从，立即拳脚伺候。总之，相比在上海时白晶晶管着他，回老家后苏扬的日子简直过得更苦不堪言。

不过这种压力苏扬其实还能够忍受，毕竟从小当惯了奴隶，已经身心麻木，可是老家人们行事处世的作风和效率让他实在无法苟同。怎么说呢，按理说扬州也不算小城市，可依然是人情排在最前面，制度往后靠。不管是上班还是生活，关系最重要。不管要做什么，先不是研究相关政策，而是看有什么熟人，有熟人就好办事，没熟人的话也没关系，人找人，总能找到。你要是不信这一套，那你就且等着吧，什么事都办不好。

苏扬刚回来的时候还不信邪，打算通过求职网站找工作，结果连续面试了好几家都不了了之，对方的要求简直比上海的都高，也有不高的，可都是些私人小作坊，特别不正规的那种。苏扬想自己在上海被迫无奈也就忍了，现在都回老家了当然不能忍——他想最好能够到大一点的事业单位，比如当个老师也不错啊，至少稳定，还有几个月的带薪假期，而且还能继承父亲的衣钵。苏扬本以为凭他堂堂 F 大毕业生的身份，这个要求一点都不高，于是认真复习，参加相关考试，可明明笔试成绩名列前茅，最后被录取的人却不是他，这让他很受不了，连夜奋笔疾书说要写信给教育局，揭发当地黑暗势力。结果被苏云来及时制止，苏云来给了苏扬一个大耳光，说："你脑子也有问题是不是？老子把你送到上海上大学花了好几万就学了这个回来？"第二天苏云来花了好几千买烟买酒开始找人，找了一圈还真找到了那所学校的一个领导，又是请客又是塞钱，最后愣是把苏扬给破格录取了，开启了苏扬一段短暂的、不堪的人民教师生涯。

3

入职后苏扬心想这下终于能够稳定咯，从此不再好高骛远，就安心在校园里教书育人，与世无争。于是除了上课，学校组织的大小活动他能不参加就不参加，实在不行也都参加得心不在焉。至于校领导私下的人情往来，也通通与他无关，有的时候在路上遇到了甚至招呼都不愿意打。苏扬想只要我把书教好了，学生喜欢我就够了，和领导走得太近就没这个必要了吧，当然更不可能像其他同事那样阿谀奉承了。

苏扬这样想其实还有个原因，那就是他打心里看不上那些所谓的领导，觉得他们学识不够，无非是靠钻营取巧才有现在这个地位，如果和这种人沆瀣一气，简直是对自己的侮辱，不管怎么说，自己都是在上海生活过的人好不好？他们有几个人站在黄浦江上思考过人生？有几个人听过闻名全国的老教授谈古论今？又有几个人进过一区之长的家门——算了，这个就不提了，一提就想起白晶晶，心里还是会痛。

这样的苏扬当然不会讨人喜欢。慢慢地，关于他的传闻甚嚣尘上，比如他是在上海混不下去才灰头土脸地回来，再比如他其实是个人渣负心汉，为了逃避女人的追杀才躲在学校。苏扬不知道这些谣言是怎么出来的，他只知道大家对他的这些黑历史相当津津乐道。本来为了自己的前途他也就决定忍了，可是无巧不成书，有一天一个他特别看不上的女老师突然请他帮忙代课，理由是自己心情不好。苏扬想也没想就回绝了，心想，凭什么啊，你这么不爱自己的工作干脆不要当老师好了，你心情不好，老子心情还不好呢，对你这种没有职业操守的态度绝不纵容。

结果第二天他就被主管教师工作的副校长叫了过去，说学生联名举报，他们一致觉得苏扬老师的课讲得特别糟糕，学校经慎重商议决定取消苏老师的资格，也就是他被劝退了。很多天以后他才知道那个女老师是副校长的情人，那天请他代课其实是为了和副校长偷情，他坏了副校长的好事，副校长当然不能容忍。

灰溜溜回到家后苏扬挨了苏云来的一顿老拳，然后第二天又跟着老爹买烟买酒请客吃饭找人，只是不管在什么单位，他都依然无法适应。慢慢地，苏扬就在老家出了名，大家都像看笑话一样看他，更是没有单位愿意接收，找人都不行了。

就这样，在老家的半年，苏扬痛不欲生，好像煎熬了几个世纪。一次他破天荒地主动要求和苏云来喝酒，两杯刚下肚就醉了，苏扬含糊不清地说："现在好了，老家待不下去，上海又回不去，我的人生看来真的无处安放了。"

话刚出口，他脑子突然灵机一动，借着酒劲又来了一句："老子为什么回不去？老子想回就能回，老子他妈的依然是自由的。老子……"

结果话还没说完，他脸上就"啪"地被苏云来狠狠甩了一耳光。老头红着眼睛瞪着他喊："你不自由，没他妈谁真正是自由的，我才是老子！"说完又抡起胳膊要打。

只是这一次，苏扬挡住了迎面而来的拳头，这是他生平头一次反抗苏云来，充满了无法言说的仪式感。远远看去两个散发着酒气的男人正以一种奇怪的方式对峙着。如果你愿意靠近，你还会听到那个年轻的男人一字一字狠狠地说："不，我就是自由的，谁也无法阻挡。"

4

在老家的半年多，还有两件事给了苏扬不小的触动。一个就是苏云来的一位同事突然暴毙，这位老先生是个鳏夫，无儿无女，平时从来舍不得乱花一分钱，一个人含辛茹苦地生活了三十几年，也无功无过地教了一辈子的书，为人极其谨小慎微，谁也不得罪，存在像空气。就这样的一个老实人好不容易熬到退休，终于可以安享晚年了，据说手中存款也有个几十万了，街坊邻里都好奇他怎么花这些钱呢，结果夜里突发心梗就过去了，什么都没了。

苏扬还记得自己很小的时候总到他家吃晚饭，可能是因为膝下无子，老先生对苏扬特别好，会给他讲故事，还会买玩具，这也是他童年记忆中很少的欢乐时光，现在就这样阴阳相隔，怎么也无法接受。送别仪式上，苏扬看着老先生的遗体许久许久，心中特别不是滋味，却又不知道能说些什么，只得一声叹息，掉了几滴泪，轻轻摇摇头。

　　这就是命吧，可是为什么要接受这样的命运？他真的就从没有动摇过，怀疑过，挣扎过，反抗过？苏扬不知道，谁也不知道。

　　还有件事，也是苏云来的同事，被自己儿子用刀给捅了，那家人苏扬也很熟悉，父亲是数学老师，对儿子也是特别严厉，什么都要管的那种，因为境遇相似，苏扬和那孩子关系挺好。只是苏扬选择了顺从，那孩子却打小就特叛逆，从小到大也不知道给他爸惹了多少事，怎么打都没用。后来也没考上大学，自费上了一所职业学校，就这还没能读完。回到老家后什么都不干就啃老，天天往家带姑娘，隔三岔五就打架，打不过别人回家就打自己爹妈，特别浑蛋，特别无赖。后来好不容易给安排了个看大门的工作，结果每个月的工资还不够一个星期花的，没了又回家要，不给继续打。一次爹妈被打急眼了，趁他喝醉后用绳子给绑了起来，说以后就拘在家，当牲口养，有口气就好，结果被他给挣脱了，他恼羞成怒拿起刀就把亲爸给捅了，还好没伤到要害，抢救后命是保住了，但人基本上也没用了。警察把这小子抓走的时候他还拼命挣扎说全是他爸给害的，他出来之后第一件事就是要杀了他爸。

　　苏扬当时就站在警车旁边，看得自己一身冷汗，那一瞬间时光好像倒转，他和那个家伙身份互换。他突然觉得自己好幸运。如果一切重来，他真的不敢确保现在被千夫所指、身陷囹圄的人就不是他。

5

　　无论如何，2006 年的初春，苏扬再次跟随内心，回到了上海，回到了这个让他快乐过也失落过，幸福过也痛苦过的城市。

仿佛什么都没变，上海还是那么朝气蓬勃，但什么又都变了，他已经不是离开时的自己。

这一次，他谁都没有告诉；这一次，他决定忘记过去，从头来过；这一次，他来了就不打算再走，从此他的生命中，再无逃避两个字。

"以前我就是太把自己当个人，所以活成了鬼。现在我要把自己当成鬼，然后再活成人。"苏扬从来没有对自己如此心狠手辣过，但这一次，他只想这么做。

没有钱，那就不租好的房子，只要有张床就足够。就算没有床也没关系，大桥下、广场边，天为被、地为席，卧榻不过三尺，还怕找不到容身之处？苏扬对着生活冷笑，觉得自己什么都不怕。

两天后，苏扬成功地在虹口区找到了间月租一百五十块的地下室，并在里面度过了终生难忘的四个月。

地下室位于一幢二十五层高的居民楼的地下二层，里面弯弯曲曲有不下五十个房间，每间房面积不超过十平方米，没有卫生设备，没有厨房，方便要到二十米外的一间公共厕所，洗脸就在厕所旁的公共水房，洗澡就只能站在厕所里用凉水冲。至于煮饭做菜就在过道搭个台子放上电磁炉，每到做饭时整个地下室走道都弥漫着各家各户排出的油烟，浓度高得能让人中毒。

苏扬的房间位于地下室的最里端，原来是整幢大楼的配电间，里面有着大大小小数不清的电表和错综复杂的电线、电闸，没人知道这里的电压究竟有多高，反正以前严禁闲杂人员出入。但物业为了多赚几个酒钱，还是潇洒地打开了大门欢迎客人入住，他们想当然地认为不会有人傻得用血肉之躯去摸那些高压电线，就算不小心摸到了也和他们没有关系，因为每个住进去的人都要和他们签订一份生死文书。只是大多数人爱钱更爱命，知道住进那个房间等于一只脚踏进了鬼门关，因此那间房空了很长一段时间也无人问津，当苏扬对负责地下室出租的物管人员张大明说愿意搬进去，并且一次性付清半年房租时，张大明真以为自己遇到精神病了。

张大明走后拉上了厚厚的铁门，苏扬顿时感觉整个世界立即被隔离了，屋内漆黑一片，没有任何声音，宛若置身地牢，刚在里面待了一会儿就感到心发凉，特慌张，像快死了一样。他赶紧到上面转了一圈，见到了太阳，这才重新活了过来，然后再回到地下室开始收拾。苏扬随身带的东西很少，因此布置起来倒也快，又到附近超市买了些生活用品，然后正式开始了他的地下室生活。

6

地下室里的居民包括下岗工人、流浪汉、通奸者、小偷和抢劫犯……这些人白天在阳光下神气活现，一到晚上全消失在地下不再吭声，没人知道他们的喜怒哀愁，没人关心他们是否有衣穿是否有饭吃，因为上帝很可能遗忘了在上海的地下居然还生活着这么多形形色色的人。孤独的人是可耻的，上帝肯定以为21世纪的上海人人都过上了幸福生活。

地下室不但阴暗，而且潮湿，冬天还算可以，因为干燥。只是春天已经来了，上海的春天多雨，地下室开始潮湿起来，总有浑浊的水珠渗出地面，踩上去泥泞一片。而各种奇形怪状的小虫子也开始展现出旺盛的生命力，从罅隙中纷纷爬出，伸展筋骨。地下室的墙上很快爬满了黑压压的小虫，每只小虫都有长长的触角和数不清的脚，让人不寒而栗。

7

苏扬对面住着一对年轻夫妇，男人长得像个真正的小白脸，瘦小的个子，还戴着金丝边眼镜，留着小平头，看上去文质彬彬，不过据可靠消息说此人只是江西过来的一个打工仔，依靠修电梯维持生计。他的女朋友倒是一个如假包换的大美女，有着林青霞的容颜、林志玲的长腿，烫着时尚的大波浪，红唇在幽暗中闪闪发光，十米外就能闻到她身上散发的浓郁香味，如果说她是某某总裁的小蜜绝对不足为奇，可事实上她只是在某个酒店做服务员，白天站在宽敞明亮的大堂对人微笑，晚上却和其他丑陋的女人一样站在公厕里洗澡，看着黑黑的小虫围着她们飞来飞去。

这对小夫妻总吵架，因为住对门，所以苏扬大体知道了他们战斗的原因，无非是女的说自己瞎了眼，跟这个男的来上海过这种牲口般的日子，现在她每天受尽冷眼和羞辱，如果上天可以给她重新选择的机会，她宁愿在当地做苦工，也不要来这个城市受苦。

女的骂得声泪俱下，男的也不甘示弱，那个男人怒斥女人目光狭隘，怎么能对他的未来心存怀疑？因为他天生注定是大富大贵之命，用不了多久一定会发大财。现在苦点只是上天对他的考验，如果她无法忍受，就请她立即滚蛋，等他发达了自然会有 N 个少女蜂拥而来。

两人都说得合情合理，将唾沫喷溅到对方脸上，而吵架的最后通常以一种足够悲情的方式结束，作为战争的男女主人公，他们泪流满面，紧紧拥抱，互相忏悔自己的罪。

女的说无论如何我都相信你，我会等到你发财的那一天，永远不离开你；男的也流着鼻涕说他会继续努力，一定赚大钱让她成为最幸福的公主。

抒情完毕后两人总是会做爱，刚才的吵架成了最完美的前戏。破陋的门根本无法阻挡那对男女嘹亮有力的呻吟，面对春光外泄，他们只会感到更加刺激，完全忽视了对门的小伙的内心。每天苏扬就看着这样的闹剧反复上演，觉得生活多少有点问题。

8

这个世界上最美丽的誓言和最虚伪的谎言一样经不起推敲，两个月后那个女人突然放弃了自己的男人去寻找幸福，有人说她跟酒店一位经理私奔了，现在正在西藏享受高原的阳光，也有人说她现在就在上海古北，做着服务行业，还有人说她对生活已经绝望，早就跳了黄浦江，前两天从江里捞出来的那具面目全非的尸体就是她。真相永远无人知晓，而那个男的依然平静地在地下室生活，淘米做饭，放声高歌，丝毫看不出任何悲伤。

苏扬曾经去过一次那小伙子的房间，那时他的女人还在，小伙子的电脑坏了请苏扬去修，一进门就看到雪白的墙上歪歪扭扭写着一句话：夹着尾巴做人。

苏扬修好电脑后问那小伙子这话什么意思，小伙子瞪着眼睛说："在上海，就要像牲口一样，夹着尾巴，苟且地活着。"

小伙子说这话时很激动，等平静下来拍拍苏扬的肩膀说："弟弟，你还小，所以你是幸福的，你要学会珍惜。"

苏扬点点头，对小伙子笑了笑。说这些话时，那个美丽的女人正坐在床上涂指甲，哼着一首无人知晓的歌谣，从头到尾都没看苏扬一眼，仿佛她很快乐。

9

几乎每个午夜，苏扬都要走出地下室，到外面游荡一会儿。

白天路上人太多，苏扬找不到自己，只有在夜里马路才会变得空旷安全，仿佛只属于他一个人。

是的，他现在的确是一个人，没有了爱情，没有了友情，没有了工作，甚至连家都无法再回去，此刻的他俨然已是一无所有。可就算一无所有，又有什么不好的呢？他已经没有任何可以再失去的东西。一个摔倒的人，从泥土里挣扎着站了起来，从现在开始，他走的每一步，都是前进，都意味着希望。

想到这里，苏扬开始在黑暗里微笑起来，他时而对着楼房敬礼，时而对着身边飞驰而过的汽车鞠躬，他为自己的感悟兴奋不已，此刻的他是那样自由自在，灵魂都变得轻松。

他甚至在黑暗中翩翩起舞，黑夜是最好的保护色，黑夜里所有流浪的孩子都能找到梦中的家园。

朋友，你有过在黑夜游荡的经历吗？如果你也找不到生活的方向，我建议你去尝试一下，那感觉真的很爽。2006 年的春天，如果你在虹口区广中路附近遇到一个叫苏扬的男人，他保准会这样对你说。

10

苏扬的房间里一共有四只老鼠，这是苏扬某天夜里的重大发现。那天夜里他睡得迷迷糊糊，突然听到床对面的书橱上沙沙作响，似乎有活物在打架，他本不想理会，无奈声响越来越大，最后严重干扰了他本来就脆弱的睡眠。苏扬把手伸到一大堆电线中乱摸了好一会儿，才找到开关打开灯，昏暗灯光下就看到书橱上一字排开四只脏脏的老鼠。苏扬趴在床上盯着这四只老鼠看了会儿，老鼠也看着苏扬，小眼珠子转来转去，双方如此对视了片刻，彼此都没什么动作。良久，苏扬长叹一口气，然后把灯关掉，继续蒙头大睡。

以后的日子里苏扬和这四只老鼠经常不期而遇，久而久之倒也成了不错的伴侣。苏扬不怕老鼠，老鼠更不怕苏扬，经常是苏扬看书写作时老鼠就在房间里上蹿下跳。苏扬只求老鼠别在他床上拉屎撒尿，其他怎么着都好，那段时间他本来就孤独，有几个小动物闹闹倒也不会觉得寂寞。

当然，地下室里不但有老鼠，还有数不清的无脚或多脚爬虫，只要你认真观察，你会在那间地下室里找到很多你以前听都没听过的奇形怪状的昆虫。比如说苏扬有一次整理床下面的纸盒时，就发现了好几只身体长长、颜色红绿相间的甲虫，每只甲虫最起码有一百条腿，这些甲虫见到了苏扬居然还昂起头摆出要攻击的架势。还有一次，苏扬突发奇想地把饭桌后那块塑料布扯开，居然就发现了一种有着长长触角和窄窄翅膀的小飞虫，这种小虫子黑压压地爬了一墙。苏扬顿时头皮发麻腿发软，赶紧默默地把塑料布盖上，然后祈求这些好朋友千万别发火，他保证以后再也不去打扰它们的生活。

地下室里最多的当数鼻涕虫。鼻涕虫一点都不可怕，相比前面提到的虫子，鼻涕虫简直太和蔼可亲了，只是这鼻涕虫的数量未免太多了点，无论在桌上、床下，还是门后，苏扬总能轻而易举地发现它们的踪迹。就是这种可以让世界上最胆大的女人都放声尖叫的东西，一度成为苏扬最好的玩伴。实在无聊时，苏扬就会捏起一只鼻涕虫，然后用打火机对着它烤一下，就见鼻涕虫身体裂开一条缝，然后外面的壳就慢慢脱了下来，接着从壳里爬出一条小点的鼻涕虫，然后再烧一下，鼻涕虫就又脱掉一层壳。就这样每烧一次就脱一层壳，到最后鼻涕虫只剩下一点点，居然还在蠕动，这时再烧一下，就能听到"扑哧"一声轻响，鼻涕虫凭空消失，化为一阵刺鼻的青烟。

"哈！"苏扬看着消失的鼻涕虫突然笑了起来，"我是不是很无聊？"苏扬问自己，"可我真的不知道还能干什么！"

苏扬还记得最多的一个晚上他一共烧了八十条鼻涕虫，从傍晚一直烧到清晨，他一边烧一边哈哈大笑，像一个真正的白痴。

11

那个晚上，麻秆在金玉兰广场的"天上人间"陪客户喝酒，两瓶XO下肚豪气大发，一口气叫来好几个俄罗斯洋妞，一晚上花了三万三，然后第二天就签了个五百万的合同。

那个晚上，张胜利在一家地下赌场打麻将，手气从八点背到凌晨三点，轻轻松松输了八千块，最后连裤衩都差点输掉。

那个晚上，李庄明躲在F大图书馆里疯狂研究黑格尔的《大逻辑》，这本号称哲学史上最深奥的著作让李庄明痛不欲生。李庄明觉得自己快走火入魔了，可还是控制不住要看下去，不把自己逼死誓不罢休。

那个晚上，马平志和一家房地产公司的老板吹牛，他说："你只要给我五十万策划费，用不了一年，贵公司的销售额就能提高一千万。"房地产老板说："闭嘴，我给你一百万，你要给我做到一个亿。"马平志豪气冲天，将面前的白酒一饮而尽，说："成交！"

那个晚上，白晶晶在香港兰桂坊的酒吧和同事喝庆功酒，这个新晋女酒鬼一口气喝掉四杯52度的"烈火美人"，然后吐得一塌糊涂，当她朋友把她拖上车时，她还死死抓着酒瓶号啕大哭说自己忘不了过去。

12

　　和苏扬分手后，白晶晶日日以泪洗面，痛不欲生，才知道这段感情，还有这个人在自己心中留下的伤痕究竟有多深。苏扬走后她一直没有搬家，因为那里有他的味道，她还像往常一样，保留着苏扬所有的生活用品和衣裳，什么都没有改变，仿佛他只是再次出去流浪，迟早还会回来。好几次夜里她听到走廊传来脚步声，迷迷糊糊觉得是苏扬，赶紧去开门，每次都失望，回到床上再也睡不着，就翻出以前的照片，一边看一边流眼泪，直至天明。

　　白天她没有任何异常，依旧是标准职场女强人的打开方式，没有一个同事发现她干练外表下的疼痛。可晚上回到家，立即变得很颓废，她以前滴酒不沾，但分手后慢慢习惯了酒精，只有喝点酒才能够安然入睡。有的时候不知不觉喝多了，就会特别想苏扬，疯了一样，酒精给了她力量，会控制不住给他打电话，但苏扬的号码已经换了，所有的联系方式都失效了，她永远都无法联系上他了。不止一次她一边喝酒一边流泪，哽咽着问："你怎么可以这么狠？"所有的温存好像昨天还在发生，现在只丢下她孤零零的一个人，她真的接受不了。

　　可是她明白，再舍不得，放不下，也只能面对，其实都是一种习惯，她已经习惯了身边有他，现在她要做的，就是习惯没有他的日子，习惯一个人的生活，这个过程很难熬，但习惯了就好。

很多时候，她多么希望这个过程能快点，可也有些时刻，又希望这个过程慢点，她害怕真有一天苏扬从她的心头飘走了，她又会舍不得。她实在无法想象如果有一天当他站在她的面前，他已经是陌生人，那又该多残忍。

那些日子，她也不知道喝了多少酒，流过多少泪，心里是多么纠结和煎熬。

她以为这些就是生活给她的全部折磨，却没想到很快又新生变故，而且更为残酷。两个多月后，她的父亲突然被纪委调查立案，最后虽然逃过牢狱之灾，却也政治前途尽失，从此再无东山再起的可能。老头受不了这个刺激突发脑出血，抢救了三天三夜命保住了，却也差不多成了植物人。她的妈妈更是一夜白发，苍老了至少二十岁，原本美满的家，竟然一夜之间崩塌。

白晶晶痛上加痛，终于懂得了世事无常，生命中只剩下工作可以让她暂时忘却悲伤，原本就极其优秀的她更是变得势不可当。公司全球员工好几千，当年评出十大未来之星，亚太地区只有一人，就是她白晶晶。大老板实在太欣赏她，再次问她是否愿意到香港总部就职，并且承诺可以给她一个独立的部门，直接向自己汇报的那种。这一次白晶晶没有拒绝，毅然放下上海的所有牵挂，只身来到香港，组建新团队，从此每天至少工作十四个小时，且从不休假，短短半年不到就完成全年 KPI（关键绩效指标），效率高居行业第一，在整个香港金融中心都能算上一号人物。

虽然她洁身自好，无心风月，却因为实在漂亮且优秀，身边并不缺少追求者，在生意场上白晶晶总可以遇到一些事业有成的男人。白晶晶可以和他们吃饭、约会，但就是无法和他们恋爱。她也渴望，因为太寂寞，也想过自暴自弃，随便找个男人，不一定要爱，但至少可以不那么孤独。她努力尝试过，给别人机会也给自己机会，可发现实在做不到，每当下定决心，就会发现自己真的倦了、累了，内心早被掏空了。甚至，她对和男人的亲密关系产生了恐惧，她经历过幸福，也经历过失去，如果一切要从头再来，她宁可不要。

是的，她是一个活在过去的女人，只要稍一闲下来，曾经的点滴都犹如刀刻在心上，无法忘记。在车上、在床上，在一个又一个无眠的夜，白晶晶常常还会沉浸在回忆中，只有回忆时她才真正幸福。

白晶晶很小心地把她和苏扬的恋爱时光梳理了一遍又一遍，她想起有一个冬夜，苏扬骑着破单车用了一个半小时将她从 F 大载到外滩，两人相互拥抱，哆嗦了一夜，终于看到了黄浦江上的日出。她又想起每次让苏扬学小狗，他都真的"汪汪"大叫，逗得自己哈哈大笑。她生病了，苏扬连续三天三夜照顾她，最后生生累倒在床前，还一脸愧疚。而无论酷暑还是严冬，苏扬总喜欢把她紧紧搂在怀里，亲吻她的脸，柔情似水地说："晶晶，你是我的好宝贝，我要疼你一生一世……"

这些细碎的、毫无联系的往事总是不由自主地在她眼前浮现，或许不再真实，可绝对散发着更坚强的生命力，白晶晶心好疼，眼泪大颗大颗滑落，常常会无法遏制地失声痛哭。白晶晶一边哭一边自言自语："你说要疼我一生一世，可你现在在哪里啊？"

　　白晶晶想，无论如何我都是爱着他的，以前是，现在也是，以后
还是。

13

　　在白晶晶的所有追求者中，最有实力的是一名姓陆的富二代，此
人老爸是当今中国最具影响力的民营企业家之一，拥有至少二十家公
司，主营电子产品加工，据说中国人用的手机百分之七十是他家生产
的，在 2004 年福布斯中国富豪榜排名前十。陆老爷子虽富可敌国，却
只有一个儿子，圈内尊称其为陆公子。

　　陆公子十九岁被老爹送到哈佛，二十三岁转战剑桥，二十八岁
MBA 毕业后回国接管老子事业，三十岁那年通过资本运作成功收购
内地三家上市公司，总市值超过一百亿人民币，一举轰动江湖。三十
一岁进军互联网行业，计划用十年时间建成亚洲最大的云计算基地。
2002 年，美国《时代》周刊将陆公子评为未来影响中国经济的十大风
云人物之一，而一些娱乐媒体则称他为 21 世纪初最大的钻石王老五，
热度堪比当红明星，其一言一行分分钟都能成为头条新闻。

　　2005 年年底，在一次金融圈的顶级酒会上，三十三岁的陆公子
见到白晶晶后立即为她的绝代风华所倾倒，短暂交谈后更是惊为天
人，当夜立下雄心壮志决定娶此女为妻。此后半年，陆公子几乎放
弃事业将全部精力用在追求白晶晶上，竭尽所能，也不知道花了多
少钱费了多少心思，终于如愿抱得美人归，成为轰动一时的八卦谈

资。这是一对堪称绝配的伴侣，所有人都认为白晶晶找到了幸福的归属，从此飞上枝头变凤凰，人生再也不用奋斗。媒体上更是频频刊登两人拉着手满脸微笑的恩爱画面，仿佛白晶晶已经是名副其实的陆家女主人。

然而美丽的表象下永远都有着截然相反的真相，陆公子很清楚身边的这个女孩其实并不爱自己，他虽然得到了白晶晶的人，却永远都得不到她的心。他以为她只是缺乏安全感，这也正常，他之前的女朋友如过江之鲫，却没有一个善始善终，所以他要给她信心，也是让自己真正收心，所以他决定给她一个刻骨铭心的惊喜，并且邀请所有媒体见证——2006 年夏，陆公子和白晶晶乘坐私人飞机来到巴厘岛，在自家的豪华游艇上，陆公子突然掏出一颗至少十克拉的鸽子蛋向白晶晶求婚，发誓从现在开始，永远只爱她一人。

红酒已经倒满，烟花即将点燃，一切的一切只要白晶晶轻轻应允，狂欢即将上演。

在所有媒体的注视下，白晶晶犹豫了很久，最后摇头："对不起，我不能答应你。"

陆公子很失落，不停地问："为什么？"

白晶晶悲伤地说："因为我心里还有忘不了的人。"

14

那个时候，白晶晶忘不了的人正为了有口饭吃在浦东的一家印刷厂做着铡纸工，这个粗鄙的体力活是他重返上海后的第一份正式职业，他很珍惜。每天在巨大的噪声下控制着机器将数十吨的纸按照不同规格裁切整齐，从没有出过一点差错。

工作之余苏扬总是沉默寡言，他没有朋友，也不需要朋友，孤独就是他最好的朋友。他曾经白皙的皮肤被晒得黝黑，曾经单纯的眼眸变得混浊不清，从外表上看没人相信这个近乎老朽的哥们曾是一个写诗的少年，是著名学府 F 大文学社的领袖，是一个才华横溢心比天高的年轻人。面对这个人，你除了一声叹息再找不到更为合适的态度，或许你会说："自作孽，不可活！"可是他并没有错，现在他是活得很狼狈，但也很充实，他不再怀疑自己活着的状态是否真实，他知道自己努力铡一天纸就会有饭吃，这是最真实的感受，他终于觉得自己活过来了，活在真实的世界中，所以即使有时他会号啕大哭，但那也不是因为痛苦，而是因为醒悟。

在苏扬工作的车间里有台 14 寸的黑白电视，有时他会在电视上看到白晶晶和陆公子一起出席商业活动的新闻。电视上白晶晶穿着淡紫色的香奈尔晚装，挎着 LV 最新款手包，长发柔顺地披在肩上，是那样雍容，举手投足尽显明星风采，她身边的那个男人帅气、成功，紧紧拉着她的手，对她呵护备至。两人显然是天作之合，整个城市都在为他们的爱情拍手叫好。

那时苏扬总会轻叹一口气，关掉电视，然后低头狠狠挥舞着手中的铡刀，一下又一下，一下又一下，非此不能宣泄内心的痛。

15

在地下室生活的四个月内，苏扬身上着实发生了不小的改变。比如他总是干体力活，身体变得很健硕；他经常被嘲讽，内心变得很坚强；他怕光，觉得自己眼睛会受伤；他不再那么敏感，不会轻易就觉得人生苦短……有工作时他拼命干活，周末却只能忍受寂寞，死人般地不吃不喝躺在床上，耗过整个白天，夜里再出去游荡；有时候他觉得时间过得很快，更多的时候他觉得时间被孤独拖得很长很长。

2006 年 7 月，又一个盛夏如约而至，苏扬用攒下来的辛苦钱在杨浦租了间合租房，从此告别了地下室。回望毕业后的这两年，苏扬感觉自己犹如经历了一场春秋大梦，梦里不知身是客，梦外花落知多少。所幸历经这一切后还在原地，并且凝聚了更多的力量，这就是最好的结局吧。

站在地下室的门口，苏扬眯着眼睛，深深呼吸了一口新鲜空气，然后对自己说："你把这辈子最痛苦的生活经历过了，从现在开始你要比任何人都幸福。"

第十章

逆袭

也就是在那一瞬间，
苏扬突然觉得自己真的变理性了，不再会随意多愁善感了；
强大了，不会总感觉受伤了……
是的，这是最好的时代，也是最坏的时代，
关键永远在于，你究竟又是谁？

WHEN DREAMS WERE SHATTERED.

1

苏扬清楚地记得，接到麻秆那个改变了他一生的电话是在走出地下室的两个小时后。

那天离开地下室，苏扬没有急着去新租的地方，而是躺在虹口公园的石凳上晒太阳。之前他和白晶晶经常来这个地方遛弯，看着熟悉的风景，回想着在这里和白晶晶度过的美好时光，迷迷糊糊起了困意，结果刚要睡着手机就响了起来，话筒里很快传来麻秆那标志性的大嗓门："我说哥们现在在哪儿发财呢？怎么一点消息都没了？"

苏扬苦笑一声："拉倒吧，我都快饿死了，还指望老板你给口饭吃呢！"

麻秆嘿嘿一乐："岂止有饭吃，现在有个绝佳的发财机会，只要好好把握，保证一年后直接实现财务自由，如果你有兴趣，就赶快到我办公室，过时不候。"

麻秆的公司在南京西路梅陇镇广场的一幢写字楼内，公司人不多，但地方特别大，而且装修特别豪华。公司里每个人见到麻秆都点头哈腰，满脸媚笑，张口闭口老板好，老板辛苦了，就差跪下来山呼万岁了，虔诚的样子仿佛麻秆是他们亲爹，而麻秆只是从喉咙里发出些许响声算是回应。如果麻秆有事叫他们，就轻轻摇一下桌上的铃铛，铃铛一响，面前立马站满人听他指挥。看得苏扬目瞪口呆，感觉自己回到了封建社会。

麻秆办公室最起码有半个篮球场那么大，里面设施更是极尽奢华，最让人瞠目的是墙上挂着 N 幅抽象画，仿佛这里的主人格调很高雅。麻秆叼着雪茄，躺在一张可以睡下的老板椅上，像只不折不扣的猪。他一边惬意地转着椅子一边口水四射地告诉苏扬，他现在准备进军保健品这一行，最近刚代理了一种增高胶囊，负责整个华东市场。麻秆问苏扬有没有兴趣和他一起干，一年能赚个十万八万。

苏扬佯装镇定地问麻秆这增高胶囊的主要成分是什么，吃了有没有效果。麻秆听后哈哈大笑："主要成分就是淀粉，吃了肯定不会死人。"

苏扬又问每盒胶囊卖多少钱，麻秆回答："每盒零售价一百八十八，成本不到八块钱。"

苏扬大惊小怪："我去，这不是骗人吗？"

麻秆白了苏扬一眼，阴阳怪气地说："这你就不懂了，我这价钱特别厚道，你放眼看看，现在哪种保健品不是漫天要价？这叫行情，便宜了还卖不掉呢，好不好？"

苏扬不停地摇头，表示完全无法理解。看到苏扬满脸懵懂，麻秆叹了口气，只得亲自给苏扬上课，进行启蒙教育。

"有家药厂生产一种口服液，号称能够治疗一切骨病，不管是瘸腿的还是断手的，只要喝了他们的口服液，保证三天就好。先是在报纸上天天整版打广告，又花钱在人民大会堂开了几场专家研讨会，连知名主持人都请了出来，哭着喊着说自己疼了半个世纪的胳膊就是喝这种口服液给喝好的。于是等该产品上市后简直卖疯了，一盒一百四十元，病人抢着买，说这种神药才卖这点钱，简直太良心了。据我所知，这种口服液成本绝不超过五块钱，你说缺不缺德？你别惊讶，这还不算狠的，有家保健品公司卖灵芝，号称能够治疗各种癌症，那些晚期病人，医院都不让进了，吃他的灵芝都能吃好，其实什么效果也没有，一盒灵芝成本没有十块钱，你知道市场上卖多少？两千块，才能吃五天，就这癌症患者还抢着买，这家公司一年至少赚十亿。你说我跟这些人比起来，岂不是他妈的简直太善良了吗？"

苏扬似懂非懂地点了点头，然后又问："我还真就不明白那么贵的保健品怎么就卖得那么好，搞得像传销。"

麻秆又是鄙夷一笑："你要这么觉得也没错，这就叫市场，市场是什么？有需求就有市场。几万块钱和生命怎么好比较呢？再说了，你要看是谁买这些东西，是得癌症的人吗？No，是得癌症的人的子女，他们或许也不想买，也舍不得钱，但怎么可能不买？不买就是不孝，得背负千古骂名，再说了，有个活命的机会谁不珍惜？有希望总比没希望好，到那个时候你不要说卖灵芝给他们，就算是卖萝卜给他们，他们都要买，明白吗？我们卖的不是产品，而是活命的希望。前几年有个甘肃人得了癌症，躺在床上等死，后来有人对他说每天喝三公斤四川驴尿，连续喝半年，癌症就会好，结果这个人立马跑到四川，真喝起了驴尿，一天三公斤，整整喝了半年。你想为了活命，动物的排泄物都能喝，何况花几万块钱？抓住了消费者这种心理，就是抓住了市场，不发财才怪。"

2

听了麻秆这些话，苏扬过了老半天才长叹一口气，然后悻悻地说："疯了，这个世界简直疯了，你继续说，我今天心甘情愿让你洗脑。"

麻秆一听这话来了精神，继续发表演讲："兄弟，我告诉你，这可是在商场，不是在学校，纯情和天真得放到一边，否则别人成天大鱼大肉，而你只会饿死，你千万不能认为自己在骗人，你要认为商场只是一个娱乐场，身在其中就必须遵循游戏规则，没错，我们是在欺骗别人，可别人也欺骗我们啊！所以这样生活才能平衡嘛，其他的一切都是假的，只有钞票是真的，你说这个世界上有人和钞票过不去吗？当然没有，除非这个人是个真正的白痴。"

苏扬实在没理由反驳麻秆的理论，事实上这些话他以前想都没想过，简直听得心惊肉跳。苏扬问麻秆到底想让他干什么，他什么都不懂，在麻秆面前，他就是一个如假包换的笨蛋。

麻秆又点燃一根雪茄，慢悠悠地说：“你不是文章写得好吗？你就给我写软文宣传我的增高胶囊，文章不能太露骨，千万别让人一看就知道是广告，但一定要写得动人，让人明白吃了我这胶囊比吃啥药都管用，不吃我这药，只能一辈子当矮子，你要写得好的话，一篇给你五百块，你别惊讶，这还是试用期的报酬，过了试用期加倍，记住了，你没有骗人，你只是在做游戏，你的OK？”

麻秆一口气说完，眨巴着小眼睛看着苏扬，雪茄还指着苏扬的胸膛，一副指点江山的派头。

苏扬在麻秆的注视下情不自禁地点点头，怯怯地说：“我的明白。”

“痛快，那明天就来上班。”麻秆说完摇了摇铃铛，一个大胸美女走了进来，娇滴滴地说：“老板，请吩咐！”

“给他配台电脑，安排个工位，要安静点的地方。”

“老板，知道了。”大胸美女看了苏扬一眼，摇着屁股出去了。

苏扬觉得这一切真的挺有意思，笑着上前套近乎：“行啊，麻秆，真有你的。”

麻秆却没有回应，闭着眼睛：“好了，我现在要休息了，你先走吧，有事明天再说。”

“嗯，那我先走了，哥们你好好休息。”苏扬自讨没趣，转身离开。

“等会儿！”麻秆睁开眼，鹰一样盯着苏扬说，“对了，提醒你一下，你到了我公司上班后，就不能再叫我哥们，你得和这里所有人一样，叫我老板。当然，一开始改不了口不要紧，但一定要尽快，千万不能乱了大小，让人笑话。”

苏扬心中一凉，尴尬地问："这也是游戏规则吗？"

麻秆伸了个懒腰："去吧，你是聪明人，明白就好。"

从麻秆公司走出来，苏扬很快就迷失了方向，这是一个高楼林立的地段，宽大的南京路上奔驰着各种高档轿车，来来往往的全是面色冷峻的潮男靓女。商场里的冷气像瀑布一样冲向街头，红绿灯至少要三分钟才能变换颜色。苏扬不想坐车，沿着南京路走了很久，饿了就在路边一家大排档吃了份五块钱的炒面。从下午一直走到傍晚，一直走到了人民广场。广场上依然人潮涌动，无比热闹。看着眼前熟悉的景象，想着一年前自己在这里像个傻子一样成天游荡，现在却已非当时模样，这就叫物是人非吧。

苏扬那天在喷水池边待了很久，到处张望，仔细冥想，直到暮色四合才对自己认真地说："努力，奋斗，你不可以再做一个小人物，所以你要比谁都现实。"

3

从苏扬新租的地方到麻秆公司路程将近二十公里，经过杨浦、虹口、黄埔几个区，所经之地都是些特别堵的路段，因此坐公交至少要两个小时，就这还不一定靠谱。苏扬一开始拿捏不好时间，迟到了两次，被麻秆扣了好几百块，等于班还没怎么上，就欠公司一笔钱，显然很荒诞，最后还是决定骑车上下班，虽然远了点累了点，但好在时间能控制，只是安全又没了保障。

怎么说呢，每天早上七点到九点，上海的大街小巷上全是各种骑着自行车、电动车、摩托车上班的人，在他们眼中根本没有什么红绿灯，个个都想以最快的速度到达终点，因此每天上班都像比赛，一路上险象环生，小剐小蹭那是家常便饭，肉体碰撞那也屡见不鲜。最夸张的一次，苏扬在上班途中和八个人发生了摩擦，倒地两次，其中一个人执意要送他去医院，苏扬却害怕又被扣钱，扶起自行车就走，等到公司时浑身大大小小带血的伤口一共二十八个，活像一个亡命天涯的歹徒。

骑车上下班还有一点比较讨厌，那就是车突然坏了。一天早上，天降暴雨，苏扬没雨披，坐公交肯定来不及，于是安慰自己："雨中骑车，岂不快哉！"跨上车就冲进雨中，眯着眼睛往前玩命地骑，一分钟不到便被浇成落汤鸡，结果刚骑到一半，车链条竟然断了，放眼望去，平时随处可见的修车摊全无踪迹，苏扬又不放心将车扔在原地，就推着车往前跑，一直到公司附近才花了二十块钱把车修好，足足迟到了一小时，罚款三百元。苏扬心疼钱，就想晚上多加会儿班把罚款挣回来，足足挨到十二点才下班，结果刚出门又下雨了，赶紧眯着眼睛继续往家骑，结果还没骑两下，车链条又断了，苏扬站在雨中想，这可怎么办？太晚了根本没有公交车，打车又舍不得，想了半天叹了口气，踩着浸满水的运动鞋，深一脚浅一脚地推着车往家走，走了三个多小时，等洗完澡躺下的时候天都快亮了，根本睡不了多久又得去上班。

就这样，从2006年6月到12月的这半年内，苏扬几乎每天都花三个多小时骑四十多里地上下班，有时候下班早，经过外滩的时候正好对面大楼华灯初上，隔江看去，繁花似锦，歌舞升平。其中有一栋大厦的整个外立面都做成了屏幕，上面播放着各种如梦如幻的广告，映衬着晚霞，是那样美好。这个城市拥有过无上的辉煌，也经历过梦魇般的桎梏，现在再次迎来了最好的时光，生活在这个城市的子民都充满了希望。可是，苏扬知道这一切都和自己无关，至少现在没有太大关系，所以每当看到此情此景，他总是长叹一口气，然后直起身子，狠狠踩两脚自行车，匆匆离开。

也就是在那一瞬间，苏扬突然觉得自己真的变理性了，不再会随意多愁善感了；强大了，不会总感觉受伤了；自信了，他会告诉自己，我的世界根本不需要这些浮华来点缀，总有一天，我会成功得连自己都无法相信。

是的，这是最好的时代，也是最坏的时代，关键永远在于，你究竟又是谁？

4

你是谁？是面对压力自怨自艾的那个人？

你是谁？是遭遇不公就轻言放弃的那个人？

你是谁？是越挫越勇不愿向命运低头的那个人？

你是谁？是胸怀大志脚踏实地步步为营的那个人？

一花一世界，一步一如来。你是谁，你就是命运，就是生活本身，就是这个世界。

对于成功者而言，任何时代都是他们最丰饶的土壤。

现在，让我们忽略移动互联，忽略人工智能，忽略无人驾驶，忽略共享经济，忽略工业3.0，忽略新零售，忽略区块链，忽略比特币，忽略大数据和云计算，忽略谷歌和脸书，忽略腾讯和阿里，忽略埃隆·马斯克和杰夫·贝佐斯，忽略马云和马化腾，忽略所有日后即将改变这个世界的技术和人物，重新回到十年前那个新世界尚未形成，旧秩序尚未瓦解，新旧力量正剧烈交接的历史时刻。是的，那是传统世界最后的狂欢，丧钟已经敲响，那些庞大的、不思求变的力量即将土崩瓦解，而倒地之前，他们垂死挣扎，正鸣奏出最强的号角，攻城拔寨。他们以为自己做的仍然是对的，所以他们的失败比想象中还要更快，并且彻底无法挽回。

5

那么十年前，究竟又是怎样的一个年代？

一个吉他可以趴着弹二胡可以站着拉的年代；一个概念大于梦想、谣言大于事实的年代；一个连月饼都透着古典主义的年代。在那个年代里，所有纯真的誓言都变成了硕大无比的泡沫在空中飞，张牙舞爪，耀武扬威，可只要轻轻一碰就灰飞烟灭。

你可以忽略这一切，但绝不可以忽略策划和概念的力量；你可以藐视所有人，但绝不可以不尊重营销者的魅力，一个最不起眼的创意都有可能实现你一辈子无法企及的梦想。上海有家广告公司的老板，号称北大哲学系博士，头发剃成三个圆圈，说是三阳开泰，每次出去拉业务时都穿着中山装，戴着红袖套，然后连续讲十个小时不喝水，讲二十个小时不上洗手间，一般人见到他这个架势都惊为天人，气势上先输他三分。此君有句经典名言是"给我二十个，还你一千万"。意思是只要给他几十万广告费，就能够产生几千万的销售额，如果不请他做广告，公司肯定倒闭。

当然，会忽悠的人最大的特点就是他总有办法让你不认为他在忽悠，此人不但敢吹牛，而且能吹牛，说起大道理一套又一套，而且以《论语》为纲，《孙子兵法》为纬，总之几乎所有客户经此君洗脑后，都乖乖奉上广告费，屡试不爽。结果这厮收到钱后保准立马消失不见，等风声过后再继续出来行骗，这样一年也能弄几百万。奇怪的是，光天化日下这个哥们居然活得十分潇洒，就是没人想将他绳之以法。

6

很多年以后我们都知道要想在一个商业领域取得成功，一个重要的前提就是找到适合自己的营销模式。对保健品而言更是如此，当年三株口服液一年卖八十亿，是因为三株坚持农村包围城市的战略，把宣传标语刷到了农民朋友的猪圈上。而安利后来一年能卖一百亿是因为它的直销做得很成功。回望 2006 年，仿佛还没有太多人想得到软文的传播力量居然可以那样强大，简直化腐朽为神奇，如果告诉你几篇文章可以带来几亿的收入，你一定不要觉得不可思议，因为这是事实而非天方夜谭。

如果你不健忘，应该记得一种号称"今年过节不收礼"的保健品当初启动市场其实就是靠几篇非常经典的广告软文，这些广告软文经典得让专业杂志当成科学论文到处转载，几年下来这个产品的老板最起码赚了五十亿。

如果你不健忘，你更不会忘记北京有家号称能够治疗一切不育不孕症的医院，同样是靠几篇软文炒作，一转眼变成了国际知名的"送子医院"。每天上门就诊的患者络绎不绝，连外国人都慕名前来，不到半年时间营业额就突破了二十亿。

而你只要翻开报纸，就会发现上面全是各式各样的软文，有的明目张胆，有的小心翼翼。你打开你家信箱，同样会发现里面充塞着各种宣传小报，上面有和你生死攸关的一切内容，你要么别看，要是看了就会情不自禁买他们的产品，因为那些文章会告诉你其实你已经得了某种绝症，你不吃他们的产品很可能会立即死掉，只有他们可以让你活得和从前一样。这就是如今的保健品市场，这就是软文的力量。

为了写好麻秆那种增高胶囊的软文广告，苏扬花了整整四个月，看完了十六本和人体长高有关的专业医学书籍，每本书都有一尺厚。那四个月苏扬没有哪天是在十二点前睡觉，通宵工作更是家常便饭。

在那四个月里苏扬共写了一百多篇文章，然后从中精选了十二篇做成三个整版，分别取名为：《孩子长不高，最痛父母心》《爸妈请再爱我一次，我要长高》《不长个背后十个不为人知的惊天秘密》。这些整版软文在华东各城市的日报、晚报、周报集中投放，每星期投两次，

　　足足做了两个月。因为这些文章不但有恐吓，更有煽情，而且有理有据，让人看了很是信服，几乎每个整版都能接到一千个咨询电话，算是创下了同类软文的最好纪录，从而快速启动了市场，引发了第一轮的购买高潮。

　　苏扬又策划了一档关于该胶囊长高原理的科学探秘节目，在各地电台黄金时段循环播放。节目里苏扬请了一个从医院退休的女护士，号称全国著名长高专家，忽悠观众说该胶囊多么多么神奇，科学价值不亚于克隆技术，前景超过大数据，是 20 世纪最伟大的科学发明之一，又找了几个民工冒充消费者打电话说自己儿子吃了该胶囊后，个子十天长高八厘米，从此人生命运大不同，激动得在电话里放声大哭。

　　这一系列策划圆满完成后，××胶囊简直卖疯了，华东数万家终端均出现抢购热潮，卖断货的比比皆是。就这样持续了两个多月，麻秆净赚至少六百万。

　　庆功会上，麻秆抱着苏扬猛喝三千块一瓶的 XO，然后递给苏扬一张银行卡说：“里面有五万块，算你的酬劳，跟着我好好干，赚钱的日子在后面呢！”

　　苏扬把卡塞到口袋里，然后对麻秆鞠了个躬，说：“谢谢老板！”

　　庆功会逐渐进入高潮，除了苏扬，其他所有人都已经喝高，每个人都红光满面地吹着牛，憧憬着未来人生更加牛×。苏扬却越喝越冷静，他端着酒杯，站在窗户前，痴痴地看着眼前车水马龙的上海。多么美好的城市啊，这里有着人们梦想的一切，可究竟怎样的生活才是我真正想要的？苏扬有点责怪自己此时此刻竟然还在思考这种形而上的问题，可这次和以前不一样，因为他已经不再是那个为一首诗可以流泪的少年，曾经沧海之后，苏扬对未来的人生之路已经有了明确答案——我可以不爱钱，但我得先拥有钱才能唾弃钱，否则就是最大的笑话，而赚钱似乎是这个世界上最简单的事情，只要我想，或许我可以做得更好，或许我自己也可以做老板。

　　苏扬为自己的这个念头感到恐惧，继而又被浓郁的兴奋感替代，他知道自己崭新的生活即将真正展开。

7

　　初战告捷后，麻秆准备在广告营销上加大投入，把胜利的火焰燃烧到全国，先定个小目标：一年赚他十个亿，三年占领全国百分之八十的保健品市场。麻秆兴奋地对苏扬说出自己的鸿鹄大志，然后问苏扬意下如何，是否崇拜他卓越的眼光，麻秆说完眯着眼睛等待苏扬的夸奖，却没想到苏扬听后头直摇，然后不无讽刺地说："你的想法太天真了，简直就是开玩笑，其实这次成功主要是因为运气好，根本不值得高兴，你也不看看现在保健品市场风起云涌，每天都有各种保健品入市，一个个夸张到极致，消费者早就开始厌烦，如果还一味依靠广告打市场，迟早得死掉。而且现在经销商有奶便是娘，唯利是图，毫无操守，谁家利润高就卖谁家的货，什么产品的返点高就推荐什么产品，从上到下，沆瀣一气，市场早就被他们搞烂了，现在再投重金在上游发力，一旦下游崩盘，后果不堪设想。"

苏扬顿了顿，看麻秆没有言语，继续分析局面："保健品野蛮生长的时代已经结束，打一枪换一个地方的思路也应该彻底屏弃，当务之急是从产品端严格把关，不求有功，但求无过，该有的认证和手续一个都不能少，因为市场不可能永远这么混乱下去，老百姓不是傻子，相关监管部门更不是，他们反应慢不代表真的不作为，现在不未雨绸缪，等政策下来的时候，一定尸横遍野，哀鸿一片。其次是要投入重金建立自己的专属销售渠道，提高行业的规范性和准入门槛，将原来的经销商模式改为自营模式，将渠道真正攥在自己手中。这一点尤其重要，只有枪杆子在自己手上，仗才真正好打。所以总部要成立营销管理中心，同时在各地成立分公司和办事处，以后所有的销售方案都必须由总部统一制定，分公司只负责执行，一旦发现擅作主张的，立即关停，这样才可以彻底统一思想和动作，虽然前期需要不少钱和时间，但后期会非常给力，而且能够持久。此外，还要健全售后服务系统，现在的消费者数量已经饱和，再想赚新人的钱不太现实，要想提高销售额，只能让老顾客重复购买，现在几乎所有的保健品公司都不注重售后，所以我们很容易脱颖而出，赢取口碑。最后在营销模式上还要打开思路，不能一味依靠软文和电视广告，应该积极寻求其他营销模式，比如会议营销、社区营销、旅游营销，甚至直销。总之，千万不能沾沾自喜夜郎自大，更不能故步自封，我们要走的路还长着呢，只有扎扎实实做好这些基础工作，提升品牌形象，方能谋求进一步发展，否则就是痴人说梦。"

苏扬这一席话说得麻秆五孔流血、七窍生烟。这些观点是苏扬进入这个行业后所有观察、思考、学习的精华所在，他觉得自己说得对，事实上也确实是对的，可是和麻秆的想法完全背道而驰，麻秆做保健品本来只是想玩票，赚上一笔就逃，现在轻而易举赚了上千万，以为这个行业赚钱太容易，所以才有了继续玩票的想法。本以为苏扬会大唱赞歌，说自己英明神武，却没想到这厮居然和自己说这么多大道理，而且完全否定自己的智慧，这个公司还从没人敢对自己说半个不字呢，简直岂有此理，当下一拳重击在柚木办公桌上，对苏扬破口大骂："你懂个屁？你他妈的只是我一条狗，我是要你来干活的，不是对我指手画脚，你，给我道歉！"

空气有点凝固，麻秆涨红着脸，喘着粗气，龇牙咧嘴，仿佛要一口把面前的浑蛋吃掉。苏扬坐在麻秆对面，脸色阴冷，并没有任何道歉的意思。麻秆终于忍无可忍，拿起桌上的烟灰缸奋力砸向苏扬，然后大叫："不道歉是吧？那就给我滚蛋！"

苏扬只轻轻一避，就躲开了呼啸而来的烟灰缸，然后慢慢地从椅子上站起来，走到麻秆面前，双手撑在老板桌上，一字一句对麻秆说："麻秆，你还真把我当你的狗了？别搞笑了好不好？你也不看看你的钱是怎么赚来的，信不信我到有关部门举报，说你卖的产品都是骗人的东西，到时候你还能坐在这里吗？"

麻秆听了苏扬的威胁后勃然大怒："你他妈的是不是不想活了，我现在随便叫几个人就能把你从这儿扔下去，到时候连给你收尸的人都没有，你以为凭这个就能要挟我？做梦！"

苏扬也冷笑，说："你是老板，你当然能把我扔下去，没错，就凭这些好像还真搞不死你。不过，你千万别忘了，这些年你好像逃了不少税吧，我在你公司这几个月不小心搜集到了一些证据，我给你算了下，至少有一千万吧，你是生意人，知道逃这么多税意味着什么，我就不吓你了！"

苏扬的威胁让麻秆深感意外，他怎么也没想到老实甚至迂腐的苏扬竟然会变得如此狠毒，更想不到自己会养虎为患，他是真的想弄死这个叛徒，可是他不敢冒险，也不值得，一切在他眼中都是生意，性价比永远是他的第一选择，至于尊严，根本无所谓，所以他立即变换了面孔，满脸堆笑："我说弟弟啊，你和哥哥开玩笑呢是不是？咱俩什么关系？十几年的交情，不是亲兄弟胜似亲兄弟。想当年在学校，你受欺负了，哪次不是我第一个上前帮你讨回公道的？"

苏扬轻叹了口气："过去的事就不要说了。"

"不说，不说！"麻秆以为自己攻心有效，赶紧走到苏扬身边，嬉皮笑脸拍了拍他肩膀，"我知道你就是吓吓我，给我提个醒，不会真害我，你根本不是那种人，我还不了解你吗，真是！"

苏扬反问："哦？在你眼中，我究竟是哪种人？"

"好人啊！"麻秆一脸真诚，"特别讲究，也特别够意思，绝对好人一个。所以这么多年来我一直都念着你，所以咱哥俩才能并肩奋斗不是？你说现在生意那么难做，咱赚点钱多不容易，不能够闹别扭，一定要团结，对，团结，团结就是力量嘛。"

苏扬一把推开麻秆的胳膊，冷冷地看着他，似笑非笑地说："麻秆，如果你说的是假话，那么毫无意义，如果你说的是真话，那么特别可笑。人总是会变的，你变了，我也变了。我可以不去告发你，但你知道应该怎么做，废话就不要再说了。"

麻秆听后脸上青一阵白一阵，这才意识到自己看轻了这个人，从小到大，苏扬在他眼中一直就是个笨蛋，是他可以随意利用和戏弄的工具。可人是会变的，他从苏扬的眼神中，竟然看到了另一个自己。至此他明白多说无益，一切无非是钱的事，所以麻秆又恢复了那副趾高气扬的神态，狠狠地对苏扬说："行，算你他妈有种，我给你十万块，你什么都不要带走，立即从我面前消失。"

"放心吧，我会消失的，但是十万块，不行。"

"那你要多少？"

苏扬伸出一根手指头，缓缓地说："一百万，一分钱都不能少。"

8

很多年后，苏扬认真总结了自己在麻秆那里打工的意义，并写成文字向崇拜他的粉丝传授。

首先，把握住了时机，选对了行业，苏扬说，行业无大小，但时机很重要。如果早几年，保健品市场还没有成熟，还处于教育培训阶段，那么你需要花费很多的时间和成本去说服消费者，还不一定有效，很可能最后就成了"先烈"。如果再晚几年，这个市场已经烂了，消费者已经反感保健品了，那么你的产品再好你再有诚意也只有死路一条。2006年前后的保健品市场属于恰到好处，此时进入这个行业，成功概率不会太小。多年后，苏扬的意思被另外一位创业家雷军用更形象的语言描述成：站在风口上，猪都能飞。

其次，找到了自己擅长的工作，苏扬说尽管他并不喜欢保健品，可确实是保健品成就了他。因此找对了方向比努力更重要。很多人都纠结工作到底是找自己喜欢的还是稳定的，苏扬说这其实是个伪命题，喜欢也好，稳定也罢，找到自己真正擅长能够发挥的工作才最重要。每个人看似都可以做很多不同的工作，但只有一个是自己真正适合的，找到这个就可以少走很多弯路，且事半功倍，反之则遥遥无期。

最后，如果想成功，一定要志存高远，不能自己先把自己局限了，职位可以不高，权力可以不大，但心绝对不能小。不管你身处的平台如何，行业如何，你都得有全局眼光，要从上往下、从外往内看问题，更要看到问题的本质。苏扬强调：认知决定格局，格局决定高度。职场上很多时候我们都一叶障目，以为眼前的就是全部，却不知道我们能做的、应该做的其实更多。如果没有这种胸怀，取得成功也无异于天方夜谭。

苏扬在阐述以上三点后总是会话锋一转，其实成功并不难，每个人都有机会，只是很多人根本没有想明白，白白浪费了机会，蹉跎了岁月。以上三点就是具体的方法论，遵循这些方法论，成功指日可待，可是比这些方法论更重要的是，你是否已经具备了渴望成功的欲望和信心，欲望决定了你能够为之付出多少，信心决定了你能为之投入多少。革命需要流血，没有人不害怕流血。只有置之死地而后生，才能从小资产阶级变成坚定的革命者。将身上那些矫揉造作的、虚假不堪的、天真幻想的情绪狠狠踩在脚下，冷静、严肃，甚至残酷地面对这个世界，你将拥有想象不到的收获。

"要是我毕业那会儿就有人对我说这些，或许我能早成功五年，你们真幸运。"面对着台下的掌声雷动，苏扬最后还不忘自我调侃一下，"想想刚毕业那会儿，我怎么就那么傻呢？难怪会失去一切，简直罪有应得。"

9

两个月后，苏扬的"听风生物科技有限公司"在张江高科技园悄悄开张了。老板苏扬在这两个月里考察了 N 多保健品，包括闻了就能减肥的、喝了就长生不老的、抹了就回到十八岁的、吃了癌症立即痊愈的，还有排毒养颜的、降血糖降血脂降血压的、洗肺洗肠洗骨洗血的，就差把死人吃活的"神药"了。

苏扬挑来选去最终代理了一款产自内蒙古自治区的虫草胶囊作为自己公司的首个产品。该胶囊号称可以防肿瘤，提高细胞合成 DNA 和 RNA 的能力，在安神、镇痛、提高机体活力方面有显著功效，长期服用还能返老还童，不但白发变黑，老年斑全部消失，性能力还能提高，简直就是万能药。

产品选定后便开始渠道招商，写招商书苏扬早就驾轻就熟，熬了三个通宵拿出一篇上佳的招商广告，在《上海经营报》登了没两天就接到上百个意向电话，几经选择及谈判，敲定了卢湾一家规模不小的药品经营公司作为总经销商，一星期后全市数百家药店、超市、大卖场的货架上都出现了苏扬代理的这款胶囊。万事俱备，只欠东风，接着就是做广告搞促销，成功仿佛就在眼前。忙完所有这些活后苏扬整整瘦了二十斤，且面黄肌瘦，跟只猴差不多。

接下去的一个多月，苏扬把自己关在屋内，几乎不眠不休地折腾出了十几篇软文，篇篇恐吓有力度，耸动有根基，既有科学依据，又合情合理。然后花重金一口气在《新闻晨报》和《新民晚报》上整整投了三个星期，至此不但早用光了麻秆给的一百万，还欠了一百多万的账款。苏扬心想，成败在此一举。如果有效果，那么将能赚到数倍的钱，如果没效果，就只能去跳黄浦江了。

和其他行业不太一样的是，保健品市场的第一反应来自客户的咨询电话。因此，保健品公司的员工往往还要充当客服，甚至医师的角色。苏扬因为没有钱雇人，只能亲自上阵，广告刊登后他便寸步不离地守在电话前，心跳到了嗓子眼。结果让他崩溃的是，头一天上午只稀稀拉拉接了十来个咨询电话，这个结果当然不算好。苏扬心中开始惶恐，怀疑自己写的软文出了问题，拿出来反复看了十几遍，又觉得没毛病，只能继续惴惴不安地等，结果到了下午，电话突然开始多了起来，两部电话基本上没停过，而且消费者特别热情，苏扬整整答复到半夜，挂了最后一通电话喉咙已经开始冒烟。第二天电话的数量更加夸张，苏扬一个人已经完全招架不住，赶紧让员工放下手中所有的活，全部过来接电话。与此同时，终端也开始有了反应，且热销程度超过所有人的预料，无论大卖场还是小超市，苏扬的货只要一上架立即被抢购一空，特别夸张。现在回望都没法想象，但当时的盛况就是这样。

苏扬后来统计了下，产品上架第一个月的回款就超过了两百万，第二个月直接涨到了五百万，此后的几个月基本上都维持在这个水平。作为一款新的保健品，在上海这个比较成熟的市场能够有此表现，不可谓不是奇迹，要是别人估计早高兴得烧高香然后吃喝玩乐开始享受了，可是苏扬没有，他深切地明白一切才刚开始，虽然回款不算少，但利润并不多，大头都让厂家和经销商渠道分去了，而且这种产品的生命力最多只有半年，消费者很快就会放弃，到时候销售额会断崖式下滑。因此一方面他将大部分利润持续投入广告中以维持市场热度，另一方面抓住这个时机赶紧寻找新的产品，只有找到真正的好产品，并且颠覆原来的代理模式，才能够持续发展，持续赚钱。

在苏扬眼中，鱼龙混杂的保健品市场也不乏佼佼者，比如浙江有家药厂推出的某宝抗衰老片，一卖就是三十年，几乎整整陪伴了一代人的成长，更成了他们日常生活的一部分，口碑好得夸张，竞争对手诋毁消费者首先不让，因为有了感情。根本不需要做一分钱广告，一年轻轻松松卖好几个亿。苏扬真正想做的就是这种生意。

10

尽管苏扬对保健品公司的生存之道、发展逻辑以及市场有了很深刻的判断和认知，但执行起来完全是另外一回事，在寻找新产品上他遇到了极大的挑战，甚至一度让他感到绝望，那些"功成名就"的好产品根本轮不到他染指，可他能选择且主控的产品又都是些滥竽充数的低端货，这个困局怎么也没法破。苏扬尽管使出吃奶的劲，动用了所有的人脉和渠道，考察了不下上百个产品——这些产品不是功效太小，而是功效太强，各种夸张，奇形怪状，和苏扬的诉求大相径庭——因此他花费了两个多月，但始终毫无收获。至此苏扬才悲哀地发现，这个行业把假的说成真的不难，可要找到一个真的，简直难于上青天。

一天夜里，苏扬又焦虑得睡不着，他开始怀疑自己的思路是不是从根本上出了问题，保健品行业对于他这样的入局者，是不是就只能通过炒作获利，然后打一枪换个地方，根本没有机会做大做强？这个念头吓得苏扬打了一个冷战，更是使他毫无睡意。他翻出这段时间收集到的所有产品，一一摆在面前，整整摆满了一大桌。看着这些花花绿绿的包装盒，苏扬感觉自己都快哭出来了。

突然，一款最初接触的口服液跃入苏扬的眼帘。这款口服液名叫"还精煎"，由十几味中成药熬制而成，主要功效是"活血益精"。当初之所以没考虑主要是觉得太过普通，一点都不神秘，很难大做文章，所以早早淘汰了，可现在情况完全不一样了，这种性能好的基础性保健品不正是他苦苦寻觅的吗？虽然一开始的推广难度会很大，但只要持之以恒，稳扎稳打，一定会通过口碑积累用户，假以时日等市场稳定了，就是一劳永逸的事了——这中间当然也有风险，但这风险值得去冒，否则永远就是一个坑蒙拐骗的小作坊。

总之，这个发现顿时让苏扬感觉又活了过来。而且苏扬记得这款产品还有一个很有利的因素，那就是生产方是家濒临倒闭的国有老药厂，属于给口饭吃就能干活的那种，完全没有议价能力，因此自己可以有充分的主动权，而不至于像现在一样只是代理，处处受限，做不大被市场干掉，做大了被供应方吃掉，迟早都是死。

苏扬越想越激动，越想越觉得靠谱，天微亮便迫不及待地打车赶往苏州这家药厂，到的时候药厂还没开始上班。事实上，这家名叫天成药业的老国企已经大半年没正儿八经地开过工了，原因很简单，厂里生产的药品和保健品都是一些老产品，市场同质化太严重，根本没有竞争力，想打广告又没有钱，加上恰逢国家主管部门要求 GMP 认证，这更是需要投入大量的人力物力财力，对于本来就一穷二白的厂子更是雪上加霜，可如果不通过这个认证，就永远不能生产新产品，没有新产品又哪儿来的新市场？这样等于陷入了死循环，只能眼睁睁坐吃等死。这对于新任厂长李庆浩而言显然压力山大，他几乎快被逼疯了，要知道全厂在职员工三百多，加上离退休员工小六百人，个个都瞪大着眼睛指望着他能够带领大家绝处逢生，现在每个月只能发一半工资，就这还是东凑西借来的。厂里除了后院那片一百多亩的荒地，其他能抵押贷款的全抵押了，再借只能借高利贷了。李厂长也不止一次到主管单位求助，但每次连领导的面都见不到，冷嘲热讽倒是遇到不少，说什么难听的都有，关键是罪名都得他承受。好几回他垂头丧气从市里往回走，走着走着就想撞车自杀，人到中年遇到这多麻烦和委屈，真想一死了之，一了百了。

因此在这种情况下，当李庆浩看到竟然有人主动要采购他们的产品并且可以预付百分之三十的货款时，他真以为是自己的诚意感动了上天。虽然对方将价格压得很低，几乎没有利润，但至少带来了现金流水，这就帮上了大忙。只是他实在想不通眼前的这个叫苏扬的年轻人为什么对这款诞生至少五十年，全国至少一百个同类产品，连他们自己都觉得没啥价值的口服液情有独钟。可是他不敢问，他生怕对方不是一个傻瓜，自己多问了对方就会反悔。因此他几乎是迫不及待就签订了一份有效期五年的合同，然后收取了定金，拍着胸脯告诉这个年轻人半个月后过来提货，然后毕恭毕敬地亲自把他送上车，这才长松了口气，赶紧叫来财务安排先补发一部分工资。

与此同时，车上的苏扬也长松了一口气，看着外面风景如画的太湖，情不自禁地感慨："看来这下真的要发财了！"

11

回到上海，苏扬立即对该产品进行全方位的升级策划，重新定位，将产品的成分功效和药理作用研究得入木三分，且越研究越有信心，深深感慨这真是一款好产品，是老祖宗留下来的瑰宝，只是可惜一直没有进行市场化的运营，白白被埋没了。不过这也不见得就是坏事，至少对他来说是这样，否则现在还有他什么事呢？苏扬更加感慨这世上万事万物都是机缘巧合，仿佛冥冥之中自有定数。

在完成基础性定位和包装后，苏扬开始"故技重施"，认真撰写了一系列的软文，同时加大了宣传投入，大有毕其功于一役的姿态，除了连续数月在各大主流平媒密集整版投放外，更是花重金从香港请来两位二线男女明星做形象代言人，拍了三套不同版本的电视广告，在全国数十家卫视播放，每天播放二十次。广告这边如火如荼，那边线下活动更是丰富多彩，在苏扬的策划下，上海街头每天都会出现数个路演队，十几个美女撅着屁股又蹦又跳地向路人推广"还精煎"口服液，边跳边叫："女人挺好，男人顶好。还精煎，让中国男人重新硬起来。"

在这一系列的强大宣传攻势下，消费者的激情再次被彻底引爆，而且产品口碑持续走高，很快便以绝对优势成为该年度的现象级保健品。关于还精煎销售之疯狂，苏扬后来不止一次对别人说："老百姓实在太热情了，厂里每天三班倒生产都来不及，十几辆大卡车排在厂门口等着发货，全部是现金结算。"

有人后来粗略算了一笔账，短短半年，苏扬至少从这款产品里赚了两千万的纯利润，要不是后来政府出面干预，告诉公众保健品广告其实都是浮夸风，市场逐渐冷了下来，他很可能会成为中国最年轻的亿万富翁之一。

12

张胜利说："时也，命也，苏扬的先人肯定是做牛做马做牲口，祖祖辈辈积的德都被这小子捞去了。"

麻秆说："狗屁，如果没老子，没有老子给他的一百万，他他妈还是个睡地下室的臭屌丝呢，×。"

马平志说："没错，这家伙就是个笨蛋，要是这个产品让我来做，我最起码赚他十个亿，还得是美元。"

李庄明说："我早知道此人会发财，只是没想到来得这么快，而且这么直接，就像2002年的第一场雪。"

李庆浩说："同样一款产品，从配方到生产什么都没有变，可我们一分钱赚不到，他就能卖这么好，你说这谁搞得懂？算了，这就叫命！"

苏扬说："我命由我不由天，你们说的都很对，你们说的也都错。你们看到的才刚刚开始。"

白晶晶说："他的故事我听说了，其实我不在意他能赚多少钱，我只在乎他过得好不好。苏扬，你能告诉我，你现在过得好吗？"

第十一章

重逢

音乐声徐徐响起，灯光渐渐暗淡，时光仿佛真的向后退去，
衣着鲜亮的苏扬推开大门，缓缓走进，
一直走到白晶晶面前，世界静谧无声，只剩下两人。
苏扬轻轻伸出手，温柔一笑：
"你好，白小姐，我叫苏扬，能请你跳支舞吗？"

WHEN DREAMS WERE SHATTERED.

1

　　苏扬决心将公司做大做强，为此不惜破釜沉舟将所有利润都投入人才的挖掘、渠道的组建，以及公司的管理之中。在他心中，做大做强的前提一定是规范化，别人可以瞧不起保健品这个行业，但是从业者不能自己也瞧不起，别人可以认为这个行业就是坑蒙拐骗，但从业者自己不能也这么认为。保健品是有原罪，但不能一棍子打死。监管在加强，市场在规范，消费者也越来越理性，如果继续用原来的心态和方式去做保健品，迟早死路一条，因此需要未雨绸缪，天晴的时候修屋顶，提升自己，健全自己，方能在多重压力下，稳健前行。

　　苏扬是这样想的，也是这样做的。在有了初步的资金和品牌积累后，他第一件事就是革了自己的命，从CEO这个位置上退了下来，他对自己有清晰的认知，那就是在产品研发和宣传上有过人之处，但管理是弱项，特别是随着公司规模日益扩大，烦冗的琐事占用了他大量的精力，因此需要更专业的人才来胜任此岗位。经过不懈努力，2008年3月，苏扬终于成功挖来一位医药界赫赫有名的人物担当听风生物的CEO，此人是我国改革开放后第一批留学生，20世纪80年代中期就获得了哈佛大学医学博士学位，曾任一家世界五百强制药公司的大中华区执行副总裁，在整个医药行业都是有头有脸的人物。

为聘请此人苏扬花费了巨资并给予了股权，此举也深为同行所诟病，认为不值得，更没必要。但苏扬坚持认为公司高速成长一定需要更专业的人才，一个人能赚的钱必定有限，分利才能聚众，人齐才能进一步发展。事实很快验证苏扬的思路是对的，此人上任后不但给听风生物带来了最新的管理思路和规则，从内而外将公司改造得焕然一新，俨然国际化企业，且将自己多年培养的五员心腹大将悉数带了过来，这五人均是在医药行业能独当一面的人物，且岗位涵盖几大主要业务线，可以说一下子将所有短板都补上了，并且形成了很强的战斗力。在这些人的辅助下，苏扬不但丰富了多条产品线，更是以摧枯拉朽之势组建了完全属于自己的销售渠道，在终端亦有不凡布局，一举实现了产品、推广、销售的自主一体化，不再受限于任何人。至此苏扬心中的基础布局已经全部完成，可以进一步大展宏图了。

2

2008年7月底，听风生物在浦东国际会展中心举办了盛大的媒体发布会，宣布正式由保健品行业升级进军医药市场，主推中成药。发布会被安排在晚上六点举行，那天总共来了不下三百名记者，包括中央电视台、凤凰卫视等重量级媒体均有记者到场。此次发布会和同类发布会相比有很大区别，从某种意义上讲，更像一场大型 party，先是在滨江大道放了一小时烟火，以此欢迎各位来宾，烟火表演结束后，又在国际会展中心附近的五星级酒店香格里拉举办了盛大的晚宴招待各路记者，同时，一台制作精良的歌舞晚会也闪亮开场，十多位当红歌星纷纷登台献唱。酒足饭饱后众记者又被请上一艘号称媲美泰坦尼克号的豪华游轮，游轮上有影院、夜总会、舞厅、游泳池等娱乐场所供人玩乐。游轮沿着黄浦江一路驶往大海，在海中央停了一夜，第二天清早才回到上海。

　　新闻发布会早上九点正式召开，先由新任 CEO 介绍听风生物的产品及战略规划，CEO 专业严谨，条理清晰，资深背景和专业风范赢取了台下掌声一片。CEO 发言后毕恭毕敬地说下面有请公司老板苏扬为大家致辞，话音刚落，偌大的会展中心顿时鸦雀无声，镁光灯"咔嚓咔嚓"闪个不停，这是苏扬第一次正式从幕后走向台前，他凝视台下数百名记者，一字一句铿锵有力地说："听风生物要用十年时间成为医药行业的 IBM，捍卫民族医药的尊严。"

　　苏扬的这句话成为第二天上百家报纸的头条。几乎所有参与发布会的媒体都高度赞扬了听风生物，更有媒体预测该新闻会入选年度十大新闻，不过也有个别媒体表示这只是一个乌托邦式的梦想，面对西药的围歼之势，中成药若想突围难于上青天。而线上线下的网友更是对苏扬产生了强烈的争论，一时间苏扬究竟是英雄还是骗子成了大众茶余饭后热衷谈论的话题。可无论如何，听风生物绝对一战成名，俨然已经成了国内医药行业的知名企业，苏扬更是被贴上了各种标签，成了名副其实的网红企业家。

很多年后，一位杭州的专业财经作家撰文说那次新闻发布会实在是一次非常成功的商业炒作，短短两天，苏扬就让一半中国人知道了他的公司，如果按正常模式达到这个效果需要花费数千万人民币，可苏扬的实际付出只有区区五百万。文章最后此人强调：从这个意义上讲，把苏扬评为一个营销天才并不为过，最起码他的营销水准在国内医药行业已无人能出其右。在此之前，最多也只有史玉柱可以和其相提并论。只是他是否也会像史玉柱那样在巅峰之际历经一次功败垂成我们还有诸多存疑，如果真的发生后是否又能像史玉柱那样东山再起，就更加不得而知，好戏，还在后头！

3

好戏，的确还在后头。此后苏扬一边高调布局医药市场，动作频频，攻城拔寨，一边独辟蹊径，开始进攻其他战场。

2008年年底，当苏扬开价三千万收购天成制药厂时，李庆浩百感交集，他在这个厂里干了整整三十八年，从小学徒工到后来的车间主任直到最后一厂之长，见证过这个厂的辉煌和落寞，现在居然要从自己手上卖出去，不感伤实在说不过去。

　　不过李厂长到底是过来人，知道这笔交易对他而言有百利而无一害，首先是能暗中拿下苏扬给他的二十万好处费，其次是收购后他还是厂长，权力只会更大。更重要的是，以后厂里效益不好就不会有人怨他了，工人不会到处追打他，领导也不会找他半点麻烦，就算倒闭都与他无关，一切都有苏扬顶着呢。毫不夸张地说，这是他人生最后的机会，必须把握住，所以他很快就拍着胸脯认真地承诺："我这边绝对没问题，就看主管部门是否同意，反正有什么需要我做的，苏老板尽管吩咐，我定当全力以赴。"

　　按理说，民企收购国企在当时鲜有成功案例，苏扬已经做好了打持久战的准备，但此事进展之顺利远超他预期，主要还是迎来了好时机，就在半年前，各地政府都纷纷响应国家号召，积极吸收社会资金，对一些经营困难的老国企进行改制。天成药厂更是区政府重点改制对象，过去的五年这家老旧工厂至少亏损了两千万，相关部门已经给予了足够的扶持，但始终见不到效果，全厂一大半的生产线都闲置着，退休员工比在职的还要多，工资发不出来，工人动不动就组织集会到市政府门口静坐，简直让人头疼不已。此前招商引资也总有人上门考察，可大多是骗吃骗喝后就拂袖而去，现在看到有人肯出这么高的价钱买下这个破厂自然欢心不已，更何况苏扬还承诺绝不让一个工人下岗，更是解决了他们的后顾之忧。所以一路绿灯，整个收购没遇到半点麻烦。

　　很多人都奇怪苏扬为什么拿出几乎所有的流动资金去收购这样一个哪儿哪儿都特一般的药厂，难道真是铁了心决定卖一辈子的医药保健品了？就算是，以他现在的财力和影响力完全可以重新组建一个新工厂的啊！真是莫名其妙，脑子进水了吧。可也有聪明人很快看出了其中的端倪，知道苏扬醉翁之意不在酒，苏扬打的压根儿就不是那些厂房设备和产品的主意，他惦记的只是厂后院那荒废已久的一百多亩地。不过问题又来了，这块地面积是不小，产权也很清晰，可是又有什么用呢？对土地来说，位置决定价值，当时就算苏州市里面的地价房价都已经到了一个峰值，几乎所有舆论都认为政府会出面干预，房价只可能回落，绝对不可能再上升。更不要说天成药厂远离市区，这里的土地又能值几个钱呢？真是看不明白！

别人看不明白，苏扬其实也看不明白，他只是相信直觉——天成药厂虽然离市区挺远，但那只是一种认知上的距离，即将开建的高速公路就从厂后面经过，从市区过来二十分钟都不到，特别方便。其次，远也有远的好处，这里背靠太湖，面向青山，风景相当优美，其实非常适合居住。此外，原来环保意识薄弱，竟然在这里存在污染工业，现在已经搬迁了不少，天成药厂迟早要搬迁，这对企业而言，未尝不是个机遇——总之，苏扬跟随自己的直觉，并且很快完成了所有的动作，后面究竟会怎样，那就听天由命呗。

4

听天由命可真是个好词，当你落魄的时候你会觉得它很可怕，当你转运的时候你会觉得它很伟大。尽管苏扬始终一副无所谓的态度，但后面的发展还是让他感慨命运真是一个奇怪的家伙，它能让你一无所有，也能让你富可敌国。2009年春节刚过，全国各大城市的房价迎来飙升式的突飞猛涨，完全没有理性的那种，谁也不知道为什么，以及什么时候才是个头，只知道短短半年不到房价就翻了一番，地价也随之水涨船高，很多刚拍卖出的土地价格就超过了同期房价，意味着未来的几年房价必然还会提升数倍。回看那段时间，几乎所有的注意力、舆论、金钱全部投向了房地产市场，即使国家连续下达数条调控政策，也无法改变局面，反而进一步助长了各方面的信心和欲望，最终形成了谁都无法抵抗的力量。而房地产商也一举成为各大财富排行榜上的常客，该年度前十名顶级富豪里竟然有七位都是房地产开发商。

至此，苏扬那一百多亩地终于熠熠发光，闪亮登场，除了水涨船高的升值外，最让人意想不到的是，房价飙升的同时整个楼市的产品也正在急剧转型，原来单一的商品房正被多样化的住宅产品替代，因此原来无人问津的市郊反而成了高端住宅的首选，而放眼整个苏州，天成药厂所在地的价值都无出其右，成了兵家必争之地。

那段时间苏扬几乎每天都在更新自己对房地产这个行业的认知，至少一百家地产企业对他的这块地有志在必得之势，苏扬本来还想先多了解一些内情再去谈判，后来才发现根本不需要他亲自出招，这些地产商彼此间就厮杀得一片狼藉，优胜劣汰，价高者得是商业的不二法则。当然了，这个过程极其痛苦，极其煎熬，尽管苏扬此前已然经历了太多，感悟了太多，可这段时间的经历还是彻底更新了他对人性、政商、金钱、欲望的理解，甚至差点遭受牢狱之灾，无数次他都想就此作罢，甚至放弃，可每一次都挺了过来，也得亏他挺了过来，熬到了最后的柳暗花明——一家综合实力排名全国前三的地产商以总地价十八亿，外加整个项目百分之十的利润分红获得了这块土地的使用权，未来三年，这块土地上将会出现一个顶级别墅群，是上海最高端的后花园。此笔交易也一举成为该年度苏州市土地转让之最，俗称地王。

有人统计，苏扬从这笔生意里赚了十四五亿的现金，如果加上后期的分成，总额绝对超过二十个亿。这还只是纸面上的金额，如果未来房价持续增高，他还有更多的金融手段从这笔生意中获利更多，空间无限，上不封顶。

是的，一切就是这么疯狂，一切就是这么不可思议，听上去就像个童话。可这样的童话在 2005 年至 2015 年这十年内比比皆是。更出乎所有人意料的是，疯狂的房地产和后来居上的互联网相比，根本不在一个量级。从 2011 年开始，互联网企业迎来了新纪元，当移动互联一统天下后，一年内市值就高达百亿美元的互联网公司屡见不鲜，而作为中国互联网的两大巨擘，阿里巴巴和腾讯的市值已经高达六七千亿美元，位列全球前茅，在它们的羽翼下，更多的互联网公司雄心勃勃，蓄势待发。万众创新，大众创业，童话变成了神话，并且在可见的未来，会一直神奇下去。

这就是 21 世纪初期的中国，这就是互联网颠覆一切之下的中国，仿佛离我们很遥远，但明明又近在眼前。我们置身其中，裹挟着时代的洪流，奔腾不息。

5

2009 年，苏扬荣获上海市年度青年企业家、十大青年劳动模范等若干称号，并且成为新一届的区人大代表、政协委员。

这一年，苏扬刚刚二十九岁。

评论界普遍认为苏扬是不世出的商业天才，拥有了一个成功企业家应该具有的所有素质：才干、胆识、格局，当然，还有运气。更有媒体称苏扬是最耀眼的 80 后企业家，前途不可限量。而这一切，不过在短短两年内完成转变。两年前，苏扬还是个一无所有，每天骑车上班的草根，被汽车撞倒在路上都没人管，任何一个人都能对他随意大声喝骂；两年后苏扬坐拥数十亿资产，穿的衣服不是 Prada 就是 Giorgio Armani，座驾有好几辆，每辆都超过五百万，房产更是遍布全世界，到哪儿出差都住五星级酒店总统套间，走在路上最起码有十个保镖跟着。

无论从哪个角度评判，苏扬都已经是一个名副其实的成功人士，要风得风，要雨得雨，一切都是那么美好，唯独缺少了一样事物，那就是爱情。

是的，成功人士苏扬的爱情必不可免成了大众关心热议的话题。在最新的娱乐媒体上，苏扬已经取代了陆公子，被誉为当今最大的钻石王老五。所有人都翘首以盼，究竟怎样的女孩最终才能钓得金龟婿，是女星还是嫩模，是政商联姻还是门当户对。

可是，几乎让所有人都失望的是，在商业手段上极其高调的苏扬在私人情感生活上正好截然相反，几年来完全没有传出过任何绯闻，于是又有人怀疑他的取向有问题，可是，也没有任何证据。

至少有三个知名狗仔团队决定对苏扬进行二十四小时跟踪，一旦拍到实锤照不但可以获得巨额商业价值，还能够彰显自己的行业地位，可是他们努力了一年多，毫无所获。

在他们的镜头下，这个叫苏扬的青年企业家过着清教徒般的生活，他的生命仿佛只有工作，偶尔空闲也是一个人过，不停抽着烟，木然看着前方，看上去很是愁苦。

仿佛正在思念着某个人。

6

事实上，拍不到并不表示没有，只是苏扬并不准备将自己的情感向公众公布，那是他内心最圣洁的存在，那个地方始终无法容纳其他人，尽管那个地方的主人，已经不在。

有了钱后，苏扬总是轻而易举地面临很多诱惑。一次他为新品上市连续开了两天两夜的会，最后所有人都熬不住回家了，苏扬还是觉得缺点什么，于是继续在公司加班。突然有人敲门进来，是市场部新招的一名叫路艾迪的90后女大学生，还没等苏扬开口，路艾迪就褪去了外套，露出了青春姣好的身体。路艾迪直勾勾看着苏扬，没有任何避讳地说："老板，我很仰慕你，我还是处女，只要你点头，我的第一次就是你的，我什么都不要，真的。"

还有一次，苏扬陪客户喝酒，散场后客户意犹未尽说要去唱歌，然后带苏扬来到一家顶级会所，二十几个俄罗斯大妞风情万种地在苏扬面前一字排开，客户似醉非醉地拍着苏扬的手说："兄弟，钱是赚不够的，要及时行乐，这些洋妞是我刚弄过来的，你随便挑，最好全带走，哈哈！"

一个颇有名气的综艺女主持人说要采访苏扬，见面时女主持人穿得特别性感，香水味能把蚊子熏下来，问题问得不咋样，却一个劲向苏扬抛媚眼。访谈结束后女主持人说要请苏扬出席私人晚宴，她两口红酒下肚，脸上飞起了红晕，在桌下用高跟鞋轻轻摩挲苏扬的腿，娇羞地表白："苏老板，我有很多商界、政界的好朋友，他们都很有钱，可是我的偶像只有你一个，如果我们能在一起，我能帮你很多。你是聪明人，你一定不会拒绝我的对不对？"

北京一个号称四大家族之后的大老板宴请苏扬，地点在他位于颐和园边的私人庄园，纵然苏扬见过各种世面，但那个庄园之奇特还是让他啧啧惊叹。饭后老板带苏扬来到他的影院，打开全息投影，苏扬眼前出现了一个年轻貌美的女子，老板说这是他女儿，现在正在国外，过两年就会回来接他的班。他有心给女儿物色一位乘龙快婿，几经考察觉得苏扬是不二人选："老苏，你是有钱，但你没有我有钱，所以我不是图你的钱，我是真欣赏你这个人，聪明，有狠劲，特像我年轻的时候。所以我希望你能考虑，只要你点头，你看到的这一切将来都是你的。"

2010年，苏扬决定进军互联网行业，做一家线上医药商城，为此特地收购了南方一家做移动支付的企业。庆功会上有当地的大领导出席，大领导酒量很好，一个人干了不到两瓶茅台，醉醺醺拉着苏扬的手半是玩笑半是威胁地说："信不信我一句话就能让你公司关门？当然了，你不要怕，我从来都关照自己人，你要是不反对，我给你介绍个对象，只要咱们真做了自己人，以后什么事都好说。"

2011年，一个在淘宝上卖衣服的小网红突然疯了一样在网上爆料，说自己是苏扬背后的女人，她和苏扬在一起已经十年了，还为他生了两个儿子，现在她受不了了，决定放弃尊严寻求一份公道。网红通过视频对苏扬说："老公，摆在你面前的只有两条路。一条就是将我明媒正娶，另一条就是我殉情自杀，让你身败名裂。"

7

2012年，苏扬的公司进一步扩张，事务日益繁重，董事会决定给苏扬再增设一名生活助理。候选者全部是高学历高情商的女海归。苏扬最后选择了一个叫何天爱的女孩，论能力论资历她都不是佼佼者，但她的长相颇有白晶晶的几分神韵，因此得到了苏扬的青睐，工作中对她也是百般忍耐，哪怕她犯了不小的错误，苏扬也都不以为意，要是换成别人，早被开除八百次了。何天爱纵然情感经历丰富，也不禁犯了糊涂，以为走了桃花运，博取了老板欢心，里里外外开始把自己当成老板的女人，言谈举止间未免显得有点跋扈，别人看不惯，无奈苏扬总是护着，也拿她没办法。

何天爱一直等着苏扬进一步的行动，却发现梦想总是落空，暗忖或许是苏扬放不下架子，等自己主动，于是趁一次出差的绝佳机会，来到苏扬的房间向他表白，说得梨花带雨，声泪俱下。

看着这样的何天爱，苏扬内心一阵悲哀，暗自感慨虽然长得像，但毕竟不是同一个人。白晶晶永远都不会如此轻薄自己的感情吧。苏扬对何天爱挥挥手，让她走，自己可以当什么事都没有发生过。

何天爱不走，她冲动地从身后紧紧抱住苏扬，疯了一样说："我知道你心里有别人，可你们早就不在一起了，为什么不能给我一个机会，也给你自己一个机会？我知道你还想等，可是当初你穷她离开你，去找有钱的男人，这种女人根本不值得你……"

何天爱还想说什么，只是苏扬突然像头发了疯的野兽将她重重摔倒在地，然后又拎了起来，左右开弓一口气抽了她二十个耳光。苏扬目露凶光，对这个被吓坏的女人狠狠地咆哮："你他妈要是再敢说她一句坏话，我就杀了你！"

何天爱趴在地上痛哭，嘴角流出鲜红的血，长发凌乱，披散在脸上，随着哭泣声急剧抖动着。她一边痛哭一边冲着苏扬大喊："我比她年轻，比她漂亮，我有什么不如她？为什么你那么爱她，就不能爱我？"

苏扬红了眼，瞪着她，一字一句地说："你不配我去爱，这个世界上再也没有女人值得我去爱。"

8

2012 年年底，苏扬给 F 大新闻学院捐了两千万，学校请他在百年礼堂做一次分享，作为 F 大最有知名度的校友之一，现场八百多个座位全部坐满，年轻的学弟学妹热情高涨，希望从这位极其成功的师哥嘴里听到一些激动人心的言论。

让他们意想不到的是，苏扬在客套了几句后，竟然关切地问："你们还写诗吗？"

现场一片安静，学弟学妹们迷惑地看着舞台上的师哥，纷纷摇头。

苏扬尴尬地笑了下，继续说："那可不太好，青春怎么可以少了诗歌呢？你们知道吗，我当年还是一个校园诗人呢，每次走在校园的湖边，都会很感伤，想写诗呢。"

台下发出一阵哄笑，这些年轻人心想，苏师兄可真幽默啊，他那么能赚钱，怎么还写诗呢？诗人不都是穷光蛋吗？

苏扬似乎已经沉浸在美好的回忆中："如果可以，我真的想回到 F 大，回到我的二十一岁，回到那个深秋，那是我人生最美好的年龄，有着我最快乐的记忆。所以，你们现在就是最幸福的，千万不要着急，好好享受你们的学生时光吧，你们现在的生活，就是一首诗。"

台下又是一阵哄笑，没人相信他说的话，也没有人关心他说的话，他已经活成了别人想要的模样，公众已经对他重新定义，无论他如何解释，他们只想知道他是怎么赚到这么多钱，怎么变得这么成功的。

一个戴眼镜的学妹站起来问："苏师兄，请你告诉我，你成功的奥秘究竟是什么？"

"我的答案可能会让你们失望。"苏扬沉默了片刻，看着下面几百双渴望的眼睛，微笑着回答，"如果我说，是因为一个女孩对我的期望，是为了我对她的承诺，是为了我们之间的爱情，你相信吗？"

台下立即一阵哗然，那个女孩满面通红，不停地点头："我相信的。那你可以告诉我们那个女孩是谁吗？也是我们学校的吗？"

苏扬点头："是的，她是你们金融学院的师姐。"

"那她现在在哪里呢？她一定很幸福吧？"

苏扬突然说不出话来，是啊，她现在在哪里呢？分手已经整整六年，他们从未再相见。她那么优秀，那么努力，她一定会过得很幸福，可是，这幸福不是他给的。就算他赚再多的钱，又有什么意义呢？

女孩追问："师兄你怎么不说话了呢？你们是不是已经分手了？"

苏扬又点点头："是的，我们分手很久了。"

"为什么呀，师兄你那么优秀，怎么还会有女孩舍得离开你呢？"

现场又是一片哗然，不少同学觉得女孩的提问很愚蠢，纷纷喝起倒彩。已经留校任教的李庄明赶紧抢过话筒，让其他同学提问，并且要求问题不要涉及个人隐私。

苏扬却阻止了，苏扬示意将话筒还给那个戴眼镜的女孩，然后很认真地回答："她离开得对，当时我实在太浑蛋，太怯弱，太自以为是，是我让她太失望了。"

"每个人都有过去的，那不重要，重要的是现在你是一个怎样的人。"女孩从苏扬的安抚中获得了勇气，大声问，"师兄，如果用你现在的一切，财富、地位、未来，去换回你的爱情，你愿意吗？"

现场突然鸦雀无声，所有人都目不转睛地看着苏扬。

苏扬点点头，微笑着说："我愿意。"

现场突然爆发出热烈的掌声，这一次，他们真心被感动，真心为苏扬喝彩。

"那你为什么不去把她追回来呢？你那么爱她，她肯定也特别爱你，那你就把她追回来啊！说不定她在等你呢。"女孩泪眼婆娑，越说越激动，"师兄，你不是说你喜欢写诗吗，如果你能把她重新追回来，不就是最美的诗吗？"

9

活动结束后，李庄明号称要请苏扬喝酒，然后找了五角场最贵的饭店，点了满满一桌最贵的菜，还要了两瓶最贵的酒，反正，什么都是最贵的。

李庄明说："好不容易逮到你小子一次，我请客，你买单，千万别客气。"

苏扬笑："没问题，我把下午所有的事都推了，今天陪你喝个够。"

李庄明得了便宜还卖乖："可千万别这么说，我又没有忧愁，我根本不需要酒。需要安慰的人是你，灵魂有缺憾的人也是你。"

苏扬轻轻摇摇头，不再言语，都过去多少年了，这个李庄明一点没变，倒也难得。

酒过三巡，李庄明突然问："别说，那个戴眼镜的姑娘的话，你真的可以考虑考虑。"

苏扬讪笑："考虑啥啊，都过去了，来，喝酒。"

"我说苏扬，你怎么回事？就你这情商你到底怎么赚到那么多钱的？什么叫过去了？"李庄明啪一下把筷子放下了，"时间是什么？从哲学角度来看，时间是相对的，是可以倒流的，算了算了，不和你扯这些了，你也听不懂。喝酒喝酒，我×，怎么这么快就没了？来来来，服务员，再来一瓶，拿你们家最贵的酒，听到没？"

服务员有点蒙："先生，对不起，我们家最贵的酒已经被你们喝了。"

李庄明不乐意了，又要从哲学层面向服务员解释什么叫最贵。苏扬叫来司机，说车里有几瓶三十年的茅台，让他拿过来喝。

"真够意思啊，一瓶酒好几万，抵我小半年工资了。"李庄明斜眼瞅着苏扬，满面红光，"你说我能不能喝点别的，回头把我那份拿回去，也不算占你便宜吧。"

"放心吧，好几瓶呢，喝多少算多少，剩下的通通给你。"

"说定啦，你们都听到了，可不许反悔。"李庄明看着服务员大声嚷嚷，然后又笑眯眯地对苏扬说，"你说我怎么那么好呢，还总替你想，得了，那我就再当一次好人，前阵子我们毕业十周年聚会，你没过来，不够意思，大家都说你摆谱，瞧不起人了，可没少骂你——可别说是我告诉你的。"

"哈哈，你不说我也知道，我人不在国内，不是不想来。"

"别解释，解释等于掩饰，早不出晚不出，偏偏那时候出国，你直说怕见到白晶晶得了。"

苏扬不言语了，他确实害怕，至于为什么害怕，他也说不上来。

"人家白晶晶可真够意思，那么忙还专程从香港飞过来，最后聚会的单都是她买的，好像花了小十万呢。"李庄明重重往椅背上一靠，闭上了眼睛，"你俩真挺有意思的，一个想见不敢见，一个想见见不到，都是那么牛×的人了，还藏着掖着跟小孩一样，说来说去，还是我最开心，什么都没有，什么都不惦记。"

苏扬看李庄明喝多了，让服务员买单，却被李庄明制止了。李庄明瞬间就激动了，额头青筋暴露，大声对苏扬说："冤有头债有主，你俩的孽缘，只能你俩去解决，别让我在这里瞎操心。苏扬我告诉你，你心里怎么想的，我全都知道，你他妈就是不敢面对，别看你现在有很多钱，狗屁，在感情里，你还是那个穷光蛋！"

10

什么是爱情？

一个女博士爱上了个擦鞋的，她说："爱情就是感动，当我看到他的时候，我忘记了我的身份，也忘记了他的职业，因为我感动了。"

一个亿万富姐嫁给了个退伍军人，她说："这两年政策好，我赚了不少钱，可我错过了恋爱的机会，四十好几了还是一个人，我老公是个当兵的，比我小二十岁，一穷二白，可我就是爱他，我觉得我很幸福。"

一个十八岁的女孩做了她老板的情人，她说："很多人都说我贱，为了钱出卖身体，可那些说我的人才愚蠢呢，他们个个装圣洁，其实灵魂比我的还要粗鄙。没错，我是喜欢钱，可是我更喜欢他这个人，我可以不在乎名分，可以被所有人唾弃，但我要珍惜和他在一起的每一秒每一分。"

一个二十二岁的小伙子和一个七十岁的老头决定同居，他说："我们的爱情或许是世上最奇怪的爱情，我畏惧过，逃避过，也恨过自己，可是我根本无法忘记这份感情。现在我决定面对，哪怕全世界都诅咒我们，我也要和他共度余生。"

苏扬说："你们说的都对，你们也都比我勇敢。所以你们都是幸福的，不管有多苦有多难，你们的爱情都在眼前，在身边，在可以触及的地方，那就是最美好的事。我也曾经如此接近爱情，拥有爱情，可是我主动放弃了爱情，因为我怀疑了它。后来我变得很成功，远远超出了我的渴望，可是我越是成功，我就越是内疚，我会暗示自己这一切都是由我的背叛换来的，我有多成功，对这份爱情的亵渎就有多大，我的耻辱就有多重，所以我一直拼命逃避，因为我根本无法面对。可是我逃无可逃，这么多年过去了，我用尽各种办法，耗费所有精力，才发现这份爱情依然存在，并且越发强大，它时而让我兴奋不已，时而让我万念俱灰，就像魔鬼一样控制着我的七情六欲，我真的不知道自己当初的选择究竟是错还是对。直到前几天，我终于明白，原来它还不走并不是想让我后悔和痛苦，而是想让我回头。如果我真的对过去心存愧疚，我唯一要做的就是坦然面对，哪怕时光无法回头，至少也能当面忏悔。是的，我还深爱着白晶晶，她从未离开过我的灵魂，我们依然合二为一，彼此不分，现在她的灵魂正在呼唤它的主人，这一次，我不会再畏惧，更不会逃避，我将用我最憧憬的方式，重新出现在她的面前，我将用尽我全部的力量，让我们的爱情，重生。"

11

2013 年 9 月，夏季达沃斯论坛如期召开，苏扬被邀请参加并做了主题发言。晚上主办方精心举办了一场舞会，在那里，苏扬时隔八年再次见到了白晶晶。

彼时白晶晶已经是国内某著名金融公司驻港首席代表，时光在她身上并没有留下太多痕迹，她依然是那么成熟美丽，相较多年前更显优雅。她穿着精致的顶级晚礼服，端着酒杯，笑意盈盈地向众多熟悉的嘉宾轻声问候，纵然现场星光熠熠，她也是最受瞩目的女主角。

音乐声徐徐响起，灯光渐渐暗淡，时光仿佛真的向后退去，衣着鲜亮的苏扬推开大门，缓缓走进，一直走到白晶晶面前，世界静谧无声，只剩下两人。苏扬轻轻伸出手，温柔一笑："你好，白小姐，我叫苏扬，能请你跳支舞吗？"

2005 年，初稿

2011 年，二稿

2017 年，终稿

后记：
一切都是最好的安排

2017 年我做了四件值得纪念的事：戒烟、减肥、创业，以及"年少三部曲"的全面修订。

相比之下，戒烟最易，耗时不过两个星期；其次是减肥，用了小半年；"年少三部曲"的修订则延续了两年多；至于创业，自然永远在路上，拼的是心态，不是时间。

修订"年少三部曲"事出偶然，因为上一版本的实体书版权到期，再版前我习惯性整体再审阅一遍，结果看完后"全身汗毛都竖了起来，全是问题，真不知道当初怎么会这么去写"。

其实不难理解，很多作品都需要隔着时间去看，对创作者尤为如此。写作好比恋爱，刚写完那会儿正值热恋，哪儿哪儿都觉得特好，简直完美没毛病，可过个十年八载再看，就看出事了，因为激情退去，人变得理性客观，更因为岁月度我，从思想到审美，都更为成熟，而作品还停留在原地，所以需要修订，方能与时俱进。

正所谓我手写我心，不是说作品原来的状态就不对，它至少表达了我彼时的心境和笔力，虽然青涩，甚至充满缺陷，但也有着真实的味道。简单说，年少时容易愤世嫉俗，总觉得时代、生活，以及我们的成长很值得批判，所以笔下太多冷嘲热讽，少见温暖，现在则觉得没什么不能被理解，更没有什么不值得原谅。所以作品能够被修订，是机缘，保持原样，也挺好。但既然决定修订了，就要拿出诚意，投入时间，充分展示自己当下的观点和才情，方才对得住读者的欣赏及支持，这是修改前我便充分想清楚的事。

所以，即便修订"年少三部曲"耗费的时间和精力大大超出了我的计划，整个过程甚至比重新创作更为揪心，但我始终甘之如饴，特别是最后大功告成，终于成为我想要的模样，那种快感，真是无与伦比，能够陪伴我生命中最重要的几本书长达多年的时光，真的很幸福。

简单概述，这次的主要修改如下：

1. 对三部作品的全文进行了大量删减，特别是那些情绪性的文字，过去我实在太容易感慨了，这些文字严重破坏了故事的结构和叙事的节奏。

2.《那时年少》中加入了后来发生的故事，这个很有意思，就是"我"和女主角童小语多年后再相逢，我大胆想象了这个情景，算是满足了自己的"私欲"。

3.《毕业了，我们一无所有》，修改了白晶晶的人设和故事结局，这是三本里改动最大的，也是我最满意的，我觉得现在的内容终于衬得上这个书名了。

4.《致年少回不去的爱》，微调了书名，并且补充了叶子和李楚楚的故事，同时删除了一些女孩，让情节更集中、纯粹、合理。

另外，这次"年少三部曲"的新版里，我还将上版请他人作的序、写的推荐语，以及哗众取宠的文案全部摒弃，只留下最简单、最真实的正文文字。在我眼中，这三本书的内容虽然青春，但书本身已经不再年轻，所以不能再穿着花花绿绿的衣裳嘻嘻哈哈招摇过市。喜欢你的人自然会喜欢你，不喜欢你的人也千万不要去忽悠和强求，否则只会弄巧成拙。

感谢这次出版过程中遇见的新编辑朋友们，感谢和前东家博集天卷再续前缘，虽然再版因我拖了好几年，但一切真的都是最好的安排。

我想，这应该是这三本书的最终状态了，好比少年已经长大成人，后面就是他自己去面对这个纷繁精彩的世界。而我，也会继续创作新的内容，抚养新的孩子。

最后，感谢十几年来读过这三本书、喜欢这三本书的朋友，我们下本书，再见。

一草

2017 年 12 月 12 日

图书在版编目（CIP）数据

毕业了，我们一无所有 / 一草著 . —长沙：湖南文艺出版社，2018.3
ISBN 978-7-5404-8494-1

Ⅰ . ①毕… Ⅱ . ①一… Ⅲ . ①长篇小说—中国—当代 Ⅳ . ① I247.5

中国版本图书馆 CIP 数据核字（2017）第 321183 号

上架建议：青春文学 | 长篇小说

BIYE LE，WOMEN YIWUSUOYOU
毕业了，我们一无所有

作　　者：一　草
出 版 人：曾赛丰
责任编辑：薛　健　刘诗哲
监　　制：毛闽峰　赵　萌　李　娜
选题策划：优阅优剧
特约策划：李　颖　谢晓梅　赵中媛
特约编辑：王苏苏
营销编辑：杨　帆　周怡文
装帧设计：梁秋晨
封面摄影：一甲摄影工作室
封面模特：于秋璠　陶志强
出版发行：湖南文艺出版社
　　　　　（长沙市雨花区东二环一段 508 号　邮编：410014）
网　　址：www.hnwy.net
印　　刷：北京京都六环印刷厂
经　　销：新华书店
开　　本：700mm×995mm　1/16
字　　数：190 千字
印　　张：18
版　　次：2018 年 3 月第 1 版
印　　次：2018 年 3 月第 1 次印刷
书　　号：ISBN 978-7-5404-8494-1
定　　价：38.00 元

若有质量问题，请致电质量监督电话：010-59096394
团购电话：010-59320018